OCT 0 4 2024

**DISCARD
CADL**

Absolutamente todo

Absolutamente todo

RUBÉN OROZCO

LITERATURA RANDOM HOUSE

Papel certificado por el Forest Stewardship Council®

Primera edición: noviembre de 2022

© 2021, Rubén Orozco
© 2021, de la presente edición en castellano para todo el mundo:
Penguin Random House Grupo Editorial, S.A.S., Bogotá
© 2022, Penguin Random House Grupo Editorial, S.A.U., Barcelona

Ilustraciones: Carlos Orozco

Penguin Random House Grupo Editorial apoya la protección del *copyright*.
El *copyright* estimula la creatividad, defiende la diversidad en el ámbito de las ideas y el conocimiento, promueve la libre expresión y favorece una cultura viva. Gracias por comprar una edición autorizada de este libro y por respetar las leyes del *copyright* al no reproducir, escanear ni distribuir ninguna parte de esta obra por ningún medio sin permiso. Al hacerlo está respaldando a los autores y permitiendo que PRHGE continúe publicando libros para todos los lectores.
Diríjase a CEDRO (Centro Español de Derechos Reprográficos, http://www.cedro.org) si necesita fotocopiar o escanear algún fragmento de esta obra.

Printed in Spain – Impreso en España

ISBN: 978-84-397-4008-7
Depósito legal: B-17.712-2021

Impreso en Unigraf (Móstoles, Madrid)

RH 40087

Para Léna Koppel y Luciano Orozco,
viajeros de ensueño en su travesía por el multiverso.

*Existe, parece ser, en la escala dimensional del mundo,
cierto delicado lugar de encuentro entre la imaginación y el conocimiento,
un punto al que se llega reduciendo las cosas grandes
y ampliando las pequeñas, y que es intrínsecamente artístico.*

VLADIMIR NABOKOV, *Habla, memoria*

*Tendrán que prepararse para esto —no porque sea difícil
de comprender, sino porque es absolutamente ridículo...*

RICHARD FEYNMAN, *QED:
La extraña teoría de la luz y la materia*

Bueno, te la cuento una vez más, pero primero ponte la piyama, toma un poco de leche, lávate los dientes, haz pipí, dale las buenas noches a mamá. Ahora métete debajo de las cobijas, arrópate, ponte cómodo. Cierra los ojos, si quieres; pero escúchame, atiéndeme: sigue el hilo dorado de mi voz. A veces, sobre todo si se tiene la fortuna de ser niño, una historia es el único preámbulo del sueño. Para otros con menos suerte el descanso es más esquivo: desde la tierra baldía del insomnio cuentan ovejas como pastores descuidados, se masturban como monjes tristes, giran sobre la cama como cocodrilos en la digestión, piensan en el mañana como futurólogos. Los más desesperados acuden a ayudas externas: terapias conductuales, benzodiacepinas hipnóticas, el letargo a veces melancólico de la Cannabis indica... *Ojalá, cuando crezcas, no tengas este tipo de problemas; y si los tienes, intenta cambiar de hábitos: haz ejercicios cardiovasculares, adopta horarios fijos (pero trasnóchate de vez en cuando con tus amigos), no comas muy pesado antes de acostarte, evita en las noches el brillo azulado de las pantallas, recuerda que la cama es solo para el amor y para el descanso. Y no te preocupes demasiado, si te desvelas: hazte un espaldar de almohadas, enciende tu lámpara mágica, abre uno de los libros que tienes en la mesita de noche, olvídate del paso ficticio del tiempo. El sueño es importante, sí, pero lo verdaderamente crucial es el acto de soñar...*

Preludio

1

Aquel fin de semana largo, mi familia y yo nos fuimos de paseo. En la máxivan de mis hermanos arrancamos hacia el valle que está al otro lado del Monte Misterio para, de ahí, hacer un viaje en globo aerostático y divisar el maravilloso panorama del volcán y la costa a tres mil metros de altura. Hacía mucho rato que andaba con la idea de un viaje, pero por cuestiones de trabajo, primero, y luego por la noticia del embarazo de A., lo fui posponiendo para un momento en el que las cosas estuvieran más holgadas y tranquilas. Así estuve durante semanas y meses, hasta que comprendí que el momento sosegado que yo buscaba era imposible, y que si lo seguía postergando, el viaje que tenía en mente jamás se realizaría. Había una circunstancia apremiante: mi esposa iba a dar a luz en cuestión de dos meses y esa tal vez sería la última oportunidad que tendríamos de salir de la ciudad en un buen rato. Además, la idea de volar en globo y ver las cosas a distancia no solo me parecía linda sino (por mis circunstancias de entonces) urgente.

Por esos días la vida me parecía una insensatez, un disparate, y no sabía qué era lo que pasaba. Todo se me estaba saliendo de las manos. Las cosas iban bien, pero de un día para otro el mundo se me volvió tenso e incómodo, como la ropa tras las festividades. Sabía que no debía quejarme —todo lo contrario: aunque mis circunstancias fueran un poco inusuales, debía agradecer que no estaba enfermo, que no era particularmente feo ni bruto, que no me había tocado la mala fortuna de lidiar directamente con la violencia o con el hambre o la miseria. Y sin embargo, me quejaba. Qué sé yo: tal vez ser un hombre sea estar siempre insatisfecho, andar sediento en un desierto sin confines, llegar a un oasis solo para darse cuenta de que se trata de un espejismo inventado por uno mismo, repetir esa misma secuencia hasta que el cuerpo termina por rendirse. El arte, el amor, la salud, la felicidad, la gloria, el dinero: cualquiera que sea la promesa que uno elija, tarde o temprano se aprende que no hay ningún paraíso que no contenga los planos detallados de su propio infierno.

Nada de eso era nuevo —esa tristeza, ese peso, esa desidia. Cuando era un muchachito, creí que me ahogaba en el océano del absurdo y fue ahí cuando descubrí la literatura. Fue una cosa de suerte; igual pude haber descubierto otro salvavidas: la pasión por la botánica, quizás, o por los números, o el deseo de hacer música o de liberarme por medio de la meditación vipassana… Creí, pues, que me ahogaba y me aferré a los libros pensando que yo era el que los elegía. Así, flotando, llegué a un mundo extraño: el mundo de las palabras. Me maravillaba el hecho de que otros hombres y mujeres hubieran sabido encontrarle un propósito al peso que llevaban sobre los hombros, que de la nada hubieran sacado libros que, por su belleza taciturna o su espíritu juguetón, justificaban la injusticia del universo y el dolor de saberse temporal.

Durante muchos años viví con ese asombro de los libros, ese fervor por mis autores preferidos: siguiendo el dictamen de mi asombro, me matriculé en la universidad y obtuve un título inútil y seguí estudiando y renuncié a una maestría innecesaria y leí y releí y desbaraté las historias que más amaba, tratando de descifrar la magia de su hermosura, hasta que llegó el momento en que yo también quise escribir algo que justificara mi propia tristeza o la despojara de su maldita solemnidad y demostrara que tras la aparente temporalidad de la vida había otra cosa, no sabía bien qué, algo que no se desvanecía nunca. En un sombrero de copa parecido a la soledad fui echando los polvos del sinsentido y el sufrimiento y el asombro y la belleza y los revolví con la idea de sacar el equivalente literario a una ristra de pañuelos multicolores, una flor en origami, una paloma confundida. Así llegué a publicar un par de novelas, no sé si buenas. El autor no puede calificar bien sus obras, porque las siente muy próximas; los lectores no pueden calificar bien las obras del autor, porque están demasiado lejos. Al final la escritura y la lectura son procesos de creación que ocurren siempre cuando estamos solos, y el fuego del texto, si es que hay fuego, solo ilumina nuestro rostro emocionado. La vara con la que solía medir mis esfuerzos era simplemente la de las corazonadas: algo, dentro de mí, me decía que tal o cual idea merecía ser explorada, que había una forma por descubrirse, que había algo que esperaba agazapado tras el inefable instante eléctrico de la intuición.

El truco de los libros me funcionó durante un tiempo y luego, por diversas razones, fue perdiendo la gracia. Las palabras se fueron despojando de su valor y su sentido, como si las pronunciara desde el tedio o el vacío, y el ambiente lúgubre de los mercachifles de libros, los insípidos *bestsellers* y los escritores desesperados por acaparar la atención de los lectores me abrumó con sus miasmas insalubres. El caso es que hacía rato me daba vergüenza ser escritor, tal vez porque no había vuelto a sentir las cosquillas que solían trepárseme por la columna cuando llegaba una nueva idea, y ahora ni siquiera los hermosos libros de los otros lograban zafarme de la melancolía que me lastraba. Habituado a prestarle atención a la estructura de las tramas y las urdimbres, notaba que mi vida seguía la línea de progresión de tantas historias frívolas: había una vez un hombre feliz y después algo cambió. O yo había cambiado, cómo saberlo. Es fácil perderse dentro de uno mismo: uno es siempre su propio laberinto. Analizando escapatorias, se me llegó a ocurrir que si yo fuera un personaje en una de mis novelas todo sería más fácil; o no más fácil, pero al menos todo estaría dispuesto de modo que, avanzando a lo largo de los capítulos y las partes, atento a los detalles y a las pistas, yo encontrara, hacia el final de mi historia, el sentido de mi búsqueda. Eso pensé, y ese pensamiento se me convirtió en un sol gigantesco, alrededor del cual comenzó a girar todo lo demás.

¿Volvería a encontrar en los libros el flotador que me salvara? ¿Volvería a sentir las cosquillas eléctricas de un nuevo comienzo? No lo sabía. No sabía nada. La incertidumbre era mi mantra durante ese tiempo perplejo. Todavía lo es. Vivo flotando en un mar ignoto, tratando de poner los pies sobre un suelo que no veo, que ni siquiera sé si existe. A veces sueño que yo soy ese océano, oscuro, sin límites, pero luego despierto y me doy cuenta de que no soy más que espuma. ¿Qué seguridad puedo yo dejarle a mi descendencia? ¿Qué mensaje puedo transmitirle? La verdad es que todavía no me acostumbraba a la idea de tener un hijo, y que la paternidad inminente me estaba obligando a revaluar todo en mi vida, absolutamente todo: mi relación con el multiverso, con los otros, con los objetos, con las palabras, conmigo mismo. Si al final decidí organizar el viaje fue porque pensé que me haría bien algo de aire fresco, pensar en otra cosa, calmarme un poco. Quizás el acto físico de trasladarme de un lugar a otro me ayudara a salir de ese embrollo, a cambiar de perspectiva. Quería liberarme de esa pesadez que me agobiaba antes de que llegara mi hijo…

¡Mi hijo! La sola idea era —es— increíble. Lo cierto es que no me sentía listo. Nueve meses son un tiempo demasiado corto, insuficiente; nueve meses pasan rápido y no dan abasto, como las inhalaciones de un asmático. Si tan solo la gestación del *Homo sapiens* durara los veintidós meses del elefante africano, el lustro en el que se fragua la idea para una novela, la pequeña eternidad que tarda un planeta en formarse, poco a poco, partícula por partícula, en la oscuridad silenciosa del cosmos.

2

Un día comencé a hacerme más denso. Fue cuatro o cinco meses antes del viaje; no sé, últimamente no me cuadra ninguna fecha. De lo que sí me acuerdo es que atravesaba los días pesada, lentamente, como si todo el tiempo llevara puesta una escafandra de astronauta. Antes puntual, estaba llegando tarde a todo; antes ágil, ahora me demoraba eones en las labores más básicas. Un día tenía una cita médica de revisión general y salí a tiempo. Era un martes de febrero, estoy seguro. Me despedí de A., salí de mi apartamento, de mi edificio, me subí a un taxi, sufrí el tráfico y la polución de la ciudad, llegué al consultorio; la secretaria se negó a recibirme: ya no era martes ni febrero —era viernes y agosto, y el médico tenía una urgencia con un paciente que se moría de la risa…

El cambio ocurrió solo en el interior, paulatinamente, y por eso no me di cuenta al principio. Por fuera yo seguía siendo el mismo flaco de siempre, pero por dentro era como si mis huesos hubieran intercambiado, en una alquimia misteriosa, el calcio por el plomo. Lo único que llegué a notar en los primeros días o semanas era que en las mañanas se me hacía más difícil salir de la cama, porque no era capaz de zafarme del pecho la pesadez con la que amanecía. Pensé que era abulia, simplemente, y seguí como si nada. Luego se hizo evidente que el suelo me reclamaba con más ansias: las sillas comenzaron a desbaratarse bajo mis nalgas, sobre la tierra firme dejaba huellas profundas como si caminara sobre lodo fresco, y no sé cuántas básculas dañé tratando de comprobar el prodigio, pues bastaba que me parara en una para que el aparato se resquebrajara en una discreta explosión de agujas y resortes. Después de un tiempo me habitué a pedir disculpas y a pagar por estropicios involuntarios, y aunque vivíamos en un piso alto, comencé a utilizar las escaleras inhóspitas porque el ascensor de mi edificio (capacidad máxima: ocho pasajeros, 550 kilogramos) emitía su estruendoso lamento de sobrepeso si yo ingresaba junto a algún vecino incomprensivo o con las bolsas cargadas del supermercado.

Esa densidad, a propósito, fue una de las razones por las que comencé a pensar en la posibilidad de un viaje en globo. Anclado a la tierra por mi peso inusitado, me dejé cautivar por la imagen romántica del fuego, el aire liviano y las telas de colores entre las nubes, y como A. iba a empezar el octavo mes de su embarazo (y yo me sentía más y más acorralado por mis propias circunstancias, y más y más confundido por mi futuro cercano de ser padre), comencé los preparativos con la idea de que, si no servía como un antídoto para mi condición, el vuelo sería al menos un quiebre bienvenido en mi rutina, un descanso, un respiro.

Fue así como, tras una rápida búsqueda en internet, entré en contacto con Absalón Montgolfier, fundador y piloto de Globos Panamericanos, una compañía cuya página web estaba escuetamente construida con fotos de cielos pixelados, pero que ostentaba una certificación que la hacía socia de la Fédération Aéronautique Internationale, y por alguna razón eso me dio confianza. Al principio traté de llamar al número de teléfono que aparecía en el sitio web de la empresa, pero o la línea estaba ocupada o no había nadie que respondiera, y al final me conformé con escribir un correo largo que dirigí a la dirección de servicio al cliente y en el que hacía mis consultas de logística y expresaba mis preocupaciones. Les hablé de mi condición de sobrepeso, del embarazo de mi esposa, de la idea de viajar con mi familia entera, y les pregunté, entre otras cosas, si no había un sitio de despegue que no implicara una travesía en auto de dos días. El mismo Montgolfier me respondió casi enseguida, diciéndome que no creía que hubiera problema con mi condición plúmbea, que la barquilla del globo tenía capacidad de sobra (hasta dieciséis personas), que era imperativo transportarse al hangar emplazado en el valle que está al otro lado del Monte Misterio, y que en principio no recomendaba el vuelo de una mujer encinta, pero que había que esperar a ver las condiciones atmosféricas en el día del vuelo para emitir un juicio contundente… La respuesta del fundador y piloto de Globos Panamericanos aclaró mis dudas con respecto a los pormenores del viaje en globo, pero me generó otras que concernían al personaje de Absalón Montgolfier, pues el correo se alejaba definitivamente del tono formal de los comerciantes y los gerentes, y había sido redactado, en su totalidad, en cuartetos de versos de arte mayor (endecasílabos) con rimas consonantes tipo ABBA. Al final, por ejemplo, después de proveer la información solicitada y explicarme el proceso (no reembolsable) de reserva, Montgolfier se despedía con algo que, por su carácter personal, casi íntimo, no podía ser su firma corporativa:

El globo de aire es un corazón cuyo
Latido está dictado por el fuego.
Desde la altura el mundo es como un juego,
Y un incendio es apenas un cocuyo.

Si tiene más preguntas en la mente,
Escríbame otro mensaje prolijo.
¡Ah, norabuena por su próximo hijo!
Se despide de usted, sinceramente,

ABSALÓN MONTGOLFIER

3

Algunos meses antes de darme cuenta de mi problema de sobrepeso, casi al mismo tiempo de enterarme de que esperábamos un hijo, compré un cuaderno de notas con la esperanza de estar listo en caso de que se me ocurriera una buena idea para mi siguiente novela. Era un cuaderno de tapas blandas y páginas infinitas, con un separador de tela y una banda elástica que, además de ayudar a mantener el cuaderno cerrado, permitía alojarle un lapicero de tinta verde que, pensaba, serviría como pararrayos una vez que me fulminara la idea eléctrica de un nuevo libro. Me acuerdo de que lo llevaba conmigo a todas partes, todo el tiempo, temeroso de que las palpitaciones llegaran y me encontraran sin poder anotarlas y, por descuidado, dejara escapar hacia el olvido lo que llevaba años esperando. Lo llevaba conmigo a la ducha, al cine, a los consultorios, a los cumpleaños, a los velorios, a las bibliotecas, a los supermercados, a los conciertos, a la cama, a los sueños, pero la idea no llegaba.

Así fueron pasando las semanas, sin que se me acercara la intuición que yo ansiaba, y cuando me resigné a no encontrar una nueva historia me fui llenando de lástima ante las páginas vacías de mi cuaderno, de modo que un día, sin que supiera bien por qué, comencé a escribir listas extrañas, a veces simples, a veces poéticas, enigmáticas enumeraciones de todas las categorías que comencé a recolectar en mi cuaderno de notas sin un propósito aparente: una lista de métodos para conciliar el sueño, otra de posibles temas literarios, otra de metáforas lindas que se me ocurrían, otra de anécdotas, otra de clichés a evitar, otra de preguntas insondables, otra de posibles ideas de negocios, otra de posibles inventos, otra de películas por ver, otra de libros por leer, otra de asombrosos datos o estadísticas, otra de las cosas que A. decía para ver si podía descifrarlas más adelante, otra de neologismos, otra de sueños que lograba recordar, otra de olores que me llevaban a la niñez, otra de los víveres que había que comprar en el supermercado, otra de remedios que había que pedir a la farmacia, otra de nombres que les pondría a nuevas constelaciones o galaxias, otra de palabras para buscar en el diccionario, otra de asuntos que justificaban el multiverso...

    Al principio no les di mayor importancia y se las atribuí al ocio, pero luego aquellas enumeraciones se impregnaron de un impulso misterioso y se fueron convirtiendo en un hábito, no sé, o en un vicio: cuando se me ocurría una lista, anotaba el título en una página en limpio y luego me pasaba las horas buscando elementos que la compusieran. No era un asunto sistemático. A veces las escribía de un tirón y no volvía a tocarlas, pero otras veces dejaba las listas abiertas para llenarlas más adelante y, luego, cuando andaba ocupado en alguna otra cosa (sentado ante el piano, o haciendo maratones de series en Netflix o mientras caminaba por la calle o mientras peinaba a Segismundo) se me ocurría algún elemento súbito y tenía que dejar lo que estaba haciendo para anotarlo, para incluirlo, para coleccionarlo, para capturarlo.

    ¿Por qué sentía que esas listas eran una necesidad, un deber? ¿De qué servían? ¿Qué significaban?

4

La otra razón por la cual quise organizar el viaje era que, de la noche a la mañana, había dejado de comprender a mi esposa. Tal vez fuera consecuencia de mi nueva pesadez, de mi lentitud, de mis propias ansiedades; sin embargo, cada vez que trataba de disculparme, ella me miraba con un poco de lástima y decía (decir es un decir) algo que yo no entendía. Digo mi esposa, pero la verdad es que A. y yo nunca nos casamos: desde el comienzo tuvimos claro que no existía ninguna autoridad por encima de nosotros mismos y acordamos que nuestra decisión de una vida juntos no requería certificaciones eclesiásticas o notariales. Los anillos los hizo ella misma en su taller de joyería, una tarde memorable, pues entre otras muchas cosas mi esposa es joyera. Así, hace años, sin parsimonias ni puñados de arroz ni torta de novios, nos amancebamos, felizmente...

No digo que no hayamos tenido nuestra ración de problemas y de crisis, para qué negarlo, pero nada como aquella época en que dejamos de comprendernos. A lo mejor era el maremágnum hormonal del embarazo, o una manera inusitada de la rebeldía femenina, pero el caso es que cuando mi esposa quería decir algo yo ya no escuchaba los sonidos que movilizan las conversaciones habituales, sino que veía globos de diálogo, como en las tiras cómicas —cosa que no era *tan* terrible, excepto que en lugar de las palabras legibles de las historietas, lo que aparecía dentro de estas burbujas ingrávidas (también llamadas *bocadillos*) eran secuencias de letras sin sentido, impronunciables, caóticas, que me habitué a anotar en mi cuaderno infinito antes de que se evaporaran en el aire.

Todo comenzó dos semanas o tres meses antes de la travesía, luego de una pelea intrascendente: la noche anterior habíamos cenado mientras veíamos en la televisión un documental sobre el equipo de Bletchley que había ayudado a descifrar los mensajes secretos de los nazis durante la Segunda Guerra Mundial y luego, cuando nos entró el cansancio, habíamos ido al baño para llevar a cabo nuestros respectivos rituales de aseo personal. Frente al espejo, la disputa había comenzado como una conversación (medio juguetona, medio seria) en la que debatíamos cuál era la manera óptima de colocar un nuevo rollo de papel higiénico en el tubito retráctil del baño (yo abogaba por una posición que permitiera la extracción *frontal* de los cuadritos de papel, mientras que ella prefería la alternativa de halarlo por la parte de atrás), pero por razones oscuras la charla se fue bifurcando hacia otros dilemas higiénicos y mundanos (¿era mejor usar la seda dental *antes* o *después* de cepillarse? ¿Cada cuánto debían ser cambiadas las toallas para evitar el olor a sobaco sudado? ¿Era apropiado o no orinar en la ducha?) y el tono lúdico comenzó a ser reemplazado por el del reproche, hasta que, sin que nos diéramos cuenta de cómo ni cuándo, la conversación estalló en una pelea épica que, tras el pretexto de pequeñas diferencias en las idiosincrasias cotidianas, escondía una crítica fundamental y un cansancio no tan nuevo. En el momento más álgido de la contienda ella me había acusado de ser un macho típico: mugroso, egoísta y desorganizado; yo, en represalia, la tildé de descuidada e impráctica. Aquí nos detuvimos, porque sabíamos que peleábamos por ridiculeces, pero aunque habíamos logrado frenar la trifulca antes de que estallaran las lágrimas y los insultos, los dos habíamos quedado hartos por las razones del otro y nos acostamos dándonos la espalda, sin siquiera decirnos las buenas noches o apelar a un fugaz polvo de reconciliación.

A la mañana siguiente, sintiéndome arrepentido, quise enmendar la situación. Me levanté antes que ella, preparé el desayuno y se lo llevé a la cama. Desperté a mi esposa con una caricia en la panza y un beso en la mejilla:

"Tienes razón", le expliqué antes de que ella pudiera decir cualquier cosa. "El rollo de papel se ve más bonito como tú lo colocas; lo verdaderamente importante, al fin de cuentas, no es cuándo usar la seda dental, sino evitar la gingivitis".

Mientras A. se sostenía la enorme panza con una mano, con la otra armó un espaldar improvisado de almohadas. Tras acomodarse la vi tomar un poco del jugo de naranja recién exprimido, despejarse la garganta, abrir la boca, mover los labios y la lengua. En vez de sonidos, sin embargo, sacó el primer globo de diálogo, su primer bocadillo, así:

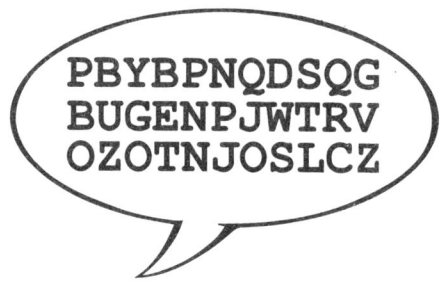

El globo era brillante, tornasolado, como una enorme pompa de jabón. Lo vi flotar durante un segundo frente al rostro de A. antes de que por cuenta propia asumiera una posición lateral, con el vértice apuntándole a la boca. Todas las letras eran mayúsculas y estaban diagramadas en fuente Courier. Después de un instante se fueron difuminando y la burbuja estalló sin dejar ningún rastro. La miré maravillado, pensando que mi esposa me estaba mostrando otro más de sus innumerables talentos, y luego quise retomar mi disculpa:

"En serio", dije. "Lo estuve pensando y sí: soy un mugroso. Pero merezco una oportunidad para redimirme; después de todo, heder es humano. Cambiemos las toallas cada dos o tres días, si eso es lo que quieres; aunque el sonido del agua que cae haga que me den muchas ganas y además sea bueno para el medio ambiente, ya no orinaré más en la ducha".

A. volvió a abrir la boca para decir algo. Una vez más, lo que salió fue un globo de diálogo con una secuencia incoherente de letras. Puse mi palma abierta sobre su frente: no tenía fiebre. Le pregunté si se sentía mal y, después de otro bocadillo indescifrable, dijo que no con la cabeza. Legítimamente consternado, llamé al servicio de emergencias. El paramédico que llegó para revisarla, sin embargo, no encontró nada fuera de lo común. Después de auscultarla, se me acercó y me hizo sentar para tomarme la presión:

"Tranquilícese", me dijo mientras bombeaba aire en el tensiómetro. "El bebé no corre peligro y su esposa está bien".

Suspiré larga, detenidamente, y luego le pregunté qué opinaba de los globos de diálogo, si en verdad no creía que fuera el síntoma de algo más grave, pero el tipo le prestaba atención al ciclo de mis sístoles y mis diástoles y no escuchó mis preguntas. Después se zafó el estetoscopio y me hizo saber que mi presión estaba dentro de los rangos normales. Sin que esto me proveyera ningún alivio, le pregunté si era necesario que nos remitiéramos al consultorio de un fonoaudiólogo o de un terapeuta de pareja que nos ayudara a restablecer los puentes de la comunicación, pero el paramédico espantó mi pregunta con la mano, como si quisiera alejar un mosquito, y solamente nos recomendó tiempo de reposo para que las cosas volvieran a la normalidad: "Tómense un par de días de descanso", había dicho: "Salgan de la rutina, de la ciudad; váyanse de paseo".

Durante esos días previos al viaje releí a los teóricos de la comunicación y busqué pistas en foros de internet dedicados a problemas maritales, con la esperanza de encontrar algo que me acercara a la solución de la incógnita en la que se había convertido A., pero no encontré nada. Lo único que se me ocurrió fue que el asunto de los bocadillos era una manifestación nueva de un problema viejo que se había ido acumulando hasta reventar; que, desde el comienzo, las discusiones y querellas de nuestra vida juntos habían surgido no tanto de problemas tangibles o logísticos sino de asuntos abstractos y asperezas del lenguaje... Ah, en el comienzo de la relación jamás tuvimos estos inconvenientes: nos comunicábamos como abejas al vuelo, casi que por telepatía. Pero el tiempo pasaba; la relación, como una torre, se erigía (una hipoteca compartida, el peludo peldaño de una mascota, el andamio de una rutina, el triple salto de un embarazo), y tal vez llegaba un momento en que el aire enrarecido de la altura generaba estos malentendidos, esta confusión babélica... Después de los primeros dos años, por ejemplo, ella comenzó a reprocharme el que yo fuera tan quisquilloso con las palabras; yo, en cambio, me encendía de furia cada vez que ella empleaba una de sus vaguedades imposibles. Los dos teníamos razón, supongo: yo, por gajes del oficio, requiero precisión y claridad; mi vida es una búsqueda perpetua de *le mot juste*. Ella, en cambio, mucho más intuitiva y emocional, prefería los atajos lingüísticos de los místicos: para A., como para los filósofos orientales o los alquimistas herméticos, arriba quería decir lo mismo que abajo, adentro podía significar afuera, hoy era intercambiable con mañana o con ayer. Era como si para ella el lenguaje fuera un muro que había que derribar para acceder a la verdadera realidad y por eso no le prestaba mucha atención a lo que decía. Fuera cual fuera el contexto, por ejemplo, una de sus palabras predilectas era *cosa*:

"¿Has visto la cosa?", podía preguntarme así, de la nada.

"¿Qué cosa?".

"Cariño, pues la cosa aquella. Ayer la dejé encima de la otra cosa. La necesito para una cosilla. ¿La has visto?".

"¡Explícame bien lo que quieres decir!", solía decirle. "¡Sin literalidad, todo es el caos!".

Mi esposa suspiraba:

"¡Aprende a entenderme!", era su respuesta —y su reto.

Ninguno de los dos había sabido adaptarse, sin embargo, y este tipo de discusiones se había repetido con periodicidad hasta que estalló aquella crisis de sentido. ¿Qué podíamos hacer? ¿Esperar? ¿Buscar ayuda? ¿Resignarnos? ¿Irnos acostumbrando a esta nueva dinámica de la relación? ¿Era posible vivir así, sin entenderse? ¿Era posible el amor sin el lenguaje?

5

Conozco exploradores que, incluso para un viaje al supermercado o una breve visita al retrete, elaboran un derrotero al cual se atienen durante todo momento, como si a la hora del viaje verdadero estuvieran apenas verificando los puntos de un trayecto ya realizado, mentalmente. Este tipo de viajeros siente una emoción particular en la elaboración de meticulosas tablas de Excel (en las que se acumulan números de reserva, teléfonos de emergencia, comprobantes de pago, coordenadas de restaurantes y monumentos), son los mejores clientes de las agencias de viajes (las compañías que se dedican a la venta de todoincluidos) y las aseguradoras (las compañías que se dedican a la venta de miedos), y son los antípodas espirituales de esos otros viajeros despreocupados que salen de sus casas con la idea de pasar un par de días en la playa y terminan yendo al zoológico o, por azar, conviviendo un mes con los esquimales en Saqqaq.

No pertenezco a ninguno de estos extremos: me parece que la organización sin improvisación dificulta los descubrimientos y es una de las formas más veladas de la terquedad, y que dejar todo a la suerte es como andar por la vida sin el núcleo semántico del deseo. Por eso, cuando viajo (o cuando escribo, pues la literatura es un viaje), me gusta hacer apenas un bosquejo del trayecto, trazar una línea punteada que sugiera el camino y deje abiertas las posibilidades que va regalando la suerte. Antes de partir me gusta tener una idea general del viaje, nada más.

La idea general de nuestro paseo era esta: el sábado tomaríamos la autopista costanera, saldríamos de la ciudad, cruzaríamos el puente que une las orillas del Río de los Recuerdos, atravesaríamos rápido el Desierto de los Espejos y, si todo salía bien, pernoctaríamos en un pintoresco hotel en medio del Bosque Milenario. El domingo haríamos la otra parte del recorrido: bordearíamos Playa Blanca, emprenderíamos el ascenso del Monte Misterio y, después del almuerzo, llegaríamos al valle donde Absalón Montgolfier había quedado de esperarnos junto al Rocambolesque, el globo aerostático en el que realizaríamos nuestro vuelo de una hora u hora y media, dependiendo de las condiciones meteorológicas. El lunes, día festivo, emprenderíamos el camino de regreso, bien temprano.

Como no pude encontrarlo en Google Maps (últimamente he tenido todo tipo de problemas con los dispositivos), le pedí a Guillermo que hiciera un pequeño mapa de la península para ubicar la dirección general de nuestro periplo; apenas un esbozo que, como el párrafo anterior, mostrara los lugares principales, sin arruinar las sorpresas ni ahondar en los detalles.

La máxivan era una Dodge Tradesman modelo 75 que William Guillermo había adquirido recientemente. Era una furgoneta ruidosa pero cómoda que, al menos durante un tiempo, resultó idónea para nuestro viaje familiar. Estaba pintada de marrón y ocre y, en los costados, estaba decorada con viejos jeroglíficos hechos de líneas rectas, flechas y serpentinas que representaban los choques y zigzagueos de electrones, positrones y fotones. Mis hermanos la habían comprado, supuestamente, porque había

pertenecido a Richard Feynman, el famoso físico teórico que, por medio de los diagramas pictóricos que llevan su nombre, explicó el movimiento de las partículas subatómicas... Hablando de Richard Feynman, fue él quien formuló la integral de caminos, herramienta fundamental para calcular las probabilidades del trayecto de las partículas en la mecánica cuántica. No es que yo entienda mucho de esas cosas, y además el asunto es más difícil que estornudar con los ojos abiertos, pero en algún punto del periplo me pareció que tenía algo que ver con nuestro viaje o con la poesía de nuestro itinerario y le pedí a William que me lo explicara.

"Es básicamente esto", dijo William. "A la pregunta de si una partícula que parte de un punto de origen (A) llegará a un punto final (B) en un tiempo determinado (T), la física clásica puede dar una respuesta definitiva. Por ejemplo: si la máxivan se desplazara por la carretera a una velocidad constante y se conociera la distancia exacta entre la ciudad y el valle que está al otro lado del Monte Misterio, se podría predecir con certeza el punto exacto en el que el vehículo estaría a treinta segundos del arranque, o a una hora o a los dos días, o saber de antemano el instante en que la furgoneta llegará a su destino".

"Eso lo entiendo sin problema", le dije.

"El asunto es radicalmente distinto en el campo estrambótico de la mecánica cuántica. Cuando se habla de partículas subatómicas, la física no puede predecir la posición exacta de la partícula, sino calcular las probabilidades de detectar dicha partícula en determinado momento. Para lograr esto hay que considerar todos los trayectos y velocidades posibles que pueda tomar la partícula y luego sumar todas estas historias (que se agrupan o se cancelan) hasta que la sumatoria arroje la probabilidad de detectar la partícula que partió de A hacia B en un tiempo dado".

Aquí William se detuvo y contempló, con algo de lástima, mi cara de estupefacción:

"Déjame que te lo ilustre con un ejemplo", dijo: "Si la máxivan fuera un fotón y quisiéramos calcular las probabilidades de detectarla, tendríamos que considerar todos los caminos posibles, por muy inusitados que parezcan. De este modo, tendríamos que considerar la posibilidad de que, entre la ciudad y el valle que está al otro lado del Monte Misterio, la máxivan-fotón pasara por París o

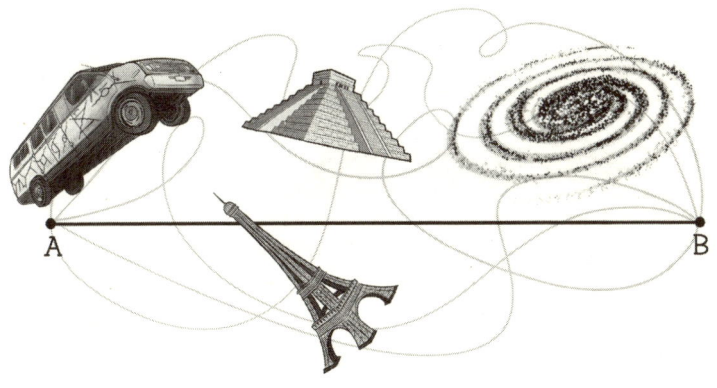

Teotihuacán, o que se desviara un poco más e hiciera una parada en alguna de las lunas de Júpiter o en la constelación de Andrómeda o cualquier otro camino que se te pueda ocurrir".

"Pero ¿cómo es posible que, en un tiempo determinado, por decir una hora, la partícula pueda viajar a otro planeta, a otra galaxia? ¿No va esto en contra de la velocidad constante e insuperable de la luz?".

"No, pánfilo," dijo. "Para hacer estos cálculos se deben emplear unidades de un tiempo distinto".

"¿Cómo distinto?".

"Un tiempo diferente al que miden los relojes o los calendarios...". William hizo una pausa y, rascordándose, miró a lo lejos, como si en la distancia se hallaran las palabras apropiadas para las cosas inefables: "Un tiempo imaginario", dijo finalmente, "parecido al del teatro de los sueños...".

Dramatis personæ

> *Toda esta creación es esencialmente subjetiva, y el sueño es el teatro en donde el soñador es a un mismo tiempo escena, actor, apuntador, director de escena, autor, audiencia y crítico.*
>
> Carl Gustav Jung, *Aspectos generales de la psicología del sueño*

El narrador —Novelista, filósofo de pacotilla, decente cocinero, pésimo ajedrecista, pianista amateur. También, como en un epitafio: esposo, hijo, hermano, padre inminente, amigo. Entre sus dramas están su amor menguante por la literatura, su falta de nuevas ideas eléctricas, su densidad inexplicable, el miedo laxante de estar a punto de tener un hijo, sus problemas de comunicación con su esposa, etc. Edad: treinta y seis años. Señas particulares: su estilo abigarrado, su gusto por las enumeraciones, su humor claroscuro. Es el *yo* que transita por la historia; emparentado (pero no equiparable) con otro *yo* que respira por fuera del texto. Uno de los dos —¿cuál?— sueña al otro.

A. —Artista de la orfebrería, amante de los animales, mecenas de la literatura, madre primeriza. Desde que está en embarazo también es activista política. Hace poco descubrió el sitio web Change.org, y cuando se le ocurre alguna causa que considera justa y necesaria, la sube a internet con la esperanza de reunir los seguidores suficientes para generar un cambio real en "esta sociedad plagada por la indiferencia". Es una de las personas con mayor empatía que conozco: si se imagina el dolor de otro, llora; si se imagina su felicidad, sonríe; si se imagina una rabia ajena, es mejor apartarse de su lado. Sus dramas son, entre otros, compaginar su amor por los animales con sus hábitos omnívoros, el dolor lumbar del embarazo y los mencionados problemas de comunicación con su esposo.

Mi padre —Historiador jubilado. Toda la vida fue un tipo distinguido, decente, querido. Antes del viaje, sin embargo, sufrió un accidente que le robó su identidad y lo transformó en otra persona. Ese es su drama. Durante casi toda la travesía nos ordenó que nos dirigiéramos a él utilizando el rango marcial de "Generalísimo" y tuvimos que soportar inoportunos llamados a lista, varios tests de Cooper e innumerables comentarios chauvinirracistas-homoxenofóbicos. Las circunstancias del accidente que le trastocó el ser no están del todo claras: lo único que sabemos es que un equipo de bomberos que atendía un incendio cercano lo encontró marchando, en pelotas, hacia el Museo de Historia. En el reporte dicen que mi padre andaba confundido y que, cuando lo detuvieron, comenzó a decir una y otra vez la misma cosa: "¡La sombra, la sombra!". Exámenes médicos descartaron un derrame cerebral, un trastorno psicótico o una locura sifilítica. Desde el accidente también perdió su memoria a corto plazo: sin querer repite el mismo chiste, o rememora la misma anécdota, o hace la misma observación evidente, o mira confundido antes de hacer la misma pregunta que ya le habíamos respondido —hace dos minutos. Aunque para cuando partimos ya le había dicho no sé cuántas veces que no sabía sobre qué iba a ser mi siguiente proyecto literario, igual a cada rato le daba por preguntarme la misma cosa: "¿Ya sabes sobre qué vas a escribir ahora?".

Mi madre —Promesa del *rock & roll* y la canción protesta, un día mi madre abandonó su nombre artístico y los escenarios para dedicarse a la complicada tarea de criar a cuatro hijos. Todavía, aunque hayan pasado tantos años y ella sea tan distinta a la muchacha que sonríe en las carátulas de sus discos, hay alguien que la reconoce y le pide que cante uno de sus éxitos de antaño: ella siempre se niega, cordialmente. Ahora solo canta cuando está muy feliz —o muy triste. En general es una mujer alegre y amorosa, pero tal vez por su condición de artista es propensa a que se le pegue el oscuro bicho de la melancolía. No digo que se arrepienta de nosotros o de la vida de familia, pero a veces siento que, enfrentada otra vez a esa bifurcación de caminos, mi madre elegiría un camino distinto. Ese, me parece, es uno de sus dramas. El otro es que desde hace siete años no puede zafarse el luto por la muerte de su padre, fallecido por un inexcusable error médico que le costó la vida al abuelo y el trabajo a un tipo que decía ser galeno íntegro pero que en realidad era apenas medio zoquete.

William Guillermo —Desde muy temprano fue evidente que William Guillermo, mis hermanos, eran dos personas amalgamadas en un solo cuerpo. No era un mero asunto de personalidades múltiples. Uno de ellos aprendió a caminar al año de nacido, el otro tardó casi dieciocho meses en ponerse de pie; uno demostró rápidamente una asombrosa habilidad para las matemáticas, el otro decidió que lo suyo eran las artes (incluso las marciales); mientras que Guillermo es adepto a la comida de mar, William sufre de una poderosa alergia a los mariscos. Cuando uno se manifiesta, el otro descansa, y viceversa. Para reconocerlos nos basta que digan cualquier cosa, pues no solo hablan de temas disímiles sino que las tesituras de sus voces son distintas: si fueran contratados para una ópera, Guillermo tendría el papel de barítono y William sería el acomodador en los palcos. Uno de sus dramas comunes es que no pueden controlar cuándo ha de manifestarse uno u otro, lo cual hace muy difícil, por ejemplo, los encuentros amorosos o la planeación general de sus días: ni William ni Guillermo pueden decir por su cuenta: "Te llamaré cuando llegue" o "Estaré ahí a las cuatro de la tarde", porque no saben quién tendrá posesión del cuerpo a la hora señalada. Para las citas impostergables han firmado, ante un notario, un documento en el que cada uno le entrega al otro ilimitados poderes legales. Sus dramas individuales no tienen una solución tan práctica: William, físico de profesión, quiere encontrar la respuesta al origen del tiempo y la explicación a los intríngulis más abstrusos del multiverso; Guillermo, que desde hace varios meses venía entrenándose para el campeonato nacional de jiu-jitsu brasileño, perdió la gran final en un combate bochornoso y, para el momento de nuestro viaje, estaba sopesando seriamente abandonar para siempre su carrera como luchador.

Miranda —Mi hermana. Devoradora de libros, en especial clásicos de literatura universal. Durante nuestra travesía se merendó, entre otras obras, todas las tragedias de Esquilo, varias novelas de Jane Austen, el *Quijote* y algunas partes de *Moby Dick*. A veces arranca las páginas y las mastica sin aderezos, lentamente, disfrutando el sabor prístino de las palabras o la sazón original de la sintaxis; en otras ocasiones (cuando los libros la displacen o se trata de traducciones rancias) los prepara en recetas de alta cocina o se los traga rápido para no sentirlos en el paladar y así, una vez ingeridos, aprovechar al menos los nutrientes de la prosa. Las portadas también se las come, si son blandas y bonitas, pero si son feas o duras siempre las deja a un lado, como se dejan a un lado los huesos del pollo o las sombrillitas de los cocteles. Cuando era apenas una niña, Miranda se encontró de frente con su *doppelgänger* y el evento de verse a sí misma en otra persona fue tan traumático que desde entonces siente antipatía hacia las repeticiones: mi hermana desconfía de los gemelos idénticos, les tiene fobia a los espejos, siente asco por los *remakes* de Hollywood, no comparte la emoción de los otros ante los *déjà-vu* y detesta la palabra *bis*. Cuando cumplió la mayoría de edad se fue a darle la vuelta al mundo y fue así como conoció a Marcel, su esposo. Dieciocho meses antes de nuestra travesía habían tenido a Léna, la niña que es sinónimo de asombro y felicidad. Cuando Léna nació, mi hermana abandonó su trabajo como profesora de literatura para empezar a criarla pero, aunque ha pasado junto a la bebé uno de los periodos más satisfactorios de su vida, hace poco comenzó a darse cuenta de que iba a tener que retomar su carrera profesional si no quería vivir únicamente en función de madre: "Uno de los dilemas fundacionales de la mujer moderna", me dijo cuando le pregunté cuál era su drama.

Marcel —Mi cuñado. Diplomático francés. Cansado del ajetreo de la urbe y la frivolidad de la política, Marcel sueña con una vida en el campo dedicada a la siembra y exportación de aguacates, su fruta predilecta. Por amor a una mujer abandonó su tierra natal y, en el instante en que supo que el camino de su vida se perdía en el horizonte junto a Miranda, comenzó a aprender español. De su nuevo idioma lo que más le gusta son las palabrotas (que tiene prohibido pronunciar frente a Léna) y lo que menos le gusta es la compleja utilización del subjuntivo. Tal vez por las intrigas que ha tenido que presenciar en ámbitos gubernamentales, a mi cuñado le llaman poderosamente la atención esas teorías de conspiración que ponen los acontecimientos de la historia en las manos de unos cuantos individuos adinerados y malignos, atribuyen el alunizaje al talento cinematográfico de Stanley Kubrick o ven en la fluoración del agua potable un complot para aborregar a los pueblos. Aunque se refiere a ellas con algo de escepticismo, de tanto pensar en estas teorías a Marcel le ha quedado un deje de paranoia que se evidencia por su manía de mirar hacia atrás (para comprobar si es perseguido) y revisar las habitaciones a las que entra en caso de que alguien haya plantado cámaras escondidas o micrófonos microscópicos. Además de esta paranoia, su drama (ahora que es padre) es sentir que el tiempo pasa demasiado rápido, que la pequeña Léna crece (como las plantas en el trópico o los rascacielos en China) muy deprisa...

Léna —Mi sobrina: melómana, juguetona, temperamental. Aunque ahora tiene más léxico que María Moliner, para el momento de nuestro viaje las únicas palabras que pronunciaba eran *mamá, papá, nana* (abuela), *ñoño* (abuelo) *tata* (tía) y *caca*. No es que esto representara un obstáculo para la comunicación: preocupada por la idea de que los niños que crecían en hogares bilingües tardaban más en aprender a hablar, Miranda había empezado a inculcarle (además del español y el francés) un lenguaje básico de señas que la niña comenzó a utilizar casi instantáneamente y con el que podía (como Koko, la gorila) expresar necesidades y sentimientos elementales o referirse a tal o cual integrante de la familia. En la época que nos concierne todavía no tenía ningún drama, pues apenas se estrenaba en la existencia.

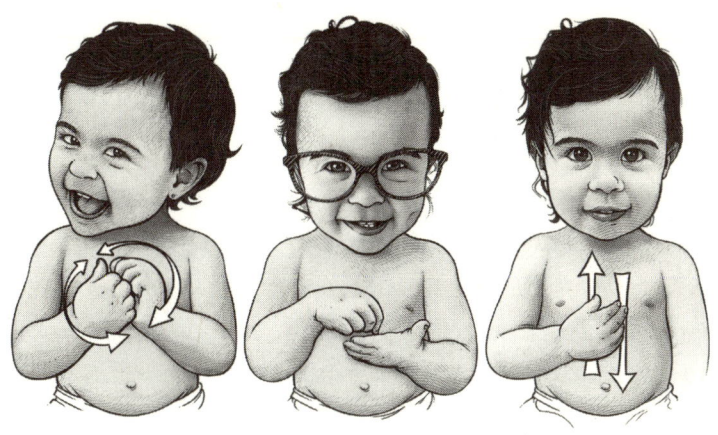

Léna hace las señas para "cambio de pañal", "El narrador" y "tener hambre".

Clara Luna —La hippy excéntrica de mi suegra. Supuesta vidente de auras y diletante de la medicina alternativa (homeopatía, acupuntura y reiki, principalmente). Un día descubrió el *I ching* y, desde entonces, son pocas las decisiones que no tome basándose en los hexagramas del libro oracular. Su drama es que, aunque compra el periódico todos los días, todavía no llega la primicia que ella espera en primera plana: noticias verídicas del primer contacto con vida extraterrestre. Además de asuntos esotéricos, a Clara Luna le gusta la compañía de los niños: no ve la hora de ser abuela y se derrite cada vez que Léna hace alguna monería o expresa algo gracioso. Cuando esto último ocurre, A. la guarda en algún recipiente hasta que su madre se condensa y puede verterla sobre el suelo, lentamente, de pies a cabeza.

Segismundo —Nuestra mascota plurieidética. A veces Segismundo es un gato (blanco, con botas y anteojos negros), pero otras veces puede ser un chihuahua o un canguro o incluso un tigre o un potro o también un toro, una rosa o una tempestad. Al principio me negué a que viniera con nosotros, porque pensé que estaría más a gusto en casa, pero A. lo empacó en su jaulita portátil y no quiso escuchar mis razones para que no lo sacáramos de su hábitat. Sus dramas son las bolas de pelo (para las que toma un aceite espeso a base de malta), el que no le demos atún siempre que nos pide (por el nocivo contenido de mercurio), y los excesos de cariño de Léna, que en aquel momento no sabía distinguir entre cargar a un animal y ejecutar una maniobra de Heimlich.

Luciano —En la oscuridad oceánica de un vientre, un apasionado latido; en el espacio sideral de las generaciones, un viajero cósmico en su cápsula amniótica. Durante nuestra travesía al valle que está al otro lado del Monte Misterio, antes de que Luciano llegara, yo desconocía aún el color de sus ojos, el sonido de su risa, los pretextos que darían forma a sus aventuras, las particularidades de todos sus sueños —pero desde ya me sentía unido a él con el amor fervoroso con el que, a pesar de todo, nos apegamos a la vida. Un hijo: un mundo: un sistema planetario: un universo…

Sábado

Salida — Visita al cementerio — Un pasajero inesperado — Un particular malabarista — Protestas en la zona industrial — La final de jiu-jitsu — Un enigmático peaje — El problema eléctrico de la consciencia — El líder del Tour de Francia — Parada en el zoológico de animales mitológicos — El Río de los Recuerdos — Extravío en el Desierto de los Espejos — Llegada al Hostal de Arena — La teoría del multiverso — El mago Segundo concede deseos — La melancolía cambia de hogar

Antes de partir, empaca un par de camisetas frescas, pantalones de repuesto, shorts para el mar o la piscina. Economiza espacio —no dobles: enrolla. Si en tu valija llevas zapatos, rellénalos con calzoncillos (uno por día), o con calcetines o con amuletos. Que no se te olviden el cepillo de dientes, el desodorante, el impulso explorador. Si quieres, haz tú también una lista, para que no se olvide nada importante: los binoculares, la brújula, una linterna con baterías de repuesto, los walkie-talkies, *una novela de intrigas y aventuras. Si tienes que atravesar aeropuertos, ponte el escudo contra esbirros y deja el cinturón, las monedas, la impaciencia; si viajas en barco, recuerda la diferencia entre babor y estribor y repasa las nomenclaturas: qué es una carena, qué es un mascarón de proa, qué es una sentina; si viajas en globo aerostático, entérate de los principios básicos del arte de volar. En caso de que tu destino sea un paraje exótico, lleva la mente abierta, el pasaporte, un diccionario bilingüe y espacio extra para los regalos al regreso. Ten presente que a veces todo es distinto: los calendarios, las creencias, los enchufes. Viaja liviano: deja el miedo, la angustia, los incordios. Recuerda que viajar es como leer literatura: sobre todas las cosas, se requieren atención, libertad, creatividad, memoria, imaginación…*

1

Llegó el momento de partir, y partimos: atrás dejábamos las ventanas cerradas, las plantas regadas, el hervor a fuego lento de la vida cotidiana, el espejismo insustancial de nosotros mismos. Era una mañana sin nubes y en el cielo se intercalaban azules y violetas como en la cúpula de un planetario antes de la función. Aunque trate, no logro recordar en qué orden nos recogió William Guillermo, ni el momento en que organizamos el equipaje dentro de la furgoneta, ni cuando paramos a comprar víveres para el trayecto. Mi memoria del viaje comienza con todos subidos en la máxivan: Marcel, Miranda y Léna, en la parte de atrás; A., Clara Luna y yo (con Segismundo a mis pies), en los puestos del medio; mis padres en la parte delantera, junto a William Guillermo, que iba al volante. La furgoneta ronroneaba, detenida ante una intersección de caminos, a la espera de que el semáforo cambiara a verde.

Una de las ventajas de que mis hermanos condujeran es que, ya fuera William o Guillermo, siempre había alguien al mando de su organismo y jamás tenían la necesidad de dormir —entre ellos dos podían conducir día y noche, durante toda la vida, y detenerse solo para ir al baño o estirarse. Aunque hubo momentos en que Marcel y Miranda se ofrecieron para un relevo, durante todo el viaje William Guillermo no quiso que nadie más tocara el puesto del piloto: tan enamorado estaba de la antigua furgoneta de

Feynman. Mi padre también se ofreció, con insistencia, pero todos coincidimos en que era peligroso entregarle el comando de la nave a un hombre que parecía haber perdido sus facultades mentales. Yo, en cambio, no me ofrecí, no porque no quisiera colaborar o porque respetara los celos de William Guillermo hacia su máquina, sino porque siempre fui un pésimo conductor. Aunque obtuve mi licencia (luego de dejar en pérdida total una flota entera de vehículos de enseñanza), jamás comprendí el concepto del embrague, ni cómo frenar más que en seco, y aunque gasté tardes enteras intentándolo, nunca logré la hazaña de arrancar un auto en subida. Estar tras el volante siempre fue para mí una experiencia repleta de frustraciones: cuando pasaba de primera a segunda (jamás llegué a tercera) los vehículos gemían de pura pena, y si quería activar las luces direccionales o abrir el capó, los limpiabrisas se activaban para anunciarme, con su oscilación rítmica, la chirriante negativa con la que chocaban todos mis esfuerzos. Con mi complicado problema de densidad en aquel entonces, además, estaba seguro de que, en el evento de que yo asumiera el puesto del piloto, nuestro destino no sería otro que la catástrofe...

"Arranque, soldado. El semáforo está en verde".

"Ya sé, papá".

"No me diga así: dígame Generalísimo. Es una orden".

El motor de la máxivan vibraba como la cuerda de una guitarra tras el rasgueo de una uña, haciéndonos cosquillas desde dentro. En nuestro interior además bullían la semilla dorada del comienzo, las palpitaciones de la expectativa.

"¿Qué hora es?", preguntó Miranda.

"No sé", le dije. "Mi reloj está borroso".

"GBRKGOIGQUPLWBEURMDOPSPV", dijo A.

"Habrá tempestad más adelante", pronosticó Clara Luna.

Todavía estábamos en el proceso demorado de acomodarnos dentro del vehículo: el cinturón de seguridad, las chucherías, los anticinetósicos, las almohadas para prevenir la tortícolis. Ante el timón, mis hermanos verificaban su puesto de comando, las agujas que medían el combustible, la velocidad, las revoluciones: las cifras secretas de nuestro destino.

"¿Por qué parece que la camioneta anda torcida hacia la izquierda?".

"No parece: estamos inclinados hacia la izquierda".

"Puede que el equipaje está mal distribuido", sugirió Marcel.

"Que el equipaje *esté* —que esté mal distribuido".

"¡Hijo de pu…", comenzó a decir Marcel. Mi hermana se apresuró en taparle los oídos a la pequeña Léna:

"¡Silencio, que la bebé te escucha!", lo reprendió.

"Me pregunto", dijo William, "si Guillermo habrá hecho revisar la transmisión de la máxivan".

"Detente un segundo", dije y luego de que William se orillara cambié mi puesto en la ventanilla por el del medio, entre A. y su madre. Los amortiguadores crujieron mientras la furgoneta recuperaba la estabilidad. "No es la transmisión ni el equipaje", concluí, sin que la comprensión me diera orgullo: "Es mi peso tremebundo".

"Ah", dijo Clara Luna, "eso explica su aura densa".

"Consecuencia nefasta de una vida dedicada al ocio", dijo mi padre. Después me miró por el retrovisor, curioso:

"¿Ya sabes sobre qué vas a escribir ahora?".

Miré a papá con un poco de lástima por su memoria demediada y busqué en mi seso para ver si podía hallar una respuesta a la pregunta que me había estado haciendo desde hace varios días, pero en mi mente solo encontré algo así como un espejo frente a otro espejo, y en el infinito juego de reflejos, un extenso túnel metafísico, despoblado e inhóspito:

"Todavía no sé", le dije.

Papá hizo un gesto de decepción:

"¿Por qué no dejas un rato la ficción y te dedicas a escribir columnas de opinión en los periódicos?".

"Porque no quiero ser un comentarista de frivolidades o meterme en los chismes efímeros de la política", le dije y luego quise cambiar el rumbo de la discusión: "Además, quiero tomarme un año sabático", mentí.

"¿Qué hace uno en un año sabático?", preguntó al fin.

"¿Rascarse las pelotas? ¿Leer insulsas novedades literarias? ¿Ver televisión? ¿Marcar en las paredes el paso de los días como un prisionero? Deberías más bien irte como corresponsal a alguna guerra remota, embarcarte como polizón en buque de piratas. Te está ablandando la vida contemplativa, carajo".

"No es eso", intercedió mi madre. "Ser escritor debe ser muy complicado".

"Complicado", bufó mi padre, "es estar en medio de un fuego cruzado y ver que tu pelotón es carne de cañón, como me tocó a mí y a los valientes que perecieron en la Batalla de los Cinco Minutos".

"La guerra no es fuente de orgullo, sino de lástima", dijo William.

"Las únicas batallas que valen la pena ocurren dentro de uno mismo", dije yo y me sonrojé por la perogrullada.

"No sean tan mariquitas", gritó mi padre y luego habló de Vonnegut y Hemingway y otros autores que se habían ido a la guerra y habían traído historias como trofeos de batalla.

"¡Cambiemos de tema!", propuso mi madre. "¡Estamos de paseo!".

"¡Qué dicha!", suspiró Miranda. "¡Salir de la ciudad, respirar aire puro, volar en globo!".

"¡Calmar la hodonalgia!", dije yo y ahí mismo vi que todo el mundo me miraba confundido. De mi mochila saqué el diccionario español-griego que empaqué por si llegaba a ser necesario y lo consulté para ilustrar:

"Sustantivo femenino: del griego para viaje y dolor; es decir: las ansias que se sienten por salir de casa y emprender una travesía".

"Ah", dijo Clara Luna: "El antónimo de *nostalgia*".

"Justamente".

"¿Esa palabra sí existe?", preguntó William, retándome por el retrovisor.

"¡Me la acabo de inventar!", acepté sin vergüenza y saqué mi libreta para anotarla, antes de que se desvaneciera, en mi lista de neologismos…

… Selendero (el camino de luz que deja la luna sobre océanos, lagos, charcos y piscinas), Carbela (la caricia en el cabello de alguien a quien amamos), Carbelar (ejecutar dicha caricia), Asincroglosalgia (el dolor causado por las palabras que se nos ocurren a destiempo), Binaire (la danza involuntaria que hacen dos extraños al toparse en la calle, mientras deciden quién ha de ir a la derecha y quién ha de ir a la izquierda), Berrinchelo (llanto espontáneo que ocurre al enfrentarse con algo bello —Ej.: "Ante la escultura de Miguel Ángel, la joven artista irrumpió en comprensible berrinchelo"), Ciclografear (sobre el papel, hacer círculos o garabatos frenéticos con un lapicero inoportunamente inservible —con la esperanza de que la tinta resurja), Rascordarse (rascarse el occipucio mientras se intenta recordar alguna cosa), Logoeutequía (la alegría de abrir un libro de consulta [el diccionario, la guía telefónica, el tomo de Aristóteles, etcétera] en la página que se buscaba, Keraunoma (una idea eléctrica que llega súbitamente, ¡zas!, como un relámpago, para cambiarlo todo)…

2

Todavía antes de que saliéramos de la ciudad, mamá quiso hacer una rápida parada en el cementerio para visitar la tumba del abuelo. No nos atrevimos a decirle que no, a pesar de que sabíamos que estando allí era posible que se le pegara el oscuro bicho de la melancolía y nos echara a perder el paseo. Era inevitable: aunque hacía mucho rato que había excedido el tiempo promedio de la pena, el luto de mamá estaba tan fresco como si hubiera comenzado la semana pasada, y después de los primeros tres años todos nos habíamos acostumbrado de cierta forma a su tristeza o a la impotencia de no poder hacer nada para tranquilizarla, como si comprendiéramos que amar, a veces, no consiste en alejar las congojas de los otros sino en sufrirlas junto a ellos. El caso es que William Guillermo hizo el desvío necesario y cuando llegamos al cementerio dejamos a Segismundo (que dormía en forma de marmota) dentro de la furgoneta y fuimos en procesión, circunvalando las criptas y los monumentos a los próceres, hasta llegar a la tumba del abuelo, muerto en el quirófano luego de que aquel cirujano fantoche le implantara un hígado en donde en realidad debía colocar un corazón.

La visita a la tumba del abuelo era un rito con pocas variaciones: mientras alguno de nosotros la sostenía en caso de que colapsara de amargura, mamá se quedaba parada ante la lápida y no decía nada sino que lloraba y lloraba, secándose las lágrimas con un pañuelo que después escurría sobre una copa de cristal fino. La copa iba recibiendo el llanto, poco a poco, y luego mamá se la llevaba a los labios y se bebía sus propias lágrimas rápidamente, como un remedio o un tequila, y así permanecíamos durante un rato que podía ser quince minutos o un par de horas o un invierno.

En esta ocasión fueron Miranda y Marcel quienes tomaron los puestos de vigía. Cuando mamá comenzó a llorar, la pequeña Léna, espejo de emociones, replicó el llanto. Los berrinches de Léna eran un evento sónico equiparable solo a detonaciones de explosivos o fiestas de vecinos impertinentes, así que para dejar que mamá llorara tranquila, tomé a la bebé entre mis brazos y fuimos a buscar una banca bajo la sombra de un ciprés cercano. Cuando encontré un lugar propicio, quise consolarla. Como soy un pésimo cantante, evité las tonadas y decidí hacerle algunas muecas: metiéndome los índices a la boca le mostré todos los dientes, después llené de aire mis mejillas mientras me hacía el bizco y movía las orejas; luego, cuando vi que nada de esto funcionaba, me toqué la nariz con la punta de la lengua. Con esta última mueca logré que Léna cambiara los pucheros por las sonrisas y, por medio de señas, la bebé me dijo que volviera a hacerlo…

La seña que significa *otra vez* o *más* consiste en tocarse la palma de una mano con los dedos estirados de la otra; la seña para *caca* se hace señalándose, en la faringe, el origen del sonido oclusivo de la *k*; la seña que significa *música* se hace batiendo los dos brazos como conductor de filarmónica; la seña que significa *te amo* consiste en señalarse el propio pecho y luego, en un giro sutil de prestidigitador, mostrarle la mano abierta, con la palma hacia arriba, a la persona que se ama... Siempre me emocionó verla comunicarse de esta forma, de modo que desde el comienzo, para mostrarle lo mucho que la quería, me empeñé en aprender su lenguaje maravilloso. Entre otras cosas, me parecía increíble que mientras otros infantes limitaban sus comunicaciones a las pataletas o a sonrisillas desprovistas de dientes y sentido, el lenguaje de señas le diera la posibilidad a Léna de decir si estaba contenta, si la comida estaba muy caliente o si quería salir a jugar en el parque. Hacía poco, sin embargo, me había asaltado una pregunta insistente: ¿era el lenguaje de señas útil solamente para las situaciones más cotidianas o podía (con un poco de práctica) extenderse hacia asuntos más difíciles y abstractos? Desde hacía tres o cuatro semanas, cada vez que tenía la oportunidad, había comenzado a enseñarle nuevos gestos, inventados por mí, para comprobar los límites del sistema y ver si Léna podía llegar a comunicarse con fluidez sobre asuntos complejos o filosóficos. Así, la seña que ideé para decir *soledad* era unir los pulgares y mover los dedos como las alas de un pájaro; la seña para decir *ataraxia* consistía en sonreír como el Buda; la seña para hablar de Dios o de su ausencia era hacer un triángulo con los índices y los pulgares y enmarcarse un ojo de la cara; la seña para hablar de Friedrich Nietzsche era, con los dedos, improvisarse sobre el labio un descomunal bigote de morsa; la seña para decir *infinito* consistía en dibujar, con los brazos estirados, un círculo que lo abarcara todo...

Todavía no sabía si funcionaba esta expansión lingüística. A pesar de mis labores pedagógicas, no había alcanzado ningún resultado y Léna se limitaba a observarme, con las cejas contrariadas, sin llegar a repetir ninguna de mis señas. ¿Era inútil mi esfuerzo o debía tener paciencia y esperar a que los nuevos conceptos quedaran firmemente implantados en su psique? A lo mejor sí estaba perdiendo el tiempo, pero igual pensé que era demasiado pronto para renunciar y, bajo la sombra de aquel ciprés, decidí que el cementerio era un lugar apto para continuar con mis lecciones. Así, luego de señalar la tumba del abuelo, abrí las manos con las palmas hacia arriba y luego las hice rotar para que quedaran apuntando hacia la tierra:

"Muerte", le dije. "El final de la historia de un ser vivo".

Léna me prestaba atención, pero no supe si me comprendía. Esta vez señalé a mi madre en pleno llanto y luego hice chocar mis puños cerrados, dos veces, a la altura del corazón:

"Luto", dije. "El dolor provocado por la ausencia".

"Nana", dijo Léna, solo con la voz.

"Sí, Nana está de luto", dije, mezclando las señas con las palabras. Como quería que la bebé creciera sin el temor a la sombra de la muerte o a la ausencia, me ingenié una seña que fuera el opuesto o el complemento del luto y significara la tranquilidad de comprender que había algo imperecedero, una chispa imborrable en medio de un fondo negro sin confines. Cerré un puño frente a mi rostro y luego abrí los dedos lentamente, en una breve explosión dactilar que quería representar el universo en el instante del *Big Bang*:

"Valentía", le dije entonces. "Nada se acaba; todo se transforma".

Los enormes ojos de Léna se recubrieron de un brillo precioso y pensé que esa luz era sinónimo de comprensión. La vi mirarse los dedos y las uñas, como si se sorprendiera de tenerlos, y luego la bebé empezó a hacer una seña. Traduje con el corazón en vilo, al comienzo, y luego con resignación:

"Calor", dijo con las manos. "Mamá. Rápido. Cambio urgente de pañal".

3

Súbitamente recordé que había dejado a Segismundo dentro de la furgoneta sin abrir una sola ventana y corrí (correr es un decir) a socorrerlo, arrastrando mis pies por los adoquines del cementerio. Me sentía terriblemente avergonzado, inepto, frágil. Si era capaz de un error como dejar a mi mascota plurieidética encerrada en el horno de un vehículo estacionado a cielo abierto, ¿qué imprudencias iba a cometer con mi hijo? ¿A qué clase de peligros lo sometería sin querer? ¿Qué tipo de traumas resultarían en el niño a causa de mis equivocaciones? Al llegar a la máxivan, sin embargo, me tranquilicé: Segismundo, convertido en un pequeño dromedario, soportaba la resolana con estoicismo. Cuando me vio me mostró una gran sonrisa de sus dientes de rumiante y luego asumió su forma de minino doméstico, de gato feliz: *Felis catus*. Lo saqué de su jaula para que estirara las piernas y orinara, y mientras anotaba en mi cuaderno una lista de precauciones básicas que debía tener cuando llegara mi hijo, esperé a que los otros llegaran del cementerio.

Primero llegaron mi esposa y su madre. Saludé a A. con un beso y le pregunté si se sentía bien, si el bebé estaba cómodo, y aunque no entendí lo que dijo vi que sonreía mientras buscaba una manzana roja a la que le sacó brillo contra la manga de su blusa antes de pegarle, sonoro y húmedo, el primer mordisco. Después llegó Marcel, con

Léna sentada sobre sus hombros, y Miranda, que al ver que A. tomaba un refrigerio sacó el tomo de Esquilo y comenzó a devorar, con un deleite no desprovisto de lástima, la tragedia de Prometeo. Finalmente, llegaron papá y William Guillermo, los dos con la cara enfurruñada porque papá quería conducir y mis hermanos no iban a permitírselo:

"Déjeme comandar la nave".

"Sobre mi cadáver, Generalísimo".

"Eso puede arreglarse".

"¿Dónde está mamá?", pregunté.

"Vendrá pronto", dijo Clara Luna. "Quería quedarse sola un instante con su abuelo".

Mientras la esperábamos, mi padre nos sometió a un test de Cooper. Durante doce minutos cronometrados corrimos un determinado número de metros que mi padre anotó para, junto a las variables de las edades y los sexos, calcular y determinar nuestro estado físico. Solo William obtuvo la distinción de atleta y los demás obtuvieron una buena calificación; todos menos yo que, por mi densidad de astro agonizante, saqué un puntaje que sería vergonzoso incluso para un enmuletado viejillo con enfisema.

Al final vimos que mi madre aparecía y que, entre el bulevar central del cementerio, caminaba en dirección a la máxivan. Mamá andaba despacio, mirando el suelo, y por eso no se dio cuenta de que detrás de ella venía al galope el oscuro bicho de la melancolía. Creo que todos los demás nos dimos cuenta al unísono, porque sentí que nos estremecíamos al mismo tiempo con un escalofrío de pánico. Yo estaba acostumbrado a su figura tétrica-perética-peluda, pero igual casi me trago la lengua del mero susto. El oscuro bicho de la melancolía era como una tarántula del tamaño de una pantera, pero en vez de cara de araña tenía una cabeza de ardilla o de mapache cuyo rostro quedaba oculto tras una máscara hecha de ébano, que dejaba visibles sus infernales ojos de iris carmesíes y pupilas amarillas. Apenas lo vi le dije a William Guillermo que revolucionara el motor de la furgoneta para arrancar en cuanto estuviéramos listos, y entre todos le gritamos a mamá para que se apresurara. Mamá escuchó el grito y luego, seguro porque vio el susto en nuestras caras, miró hacia atrás y se dio cuenta de que el oscuro bicho de la melancolía recortaba raudo la distancia que los separaba. Fue entonces cuando la vimos quitarse los tacones y arrancar a correr por el bulevar, en un desesperado intento por escapar del parásito. Papá, que cronometraba la carrera de mi madre, hizo cálculos matemáticos y dijo "¡Vaya gacela!", pero aunque era verdad que mamá corría como el viento de agosto, el oscuro bicho de la melancolía tenía ocho patas en lugar de dos piernas y eso es una ventaja que, en una competencia oficial, obligaría a la descalificación. El caso es que cuando mamá empezó a acercarse a la máxivan, en el momento en que estaba por subirse al puesto del copiloto, el oscuro bicho de la melancolía brincó como un piojo sediento, aterrizó sobre la cabeza de mamá y allí, haciéndose pequeño como un sombrero, se aposentó, anidándose con sevicia. Todos nos miramos aterrados y luego vimos que el oscuro bicho de la melancolía nos dirigía una mirada de soslayo, primero, y luego nos detallaba desfachatadamente con las brasas ardientes de sus ojitos:

"¡Se jodieron, pendejos!", nos dijo con sus habituales entonaciones de mariachi. "Ahora yo también viajo con ustedes".

"¡Hijo de la grandísima p…".

"¡Silencio, que la bebé va a aprender esas palabrotas!".

"¿Adónde vamos?", preguntó el oscuro bicho de la melancolía, sin inmutarse.

"Al valle que está al otro lado del Monte Misterio", le dije. "Y de ahí en globo aerostático para divisar el volcán y la costa a tres mil metros sobre el nivel del mar".

"Maravilloso", dijo. "Pero eso sí: ni loco me monto a un globo aerostático —me dan pánico las alturas".

4

Alicaídos, salimos del cementerio y nos dirigimos hacia la zona industrial que, con sus turbinas y chimeneas, demarca el límite de la urbe. Mi madre, cansada por los esfuerzos del llanto y las carreras, dormía con la cabeza apoyada sobre la ventana mientras el oscuro bicho de la melancolía, enroscado sobre su pelo, se limaba las pezuñas y expulsaba eructos con reminiscencias de embutidos. Cuando se le pegaba el bicho de la melancolía, mamá solía dormir más de la cuenta o fumar, casi en cadena, los fragantes cigarrillos mentolados que el parásito le encendía y le colocaba entre los labios. Aunque queríamos ayudarla, ninguno se atrevía a quitárselo de encima porque teníamos miedo de que, en el intento de zafárselo de la cabeza, el oscuro bicho de la melancolía le hiciera daño con sus garras o decidiera, en un arrebato de furia, pincharle los ojos o arrancarle de un solo tajo el cuero cabelludo. En silencio estuvimos de acuerdo en que lo mejor era esperar a que el oscuro bicho de la melancolía se aburriera y se marchara por sí mismo, como era su costumbre, aunque sabíamos que podía anidar durante semanas enteras.

"Pongamos música alegre", propuso entonces William y encendió la radio.

De los parlantes de la máxivan brotó primero el sonido carrasposo de la estática y luego escuchamos: "... centenares de personas se manifiestan a esta hora en contra de…". William giró el dial del aparato. Escuchamos: "En un día como hoy, pero de 1844…". Mi hermano volvió a sintonizar. Escuchamos: "¡Aleluya, amigos; oh, aleluya!".

"¡Déjalo ahí!", dijo mi padre.

"Jamás", dijo William.

Papá se puso rubicundo y miró hacia el cielo:

"¡Qué hice yo, madre de Dios", se quejó, "para engendrar esta caterva de ateos asquerosos!".

William adoptó su posición de defensa:

"¡Esos evangelistas abjuran de la ciencia y quieren que creamos que el hombre apareció por intervención divina!", dijo.

"¿Y entonces cómo, si no?".

"El caldo primigenio", dijo Marcel. "La evolución de las especies".

"¡Yo no vengo del mono!", dijo mi padre.

"El problema con las religiones organizadas es que por naturaleza son dogmáticas y no le otorgan valor a la duda o la experimentación", dije. "No se puede concebir que la palabra de Dios tenga espacios para la incertidumbre y por eso las iglesias suelen ser tan obstinadas, tan reacias al cambio".

"Hay pocas cosas tan peligrosas como la sensación irrevocable de certeza", dijo William. "Estoy absolutamente convencido de eso".

"Los países, las industrias, los gremios, los equipos deportivos… Las comunidades de todo tipo deberían ser laboratorios", seguí yo, como si estuviera en cátedra o en borrachera: "Ensayos sociales para ver de qué otras maneras más eficientes o más hermosas puede funcionar lo humano… No sé, me parece que muchas veces, tal vez por tedio o indolencia, preferimos vivir estancados en el pasado, en lugar de abrirnos a otras posibilidades".

"¿Qué tienes en contra del pasado?".

"Nada. Es con la falta de dinamismo en la cultura con lo que tengo problemas. Arrodillarnos ante la belleza de las esculturas y no frente a los púlpitos; editar las constituciones para que quepan en una sola hoja tamaño carta; legalizar las sustancias de todo tipo, solo por ver qué sucede cuando no tratamos como niños a los adultos; instaurar presidencias de ocho o diez personas habilitadas solo por sus aptitudes en lugar de elegir a un solo charlatán carismático; reinstaurar el trueque y la tragedia de los griegos; abolir las monarquías y el telemarketing y los fuera de lugar en el fútbol; cambiar el lenguaje con el que nos referimos a los viejos para que se sientan menos solos... En fin. Podríamos hacer tantas cosas de una manera distinta, solo para probar algo nuevo o distinto, pero en lugar de eso nos quedamos siempre en lo mismo, aferrados a la tradición como un parásito al huésped, como el artista de pacotilla al estilo con el que hace muchísimo tiempo encontró fama y dinero".

"¡Pero qué ingenuo es este tipo!", se burló el oscuro bicho de la melancolía, siempre sarcástico ante las reflexiones de utopía.

"No entendí nada de lo que dijiste", se quejó mi padre. "¿En eso consiste el lenguaje literario?".

"¿Podemos hablar de otra co... —¡Ay, déjala ahí!", dijo Miranda.

Mi hermano dejó entonces una emisora que ponía *Don't Bring Me Down*, y eso sí sonaba como un buen acompañamiento para el desplazamiento de la furgoneta. Léna, contenta, comenzó a batir los brazos como un conductor de filarmónica y mi suegra se derritió de la ternura; A. la guardó en una urna griega, mientras se le pasaba. A mí se me ocurrió hacer una lista de las canciones que podrían constituir la banda sonora de nuestro paseo y para comenzar anoté el título de la canción de Electric Light Orchestra. Pensé que más adelante, en alguna noche propicia y celebratoria, cuando mi hijo y yo pudiéramos hablar sobre nuestros errores y nuestros aciertos y por qué valía la pena salvar al multiverso, le contaría la historia de la travesía que habíamos hecho antes de que él naciera. Me lo imaginé grande, fuerte, valiente, creativo, compartiendo conmigo una copa de vino tinto mientras yo, para estimular los recuerdos, ponía las mismas canciones que habían viajado con nosotros. En esas divagaciones andaba disperso cuando sentí que frenábamos en seco.

"¿Por qué te detuviste?".

"Está en rojo, pánfilo", dijo William.

"¿Hace cuánto que ese carrito de helados nos persigue?", preguntó Marcel.

"Assez, querido", dijo Miranda. "Nadie nos persigue".

"Cierren las ventanas y pónganle seguro a las puertas", dijo mi padre. "Que por aquí le roban a uno hasta el apellido".

"No es para tanto".

"Ladrones", dijo mi padre. "Asesinos, violadores, gamines, pervertidos".

"Qué va".

"Pedófilos, anarquistas, sidosos, judíos, negros, inmigrantes".

"Basta".

"Si no, miren a ese indigente", dijo papá y señaló por el parabrisas.

Solo por acto reflejo miramos hacia donde señalaba papá y vimos que a un costado, sobre el camino cebrado destinado al paso de los peatones, había un hombre joven y barbudo, con el pelo hasta los hombros y vestido solo con calzoncillos blancos, que tiraba al aire una pelota de tenis con su mano derecha y luego la recibía con su mano izquierda. La pelota se demoraba unos cinco segundos en el aire y el tipo debía lanzarla bien alto, pero el techo de la máxivan no nos dejaba ver qué tan alto.

"No es un indigente", dije yo. "Es un artista callejero".

"Regarde, Léna!", dijo Marcel, señalando por la ventana: "Un jongleur!".

"Para ser malabarista el requisito mínimo son tres objetos, generalmente esféricos", dijo William. "Lo que este cretino está haciendo, simplemente, es jugar con una pelota de tenis".

"Es arte", lo excusó Miranda.

"Si *cualquiera* puede hacerlo, entonces no es arte", dijo William. "Ese es mi criterio estético".

De repente vimos que el joven barbudo nos observaba y sonreía, sin detenerse:

"Hay malabaristas incomprendidos", dijo entonces, dirigiéndose a nosotros, "artistas malditos que manipulan tantas pelotas simultáneas, y las lanzan tan alto, que desde cerca pareciera como si solo jugaran con una sola pelota. Es un engaño óptico que solo se resuelve con un cambio de perspectiva".

Entonces, por curiosidad, nos asomamos fuera de la furgoneta y vimos que la pelota que el hombre barbudo lanzaba hacia arriba en realidad se unía a una hilera de decenas o centenas de pelotas ascendentes que se perdían entre las nubes, y que había otra hilera de pelotas en descenso que el artista callejero esperaba para completar el ciclo maravilloso de sus malabares.

"Precioso", dijo Miranda mientras le ponía un fajo de billetes entre los resortes de los calzoncillos.

"Sí", concedió el artista. "Aunque el oficio del artista tiene sus propios dolores".

"Es físicamente imposible", dijo William, con los ojos hacia el cielo, boquiabierto.

"No hay cosas imposibles", sentenció el malabarista, "sino hombres incapaces".

"Eso sí que es verdad", asintió mi padre.

"¿TDOXMCHXPBGZRQULKSSYQNVNX?", preguntó A.

"273,75", dijo el malabarista, que le entendió sin problemas. "En promedio, en todo caso".

Llenos de admiración lo vimos agarrar una de las pelotas que caía y lanzarla, casi sin esfuerzo, hacia las nubes. Con los ojos en la pelota la seguimos en su elevación hasta que, de lo alto que estaba, ya no supimos distinguirla.

"¿Hasta qué altura llegan?".

"No sé", suspiró el artista. "Y esa ignorancia es uno de los dolores del oficio".

Cuando regresamos a la máxivan y arrancamos me quedé pensando en lo que había dicho el malabarista y me pareció que la ignorancia tal vez fuera uno de mis dolores o mis lastres. No pensaba en mi propia y descomunal ignorancia —pensaba en la ignorancia que es inevitable para todos y que nos hermana con su velo de penumbra. No sé, cuando me da por pensar acerca de los límites con los que nos vemos forzados a vivir, las palabras me salen rimbombantes y la lengua se me llena de amargura. Cuando era un niño quería tener todas las experiencias del mundo y pronto me di cuenta de que ese esfuerzo era imposible; después me dije que había que elegir (espeleólogo o astronauta) y me decidí por la literatura, pensando que leyendo e inventándome historias iba a capturar el absoluto, pero también aprendí que esa era una empresa irrealizable; al final creo haber comprendido que toda la sabiduría que uno puede reunir es siempre una aceptación de la incapacidad y que lo que conocemos como experiencia de vida es apenas una anécdota llena de azares en la que casi siempre estamos solos. Mientras la furgoneta avanzaba pensé en tristes ignorancias posibles: en la del físico que jamás leyó a Whitman o a Quevedo, en la del pulcro filósofo que no supo qué era enamorarse o tener una familia, en la del hombre de negocios que nunca miró de veras las estrellas, en la del profesor de Shakespeare que solo puede leer al bardo en traducciones, en la del sacerdote que a la hora de la agonía duda, por un instante, si habrá alguien que lo reciba al otro lado de la muerte...

Pequeña selección de las canciones que escuchamos durante la travesía: Feeling Good *(Nina Simone), al comienzo del paseo, para subirnos el ánimo después de nuestra visita al cementerio;* Time *(Pink Floyd), mientras atravesábamos y envejecíamos sobre el puente que cruza el Río de los Recuerdos;* Aprendizaje *(Sui Generis), cuando buscábamos a mamá y a Segismundo en el Desierto de los Espejos;* Los mareados *(Enrique Cadícamo), cuando el oscuro bicho de la melancolía pedorreaba de contento en la carretera que serpenteaba hacia el Bosque Milenario;* Alguien como tú *(ChocQuibTown), durante nuestra escena de amor en el rodaje de* Absolument tout*;* Ohh La La *(Faces), en la oscuridad del túnel en el que nos varamos;* Starman *(David Bowie), justo antes de que avistáramos al viajero del futuro;* Sweet Child O' Mine *(Guns N' Roses), antes de que cayera el aguacero que nos separó;* Heavy *(Birdtalker), en mi mente, cuando tomaba impulso para el salto en el arroyo;* Un mundo raro *(Chavela Vargas), en las pulsaciones de mi sangre, mientras caminaba solo en la carretera hacia Pueblo Triste;* Y'a d'la joie *(Charles Trenet), en Messier-31, después de tomar las mejores piñas coladas del multiverso;* She's a Rainbow *(The Rolling Stones), en el mar, mientras nadábamos tomados de la mano e imaginábamos animales milagrosos;* Les Champs-Elysées *(Joe Dassin), cuando ascendíamos junto a Sísifo hacia la cima del volcán;* Harvest Moon *(Neil Young), en los parlantes del bar, mientras me dejaba envolver los tobillos por la espuma del mar;* Brillante sobre el mic *(Fito Páez), junto a los riscos, con la máxivan estacionada y mientras el ave de fuego aleteaba en el crepúsculo;* The Man in Me *(Bob Dylan), en nuestra mente, casi al final, mientras bailábamos siguiendo nuestro propio ritmo;* Blackbird *(The Beatles), brotando desde todas partes en el momento definitivo...*

5

Mientras nos acercábamos a la zona industrial me quedé observando los establecimientos abiertos sobre las aceras: talleres de mecánica, restaurantes despoblados, cantinas en donde desde muy temprano hombres y mujeres buscaban en la desidia y en el trago una mezquina satisfacción contra su propia rabia e impotencia. ¿No era eso mismo lo que buscábamos nosotros, pobres escritores, con nuestra adicción a las palabras?

Después de algunos minutos algo comenzó a obstruir la visibilidad de la carretera. Al principio pensamos que era un cambio drástico del clima, pero luego nos llegó el olor de fétidas combustiones y desechos abominables, y entonces comprendimos que esa nube grisazul que nos envolvía no era niebla ni neblina sino el smog pesado de las chimeneas que erizan la zona industrial en las afueras de la urbe. William Guillermo nos pidió que cerráramos las ventanas y prendió el aire acondicionado, con la idea sensata de que los filtros del vehículo detendrían un poco las toxinas malignas de la polución. Aunque la furgoneta quedó aislada del mundo exterior, todavía podíamos oír el murmullo lejano pero ubicuo de los motores y los tubos de escape de las industrias. Yo, que había anticipado nuestro paso por aquel sector infecto, saqué la máscara antigás que había empacado y se la ayudé a poner a A. para que ni ella ni el bebé inhalaran los venenos de esa atmósfera nefasta. Cuando terminé de ponerle la máscara, le pregunté a A. si podía respirar bien y ella elevó el pulgar con su puño cerrado para indicarme que no tenía ningún problema. Luego, aprovechando que no existía la posibilidad de que se escapara, le abrí la jaula a Segismundo y mi mascota plurieidética se puso tan feliz que pasó de gato a libélula y comenzó a sobrevolar nuestras cabezas, con altibajos trémulos, hasta posarse sobre la frente de Léna. Se veía tan poco de la carretera en frente de nosotros que mis hermanos tuvieron que aminorar la velocidad hasta que la máxivan quedó andando a unos cinco kilómetros por hora, la misma velocidad promedio del bípedo implume cuando camina. Tampoco se veía mucho a lado y lado del camino, excepto por las señales de tránsito emplazadas al borde de la carretera y las enormes rejas electrificadas que impedían el ingreso no autorizado a las enormes plantas de procesamiento.

"Abramos alguna ventana, que me ahogo", dijo mamá.

"Todavía no: más adelante".

"¡Dios santo!", dijo Miranda. "¡Alguien dejó escapar un viento!".

No sé por qué en vez de aguantar la respiración, la advertencia me hizo respirar a cabalidad:

"Viento es un eufemismo que no captura el sentido pleno del evento", dije tras llenarme los pulmones de aquel aire enrarecido. "Llamemos a la bestia por su nombre. Atrevámonos a decir *pedo*".

"¡Un pedo espantoso!".

"¡Asqueroso!".

"¡Inmundo!".

"¡Espeluznante!".

"De los peores: ¡silencioso!".

"No fui yo", dijo mi padre.

"Ni yo", replicó el oscuro bicho de la melancolía, siempre atento a preservar su buena imagen.

"Huele a huevo podrido —digerido y regurgitado".

"Huele a cloaca, a pozo séptico".

"Caca", señaló Léna.

"¿Estamos seguros que fue un pedo?", pregunté con la voz nasal de los que no quieren respirar. "Ese hedor no puede ser humano".

"No creo que es de las fábricas", dijo Marcel.

"Que *sea* —No creo que *sea* de las fábricas".

"Cochinos, groseros", dijo mi madre.

"Recen por el alma", dijo papá. "Porque el cuerpo lo tienen perdido".

"El que primero lo huele, debajo lo tiene", dijo finalmente Marcel y acto seguido lanzó una carcajada que era lo mismo que una total aceptación de culpa. William lo increpó duramente por profanar el espacio sagrado antes ocupado por Richard Feynman y, sacando de la guantera un ambientador en aerosol, agitó la lata y dejó escapar un chorro atomizado de una sustancia que inundó la máxivan con un aroma artificial de frutos rojos. Solo cuando las partículas terminaron de asentarse nos atrevimos a respirar no sin algo de temor, y aunque la frambuesa y los arándanos no neutralizaban completamente la flatulencia de Marcel, el gas de mi cuñado era menos nocivo que los residuos tóxicos de las industrias y entonces decidimos dejar las ventanas cerradas mientras se aclaraba el ambiente.

En algún punto, cuando la nube de smog comenzaba a disiparse, A. se puso a agitar los brazos como una posesa y pensé que la máscara la estaba ahogando, pero luego vi que apuntaba con un índice tenso hacia la carretera y entonces me di cuenta de que había una multitud que protestaba frente a una planta de procesamiento de gaseosas y bebidas energéticas. Eran decenas de hombres y mujeres de todas las edades y casi todos llevaban carteles y pancartas. Por lo que alcancé a leer, los mensajes giraban alrededor de un único asunto: los efectos nocivos del azúcar sobre el cuerpo humano. Algunos de los protestantes equiparaban al azúcar con veneno, otros culpaban al azúcar del incremento en la tasa de diabetes en los jóvenes, otros apoyaban un referendo para aprobar un nuevo impuesto a todas las bebidas azucaradas. Entre todos los manifestantes me llamó la atención una niña de unos diez años que sostenía un aviso marcado con letras pueriles pintadas con témpera roja: "El azúcar es más adictivo que la cocaína".

En ese instante vi que A. se zafaba la máscara para ver mejor y que los ojitos le brillaban de lo emocionada que estaba. Le sobraban los motivos: aquella protesta era una consecuencia no planeada de una de las propuestas cívicas que ella misma había comenzado en internet y además, hasta ese momento, era la única que parecía haber recaudado apoyo popular. Yo también me emocioné, porque enseguida comprendí qué era lo que ocurría, pero como no supe qué decirle me limité a apretarle la mano para felicitarla y luego le hice una seña para que compartiera la buena noticia con su madre. A. me entendió y destapó la urna griega donde mi suegra terminaba de condensarse; después comenzó a verterla sobre el suelo de la máxivan, chorrito a chorrito, comenzando por los zapatos. Como los otros no entendían por qué celebrábamos, les hablé de la faceta activista de A. luego de enterarse de su embarazo, de las decenas de propuestas que había subido a Change.org durante los últimos meses, y les conté que A.

era la autora intelectual del movimiento que abogaba por el referendo contra la industria azucarera que se anunciaba en las pancartas.

"Bien hecho", dijo Miranda. "Hay que hacer algo para mejorar el mundo de nuestros hijos. La indiferencia también es un crimen".

"¿Qué tiene de malo el azúcar?", preguntó mamá mientras encendía un cigarrillo mentolado.

"El azúcar, como todo, no tiene nada de malo", dije. "El problema es la mala información que propaga la industria alimenticia".

"No les hagas caso, querida", dijo papá: "Es un asunto de millenials. No hay nada mejor que una torta de chocolate".

"D'accord!", terció Marcel.

"De acuerdo", dijo William mientras miraba a mamá. "Pero igual el azúcar, como el tabaco y la imbecilidad, es perjudicial para la salud".

"No comiences, querido. Ya sé que fumar es un vicio dañino".

"Madre", dije y señalé la enorme panza de A. y, más allá de la piel, a mi hijo acurrucado en su pequeño universo.

"¡Ay, perdón!", dijo mamá y arrojó el cigarrillo por la ventana.

"¿Estas propuestas cívicas las haces de manera anónima?", preguntó Marcel.

A. negó con la cabeza mientras vertía el torso de su madre.

"¿Por qué lo preguntas?", le pregunté a mi cuñado.

"Uno no sabe nunca con quién se está metiendo", dijo Marcel. "No me sorprendería lo más mínimo si la industria azucarera resulta ser una gran mafia, como la de la heroína o la del papel higiénico o la de la gasolina. Si estas protestas surgen efecto, no hay cómo predecir cuáles serán sus represalias".

"¡Basta con las teorías de conspiración!", dijo Miranda.

"Mais oui, c'est vrai".

"¿Así como es verdad que los gobiernos se han puesto de acuerdo para ocultar las pruebas fehacientes de varios contactos extraterrestres?".

"Por favor", bufó William.

"¿Qué?", preguntó Marcel. "¿No crees en la vida extraterrestre?".

"Sí creo", dijo. "Pero estoy seguro de que jamás hemos tenido un encuentro cercano".

"Si tú lo dices", dijo Marcel, que no tenía ganas de discutir. "En cualquier caso, lo mejor sería subir las propuestas cívicas con un nombre falso, tras una identidad inventada, y así ahorrarse problemas con los poderes establecidos".

"No hay ninguna mafia azucarera", dijo mi padre.

"Nunca se sabe, Generalísimo".

"Se sabe: son puros cuentos de hippies".

Clara Luna, completamente restablecida, hizo una rápida consulta en el *I ching* y después fijó los ojos sobre la carretera por fin despejada:

"Vendrán", pronosticó gravemente. "Nos encontrarán".

"¿Quiénes?", pregunté, súbitamente temeroso. "¿La mafia?".

"No", dijo mi suegra y luego bajó la voz hasta el susurro: "Los otros. Los lejanos. Los extraterrestres".

Algunas de las propuestas cívicas de A: eliminar el celibato de los curas y abrir el sacerdocio católico a mujeres, transexuales y niños; enseñar las filosofías de Marco Aurelio y de Confucio en los primeros años de escuela; cambiar los rellenos sanitarios de las urbes por vastos compostadores de lombrices rojas (Eisenia foetida)*; modernizar la democracia: reemplazar innecesarios escaños políticos con algoritmos honestos e incorruptibles; hacer pequeñas modificaciones lingüísticas: descartar las haches intermedias, fusionar la be y la ve, crear un género neutro en el español para evitar los incordios entre los sexos (mi mujer proponía utilizar las sonoridades latinas de la u: "nuestrus hijus", "todus", "¡por favor, señorus!"); desalentar el ingreso de celulares e infantes a los cines; subsidiar los productos del arte e imponer impuestos más severos a sustancias y actividades adictivas: la nicotina, la heroína, el azúcar, la indolencia, las redes sociales; fusionar los jardines infantiles y los hogares geriátricos: para incrementar la empatía, la alegría, la comprensión necesaria del ciclo de nacimiento y muerte que es propio de la vida…*

6

Cuando terminamos de atravesar la zona industrial e ingresamos a la autopista costanera, William tomó un descanso y en su lugar se manifestó Guillermo, a quien no habíamos vuelto a ver desde la desastrosa final en el campeonato nacional de jiu-jitsu brasileño. Se notaba que todavía estaba adolorido, tanto física como moralmente, porque lo primero que hizo fue tomarse un par de aspirinas y acelerar hasta sobrepasar el límite de velocidad de la carretera, fiel a su hábito de buscar en la adrenalina de la rapidez el remedio para aliviar el desconsuelo moroso de sus penas.

Su malestar era comprensible: aunque Guillermo era un magnífico luchador, la final de jiu-jitsu había sido un cataclismo vergonzoso en el que no había hecho nada más que morder la lona mientras su contrincante lo mantenía sometido con llaves indescifrables y le ejercía presiones obscenas pero contundentes en sus puntos vulnerables. Nadie esperaba esa tremenda supremacía, no solo porque Guillermo había atravesado las anteriores etapas del torneo con extrema facilidad y eficacia, sino porque antes del enfrentamiento vimos que su contrincante era un gordo enorme pero medio fofo, más parecido a los luchadores de sumo que a los artistas del jiu-jitsu. El tipo era más feo que un error de ortografía en un libro publicado y tenía los ojos bizcos y la cara llena de granos, y además sufría de una terrible onicofagia nerviosa, tecnicismo que nos inventamos cuando lo vimos comiéndose las uñas (que pasaba con Coca-Cola) antes de que el árbitro diera inicio a la contienda. El caso es que el combate se había iniciado con los inofensivos manotazos que los luchadores hacen mientras giran en círculos de reconocimiento y, sin que nos diéramos cuenta, el gordo agarró a Guillermo de la solapa y lo aplastó sobre la estera del combate, asfixiándolo con sus muslos paquidérmicos y su estriado vientre de ballena. Aunque trató, mi hermano no supo cómo zafarse de su agarre: después de unos tres minutos que habían pasado lentos como si aguantáramos la respiración, el árbitro detuvo la lucha y levantó el brazo del ganador mientras Guillermo, rojo de cólera y lástima por sí mismo, se quitaba el cinturón negro y escupía palabrotas que, como las groserías pronunciadas por los futbolistas en la televisión, eran inaudibles pero se entendían perfectamente desde lejos porque estaban bien vocalizadas.

"¡Guillermo, mi amor!", dijo mamá apenas lo reconoció ante el timón de la furgoneta. "¿Cómo te sientes?".

"Bien, mamá, si ignoramos esta sensación de desolación e ignominia".

"Hay que ser buen perdedor, hombre", dijo papá. "No se puede ir por la vida quejándose como una damisela".

"El día en que yo sea un buen perdedor será el día en que ya no me importe lo que hago".

"QKMDWQMZDTHJGWBRZSKMPARVWJNWSOTYPSP", dijo A.

"Es cierto", dijo Guillermo. "Gracias".

"A mí me pareció que la final fue injusta", dijo Miranda. "El otro era mucho más pesado".

"El peso no tiene nada que ver", aclaró Guillermo. "El jiu-jitsu es el arte de la ligereza, y los maestros saben cómo utilizar la carga del adversario en su contra. Cometí errores inexcusables que terminé pagando caro, eso es todo".

"Tendrás la oportunidad de una revancha", vaticinó Clara Luna.

"No sé", resopló Guillermo. "Estoy pensando en renunciar a las artes marciales y dedicarme a otra cosa…".

"Ay", dijo mamá, "pero si tienes tanto talento".

Hubo un incómodo instante de silencio:

"¿Y ese sombrero?", preguntó Guillermo, cambiando el tema.

"No es un sombrero", dijo mamá y giró la cabeza para que Guillermo pudiera ver de frente al oscuro bicho de la melancolía.

"Ah", dijo Guillermo. "¿Qué tal?".

"Aquí", dijo el parásito rascándose las axilas, "disfrutando el panorama".

"¿Quién viene detrás de nosotros?", preguntó Marcel.

"Nadie", suspiró Miranda. "Nadie viene detrás de nosotros".

"*Brother*", dije, "¿te molestaría mermar un poco la velocidad? Viajamos con bebés a bordo".

"No estoy yendo *tan* rápido. Por alguna razón la máquina no me responde. ¿Todavía estás pesado?".

"Sí, todavía", dije. "Igual baja un poco la velocidad que tengo el estómago revuelto".

"Alguien viene detrás de nosotros", dijo Marcel.

"¡Los terroristas!", dijo mi padre.

"¡Los vendedores de tiempos compartidos!", dijo Marcel.

"¡Los testigos de Jehová!", dijo Miranda.

"¡La mafia del azúcar!", dije yo.

"Qué va", dijo Guillermo con los ojos puestos en el retrovisor. "Es la policía de carreteras".

En efecto, cuando miré hacia atrás vi que dos oficiales se aproximaban en una preciosa motocicleta con un sidecar. Como si se hubieran dado cuenta de que nos habíamos percatado de su presencia, encendieron una sirena que gritó su urgencia durante un instante y luego los vimos acelerar hasta que estuvieron a la par de nosotros y le hicieron señas a Guillermo para que se orillara. Mi hermano estacionó la máxivan al margen de la autopista y el oficial que conducía acomodó la motocicleta en frente de nosotros, cerrándonos el paso. Era un tipo flaco y fibroso como un espárrago reseco y cuando se quitó el casco su cráneo alopécico nos deslumbró con un refulgente resplandor de supernova. Su acompañante esperó a que el oficial se bajara y le abriera la compuerta del sidecar: era una mujer madura pero más conservada que secreto de Estado y no llevaba casco sino apenas gafas oscuras de piloto. Cuando la vimos bajarse del sidecar quedamos atónitos por su frondosa melena cobriza y por el hecho de que no estuviera en uniforme de policía sino en un tenso bikini estampado con manchas de tigre y sandalias havaianas.

"¡Qué maravilloso caderamen!", dijo Guillermo.

"Qu'est-ce que ça veut dire, caderamen?".

"Virgen del agarradero", dijo mi padre, acezante. "Agárrame a mí primero".

"Silencio, viejo verde", dijo mamá y lo palmeó, sin furia, en el hombro.

Mientras caminaban hacia nosotros vi que el tipo llevaba un arma enfundada en el cinto y en el pecho una fulgurante estrellita de sheriff. La mujer, sin ninguna distinción de autoridad, traía un librito de crucigramas en una mano y en la otra la mitad de un lápiz amarillo número 2. Al final el hombre se posicionó al lado del puesto de Guillermo mientras que la mujer se quedó al otro lado de la furgoneta, junto a la ventana del copiloto, donde mi padre sonreía y babeaba de la dicha.

"¿Hacia dónde se dirigen?", preguntó el hombre.

"Hacia el valle que está al otro lado del Monte Misterio", dije. "Y de ahí tenemos planeado un vuelo en globo aerostático para divisar el volcán y la costa a tres mil metros de altura".

El pintoresco itinerario no le despertó ningún interés al policía. Con un gesto huraño le pidió a Guillermo que le mostrara su licencia de conducir y luego se quedó viendo el documento con incredulidad, como si verificara la legitimidad de los sellos y de las fechas. La mujer, entretanto, se mordía el labio inferior como una colegiala coqueta y, sin quitarse las gafas de piloto, mantenía la vista sobre el libro de crucigramas. Tenía el pecho pecoso y los pezones, crispados por el viento, se le evidenciaban en alto relieve sobre la piel atigrada del bikini.

"¿Traen el kit de carretera?", preguntó el oficial.

"Por supuesto", dijo Guillermo y le mostró la valija en la que llevábamos todo lo que se pudiera necesitar en caso de emergencia. El tipo la abrió para revisar el contenido:

"¿Es una broma?", dijo después de un rato y señaló los ensayos de Montaigne, los nueve tomos de Kafka y las poesías de Oliverio Girondo que yo había puesto junto al extintor y al botiquín de primeros auxilios por si me entraba la angustia de la vida.

"En lo absoluto, oficial", le dije: "Jamás hay que salir de casa sin literatura".

"Muéstreme el registro del vehículo", ladró el oficial.
Guillermo buscó el documento en la guantera:
"Aquí tiene", dijo.
Sentimos que el ambiente se volvía tenso. La mujer que acompañaba al oficial golpeó la puerta del copiloto: "Lugar donde se cruzan dos o más caminos", dijo, simplemente.
"Estamos trabajando, querida", se quejó el hombre. "Deja eso para más tarde".
La mujer se alzó de hombros:
"Lugar donde se cruzan dos o más caminos", volvió a decir sin quitar los ojos de la página. "Once letras".
"Comment dit-on *carrefour* en espagnol?", preguntó Marcel.
"Encrucijada", dijo Miranda.
La mujer contó las letras de la palabra con los dedos de una mano y luego de anotar la respuesta hizo una seña de alegría para decir que todo le cuadraba.
"¿Quién es Richard Feynman?", preguntó el oficial.
"Un físico teórico", dijo Guillermo. "Famoso por sus contribuciones en el campo de la electrodinámica cuántica y la física de partículas".
"¿Y el señor Feynman viaja con ustedes? Porque el vehículo está a nombre suyo, y si no viaja con ustedes vamos a tener muchos proble…".
"Dicho de significado intencionadamente encubierto", interrumpió la mujer, "que se propone para ser adivinado como pasatiempo".
"Mi vida, más tarde te ayudo, si quieres; pero por lo que más quieras: déjame trabajar".
"Adivinanza", dijo Clara Luna.
La mujer negó con la cabeza:

"Seis letras, termina en *a*".

"Richard Feynman está muerto", dijo mi hermano. "La furgoneta le pertenecía a él, pero mi hermano y yo la…".

"Enigma", dijo papá y cuando la oficial le dijo que la palabra le servía vi que al pobre se le sonrojaban los cachetes.

"Los documentos no mienten, caballero. Aquí dice que el señor Feynman…".

"Esta sí que está difícil", dijo la mujer.

"A ver", dijo papá.

"Mejor dicho, esto lo vamos a tener que resolver en la comis…".

"Animal fabuloso con cabeza y pecho de mujer y cuerpo y pies de león".

"Amelia, ¡por favor! ¡Estás socavando mi autoridad!".

"¡Esfinge!", dije y sentí que el corazón me palpitaba de puro orgullo.

"¡Así es!", dijo la mujer, y después de anotar la respuesta, se quitó las gafas de piloto y se quedó observándonos con los ojos más verdes que yo haya visto nunca. Con un gesto despreocupado se engarzó las patas de los anteojos en una de las tiras del bikini y luego rodeó la furgoneta mientras miraba nuestro equipaje y le sonreía a la pequeña Léna o le hacía caras a Segismundo, convertido en ese instante en un magnífico pavo real. Cuando completó el circuito la mujer se acercó al oficial, que la observaba malhumorado; antes de volver a ponerse las gafas, lo cogió de las orejas como a un trofeo y sobre la calva le puso un beso que repercutió en el aire con sus ecos húmedos:

"Déjalos ir, Rigoberto".

"Pero ¡Amelia!".

"Dale, corazón", dijo Amelia. "Vámonos a retozar".

Aquí el tipo se quitó el gesto huraño como si hubiera sido una máscara y, con una cara nueva y bondadosa, la miró con sorpresa:

"¡Ah, qué felicidad!", dijo y luego le devolvió los documentos a Guillermo.

Como si nada hubiera pasado los vimos regresar a la motocicleta, esta vez la mujer en el puesto del piloto y el hombre en la cabinita del sidecar, y arrancar en la dirección opuesta a la nuestra. Antes de que aceleraran activaron otra vez la sirena, solo que esta vez no escuché el aullido de la urgencia sino la *Cabalgata de las valquirias*, ejecutada por una orquesta completa, primero en re mayor y luego en una escala distinta, determinada por el efecto Doppler. Antes de que Guillermo pusiera en marcha el motor los vimos alejarse por la autopista, cada vez más pequeños, cada vez más insustanciales, como esos fragmentos de fantasía a los que uno no es capaz de aferrarse al momento de despertar...

... *los dos puntos explicativos: como estos; la furibunda esperanza del arquero que atraviesa toda la cancha para cabecear (buscando el empate o la victoria) en el último tiro de esquina del partido; los susurros lunáticos de Glenn Gould ante el piano; adivinar el tiempo exacto antes de ver el reloj: las horas: los minutos: los segundos; el inglés de los comerciantes chinos que venden cachivaches por internet* (We hope you happy that); *cerrar los ojos y ver fosfenos como estrellas fugaces; las minifaldas elevadas en el saque de las tenistas; el olor del café recién molido; cuando el CEO de una compañía acepta sus errores y se disculpa, públicamente; la perfección gráfica y sonora de la palabra* esdrújula; *el rock de los británicos; derretir con la orina ardiente los hielos que a veces (¿para qué?) colocan en los mingitorios; el aroma de los gatos recién acicalados; hacer maratón de series: a tu lado; el escalofrío de leer o escribir una imagen asombrosa o un símil exacto; todo lo que sea a un tiempo bello y práctico, como las plumas estilográficas o los senos de las mujeres; la alegría de tener afán y escoger (¡para variar!) la fila que se mueve...*

7

Más adelante, cuando abandonamos del todo la urbe y la naturaleza comenzó a predominar sobre las construcciones de los hombres, encontramos un parque con mesas de pícnic bajo la sombra de enormes ceibas y ficus florecidos y decidimos detenernos un rato para improvisar un entremés que nos embolatara el hambre hasta que pudiéramos llegar a alguno de los restaurantes que estaban al otro lado del Río de los Recuerdos. Mientras mamá y Clara Luna preparaban sándwiches de mortadela, queso y mayonesa, papá comenzó los preparativos para que todos los demás hiciéramos otro test de Cooper, pero esta vez le dijimos que no porque Guillermo, Marcel y yo queríamos hacer una competencia de gargajos para ver quién era capaz de escupir más lejos.

Miranda (con Léna en brazos) y A. (con Segismundo en el regazo) fueron las juezas del evento. Primero lo intenté yo, pero hasta la saliva me salía pesada, y cuando escupí, las babas se me quedaron pegadas a los labios y luego cayeron, como una lluvia de plomo, sobre mis zapatos; después siguió Marcel con un gargajo decente que realizó un estilizado trayecto parabólico y aterrizó con gracia sobre el césped; finalmente siguió Guillermo, quien esgarró una flema verdeamarillenta que parecía venir del alma y que voló tan lejos que las jueces no dijeron nada sino que se limitaron a ponerse de pie para ovacionarlo.

Me pareció extraño que Guillermo hubiera salido vencedor, porque era uno de los que menos entrenaban, pero luego me di cuenta de que no había sido Guillermo quien había escupido, sino William, a quien siempre es difícil ganarle porque sus conocimientos de ángulos y potencias y vientos adversos le otorgan una ventaja arrolladora.

Luego de la ceremonia de premiación, mamá y Clara Luna nos llamaron para que hiciéramos el pícnic, y cuando nos sentamos noté que una ansiedad difícil de explicar flotaba en el ambiente: mi sándwich tenía muy poca mayonesa, Segismundo (en su forma habitual de gato) trataba sin éxito de expectorar una ingente bola de pelos, Léna estaba a los gritos porque tenía sueño pero no quería dormirse, A. comía entre lágrimas porque seguro pensaba en el proceso cruento de la fabricación de la mortadela, y mamá tenía cara de amargura y parecía que la tristeza le hubiera mermado el apetito, pues antes de comer partió en dos su sándwich y le entregó la mitad al oscuro bicho de la melancolía, que se lo devoró de un solo bocado voraz. Con la idea de alegrar un poco el día les conté a los otros cómo había encontrado la página de Globos Panamericanos, y les hablé del proceso de reserva para el vuelo y del personaje enigmático de Absalón Montgolfier y sus correos de floridos endecasílabos.

"¿Qué clase de loco habla solo en verso?", preguntó mi padre.

"La mejor clase", dije.

"Con tal de que es un piloto competente y no un loco de remate", dijo Marcel.

"Que *sea* —Con tal de que *sea* un piloto competente".

"Los globos no se pilotean", dijo William. "No hay manera de controlarlos: están a merced de los vientos".

"Bueno", dije. "Igual se necesitará algo de técnica para elevarlo y aterrizarlo".

"Qué dicha volar en globo", dijo Miranda.

"PNKTQYQSHVBKLMAKRENIHARF", dijo A.

"Será una experiencia maravillosa", profetizó Clara Luna.

La mañana se filtraba entre las ramas de los árboles y llegaba hasta nosotros con rayos diáfanos, nítidos haces que hacían pensar en la iluminación artificial de las tramoyas. Yo estaba así, contemplando la naturaleza, cuando sentí que alguien me llamaba la atención con dos toques en mi espalda. Era mi padre:

"¿Ya sabes sobre qué vas a escribir ahora?", me preguntó.

Lo miré con una mezcla de tristeza y simpatía por la manta oscura que le envolvía los recuerdos y busqué en mi seso para ver si esta vez podía hallar una respuesta, pero solo encontré un paisaje desértico e infértil donde soplaba un viento árido de silencio:

"No, todavía no sé", le dije.

Papá hizo un gesto de decepción:

"¿Por qué no escribes una crónica para alguna revista reconocida?", sugirió. "Así te vas haciendo conocer, hombre".

"Porque me interesa más la realidad interna de mi psique y los pasadizos arduos de la ética que los avatares del mundo", le dije y luego quise cambiar el rumbo de la discusión: "Dime una cosa: ¿te sientes más sabio a tu edad?", le pregunté. "Yo estoy a punto de convertirme en padre y a veces siento que tengo las mismas inquietudes que tenía cuando era un muchachito de quince".

Papá entrecerró los ojos como si sopesara la pregunta, pero en vez de darme una respuesta estornudó fuerte, llenando el ambiente con el olor de las babas atomizadas. En esas escuchamos que otro carro se estacionaba cerca de la furgoneta y luego vimos que un hombre con rasgos orientales y un muchacho rubio de unos trece años se apeaban (qué lujo de palabra) de un Rolls Royce (qué lujo de vehículo) y tomaban la mesa que estaba al lado de la nuestra. El hombre tenía ojeras de congoja y el muchacho una horrible mueca de hastío, y cuando escuché que discutían supuse que se trataba de un hombre perdido en las encrucijadas de la paternidad y de un hijo que atravesaba el terreno escarpado de la adolescencia. Cuando el hombre nos vio nos saludó levantando las cejas y luego nos ofreció un poco de sake. El muchacho, malhumorado, apenas nos miró y acto seguido abrió por la mitad un tomo ajado de *El mundo como voluntad y representación* y, encorvado, se puso a leer con un gesto de asco que era como si, en vez de un clásico de la filosofía, estuviera leyendo un manual terapéutico sobre los síntomas más crueles de la fiebre tifoidea o de la gonorrea.

"Mucho gusto", dijo el hombre. "Mi nomble sel Chi. Este sel Golemu".

El hombre se levantó mientras se presentaba y luego hizo una preciosa venia respetuosa; el muchacho, en cambio, ni siquiera quitó la mirada del libro y apenas resopló para hacernos saber que la introducción que el hombre hacía no tenía la menor importancia.

"Disculpal las gloselías del muchacho", se excusó el hombre mientras servía un poco más de sake. "No sel culpa suya. Sel culpa mía. Elol de diseño, segulo".

"No hay de qué disculparse", dijo mi padre. "A veces los hijos son unos ingratos".

"Ay", dijo mamá. "Lo que pasa es que seguro no tuvo una figura materna, el pobre".

El hombre asintió, no para expresar que estaba de acuerdo sino apenas para indicar que comprendía:

"No sel mi hijo", dijo. "Pelo sí sel mi cleación".

Nos quedamos en silencio, tratando de encontrarle sentido a las extrañas palabras del hombre, pero luego de deambular un rato por pasillos oscuros de los *quizás* y los *tal vez* nos tocó aceptar que no habíamos entendido un carajo.

"¿Cómo así su creación?", preguntó al fin William.

El hombre nos mostró la palma abierta de su mano, como diciendo que esperáramos, y luego sacó de un bolsillo una especie de control remoto que exhibió como un objeto de utilería en un viejo truco de prestidigitación. El control remoto tenía una antena larga retráctil y un solo botón que pulsaba con una tenue luz roja; cuando el hombre lo presionó, el muchacho dejó de leer, irguió su columna y luego, tras quedarse con los ojos perdidos en el vacío, habló con una extraña voz metálica:

"Modo reposo: activado", dijo y se quedó quieto como una estatua.

Al vernos la cara de incredulidad, el hombre volvió a presionar el botón y el muchacho recuperó el comando de sí mismo y prosiguió con la lectura de Schopenhauer, como si ese par de segundos de inactividad jamás hubieran acontecido. Fue entonces cuando Chi nos habló de cómo había desarrollado varios prototipos de robots que operaban con su novedoso sistema de inteligencia artificial (el Sentient-2891), y también de sus tribulaciones para que las máquinas dejaran de actuar siguiendo la orden fría e inviolable de los algoritmos y se acercaran más a la experiencia instintiva y emocional de los seres humanos. Básicamente, el propósito de Chi era crear, no un ayudante en labores mecánicas o de cómputo, no un asistente virtual, sino otro ser pensante y sensible a la belleza que pudiera conversar con él, disfrutar de un día al aire libre o, si les entraba el antojo, quedarse en la casa leyendo o enfrentarse en una partida de ajedrez. Había sido un reto complicado: los primeros prototipos habían sido máquinas inteligentísimas en los ámbitos prácticos, pero ineptas en el campo de las emociones, y se comportaban siempre de maneras desconcertantes: lloraban de ternura ante los alcantarillados, reían a las carcajadas si alguien era diagnosticado con cáncer o lupus, no sabían hacer la distinción cualitativa entre los comerciales de la televisión y el cine arte, y se solazaban con las noticias de desgracias en los periódicos. El obstáculo que debía saltar, había concluido Chi después de sus primeros intentos fallidos, era la falsa división entre cuerpo y mente de la filosofía cartesiana: los anteriores prototipos habían tenido un cuerpo incorruptible que no era capaz de placer o enfermedad o vigor o cansancio, y esta limitante impedía que la mente robótica tuviera una consciencia plena de su ser y una sensibilidad por el tiempo que se agota. La solución en la que entonces había pensado Chi era crear un robot, no sintético ni inmortal, sino con un cuerpo orgánico con fecha de vencimiento que imprimiera sobre la mente sus necesidades y sus virtudes, y que pudiera imaginarse un mundo en el que él mismo, el robot, ya no existiera. Golemu era el primero de esta nueva generación cibernética con la consciencia de su propia temporalidad, y aunque su construcción había requerido un gigantesco sacrificio por parte del creador (la aceptación de la certeza de que su criatura moriría), el robot había sido un éxito y una inagotable fuente de orgullo: Golemu había comenzado como un embrión (implantado con nanoesperma en el vientre de una madre sustituta), había pasado por las etapas de infante (amamantado por una nodriza alemana) y niño juguetón (miccionador de colchones), y aunque no había manifestado el gusto por el juego de reyes y prefería pasar el tiempo libre en interiores, había sido una criatura con la sensibilidad hacia lo bello o lo triste, y además, debido a su cuerpo orgánico y corruptible, predispuesto a las deposiciones matutinas y a las cosquillas y a los ganglios inflamados y a la varicela. El problema, finalizó Chi, era que de un tiempo para acá, desde los albores de la adolescencia, su creación había tomado un rumbo no previsto y, lleno de una rabia inexplicable, había comenzado a despotricar contra la vida y el mundo, a los que decía no encontrarle ningún sentido.

"Debe sel un elol de código", concluyó Chi. "O un ploblema con el lóbulo flontal en el celeblo olgánico".

"¡Nada de eso!", protestó Golemu: "¡La vida es una mierda!".

Chi, avergonzado, bajó la mirada:

"La vida sel lo que hacemos de ella", dijo. "¿Pol qué no podel sel feliz?".

"¡Nada tiene sentido!", digo Golemu. "¡Todo se acaba! "¡El universo es absurdo!".

"La flol no sabel que muele y pol lo tanto no sel miselable".

"¡Yo no soy un puto tulipán, cabrón!".

"¿Pala esto te tlaje al mundo? ¿Pala que te quejalas?".

"¡Yo no te pedí que me hicieras, cretino!", reclamó Golemu. "¡Es una insensatez despertar una consciencia!".

Así siguieron discutiendo, el hacedor y su muchacho sintético, mientras nosotros terminábamos el pícnic: Chi tratando de justificar la existencia y los dolores de la consciencia, Golemu enumerando argumentos pesimistas en contra de la natalidad (ya fuera de humanos o de animales o de androides) y a favor de un universo en el que la consciencia fuera erradicada y no existiera más la angustia de vivir. Yo me sentía mal por el creador que es injuriado por su criatura, pero también simpatizaba con Golemu y sus problemas existenciales, y su rabia adolescente me hizo recordar la tarde de enero o de septiembre en que A. y yo hablamos por primera vez de la posibilidad de tener un hijo. Yo, que no era ciego a la alegría y el hermoso reto de la paternidad, también sabía que nuestro hijo sufriría, como yo, como A., como todos, duros momentos de soledad o de dolor, instantes en que se preguntaría si todo esto valía la pena, fuertes dudas incontestables sobre el valor de las acciones y una siempre renovada tentación por el silencio… No es que fuera pesimista, como pensaba A.: es que estoy acostumbrado a imaginar distintos escenarios posibles y me parecía injusto ignorar que, además de los instantes de felicidad o plenitud, la vida le tendría destinada a nuestro hijo la porción de tedio y miseria con la que tienen que lidiar todos los hombres. Me lo imaginé siendo rechazado por el amor, alguna vez; me lo imaginé en la ambivalencia amarga de tener que elegir, entre millones, un solo camino; me lo imaginé lamentándose, como yo, por su propia ignorancia e impotencia; me lo imaginé sintiendo asco por la estupidez de las multitudes; me lo imaginé defraudado por su suerte, a la deriva de un cosmos indiferente; me lo imaginé debatiendo si valía o no la pena traer un hijo al mundo; y me lo imaginé, finalmente, en su último instante de consciencia y que, si todo salía bien, ocurriría muchísimo tiempo después de que mi propia consciencia se agotara. Recuerdo que aquella tarde lloré mi llanto más doloroso mientras imaginaba estas prolepsis arduas, pero luego me embargó la sospecha de que al otro lado del llanto había encontrado un enigmático brillo, y me pareció intuir que a pesar de todo sí valía la pena despertar una consciencia, que en medio del sinsentido del infinito podía haber un paréntesis hecho de tiempo que contuviera una mente y un corazón como un fuego secreto y efímero que, solo por el hecho de existir, justificaba una eternidad tejida de sombras y de abismos.

Aquella intuición hecha de fuego se me regó por la mente como una conflagración y fue de algún modo corroborada un par de semanas más tarde, cuando A. y yo fuimos a una cita de evaluación general con el ginecólogo. Mientras mi esposa se desnudaba tras un biombo y desocupaba la vejiga, el médico y yo congeniamos en una conversación de tres minutos que giró en torno a exámenes de sangre y orina, suplementos de ácido fólico, la necesidad de descartar la toxoplasmosis y los vericuetos de los órganos reproductivos:

"El cuerpo de la mujer es un mecanismo complejo y delicado", me había dicho el ginecólogo; "el del hombre, no tanto. Con tal de que a nosotros nos funcione la mecha, no tenemos de qué preocuparnos".

Recuerdo que me hicieron gracia las palabras del ginecólogo y sus alusiones a las llamas. En una de las hojas limpias de mi cuaderno anoté: la mecha, el pabilo, la lumbre. Después, durante la revisión física, mientras A. esperaba patiabierta y un instrumento le separaba la apertura vaginal, el médico me había hecho una seña para que me asomara a la caverna primigenia, y en un tono entre pedagógico y amigable que no sugería nada inapropiado ni morboso, me señaló en la anatomía de mi mujer el inicio del angosto canal cervical que mis espermatozoides tendrían que cruzar en su camino hacia la fecundación:

"Por aquí, amigo escritor, es por donde tendrá que abrir fuego".

Volví a sonreír mientras abría mi cuaderno de notas. Escribí: el fuego escamoteado, la antorcha olímpica, el regalo de Prometeo...

8

Antes de que volviéramos a arrancar, mientras los otros recogían las cosas del pícnic, quise buscar a A. para ver si estaba cómoda o si necesitaba alguna cosa. Caminé despacio, cansado de arrastrar mi propio peso, y la encontré cerca de la furgoneta acariciando a Segismundo, que en ese momento había tomado la forma de un pequeño camaleón que cambiaba de colores como un arcoíris o un reguero de gasolina y, azulturquesa-rojosangre-blanconube, le trepaba a mi mujer por la panza.

Al verme, A. me dirigió una sonrisa un poco triste. Después de tocarle la frente para ver si tenía fiebre, le pregunté si le ocurría algo. Desde que comenzó nuestro problema de comunicación, cada vez que le decía cualquier cosa, siempre tenía la esperanza de entender su respuesta y que, de la misma manera arbitraria en que había dejado de comprenderla, sus palabras cobrarían otra vez su significado pleno y —al fin— volveríamos a entendernos. Con esa ilusión me quedé viéndole la boca, antes de que dijera alguna cosa, pero en lugar de sonidos comprensibles volví a presenciar cómo A. regurgitaba un globo de diálogo con un texto sin sentido:

"GZLBOZGANIYGCOTKNFDOWNT".

Saqué mi cuaderno y anoté rápido las letras para ver si podía descifrarlas más adelante. Aunque sabía que podía pedirle a alguien más que me sirviera de intérprete, porque los demás la entendían como si nada, me quedaba claro que estas cosas que A. pronunciaba cuando estábamos solos eran asuntos íntimos y sabía que era mejor no involucrar a nadie. En cualquier caso el bocadillo flotó durante un par de segundos y luego estalló de repente, sin dejar ningún rastro, y volví a sentir en el pecho que la esperanza perdía su brillo y se me convertía en decepción... En realidad no sé qué pensar de ese complejo asunto de las esperanzas y las ilusiones: el pesimismo me parece una alternativa acertada pero fría y el optimismo casi siempre me suena como un delirio peligroso. No sé: al fin de cuentas lo mejor tal vez sea albergarlas, sabiendo que las esperanzas no son otra cosa que ficciones. De todas formas traté de ocultar la decepción de mi rostro y me limité a hacer un par de preguntas básicas para que A. pudiera responder afirmando o negando con la cabeza. ¿Tenía sed? ¿Había quedado con hambre? ¿Estaba bien el bebé? ¿Seguía emocionada con el viaje? A. dijo que no a las dos primeras preguntas y luego asintió para tranquilizarme, pero después vi que de las conjuntivas comenzaban a brotarle enormes lagrimones que le bajaron por las mejillas, lentos como melaza, y que se le fueron aglutinando en el mentón. Cuando comenzaron a caer, Segismundo las atrapó, todavía en el aire, con su maravillosa lengua retráctil. Al final del llanto, A. se limpió el rostro y luego puso las dos manos en su vientre:

"GBRGXFMUKPYXCQOVCXXT", dijo.

Yo no tenía ni idea de qué era lo que pasaba por su mente, pero al verla así me sentí triste y vacío como un carrusel apagado y sin niños sobre los potros. Aunque tuve la tentación de decirle algo lindo, me dio miedo equivocarme y al final decidí acercarme para abrazarla. Como es difícil abrazar a una mujer embarazada lo que hice fue pararme detrás de ella, poner mis brazos a los lados de su panza (y no *sobre* su panza, para no lastimar al bebé con mis manos pesadas) y enterrar mi hocico en su nuca, que olía a una mezcla de tierra y mandarinas. Aunque se dejó envolver por mí, A. permaneció inmóvil, con los brazos quietos a los costados, y apenas la sentí apoyar la cabeza contra mi pecho. Así permanecimos un rato, no sé qué tan largo, hasta que sentí que los sollozos le salían más espaciados.

Así estábamos, callados y cariñosos, cuando, de repente, vi que una mancha amarilla se aproximaba por la autopista costanera, en la misma dirección que llevábamos nosotros, y con el dedo apunté a lo lejos para que A. también la viera. La mancha brillaba bajo el sol del mediodía y se tambaleaba de un lado a otro, de un lado a otro, moviéndose tan lentamente que, todavía antes de que pudiéramos discernir su forma verdadera, los otros ya habían llegado con las cosas del pícnic y acomodaban todo en la máxivan.

"¿Qué será eso?", pregunté, mostrándoles a todos la gran mancha amarilla.

"No sé", dijo Guillermo, súbitamente materializado. "Parece un bus escolar".

"¿No será más bien un taxi?", propuso Miranda.

"No", dijo el oscuro bicho de la melancolía.

"¿Y entonces qué?".

"Es una gran mancha amarilla".

Pese a que teníamos que ponernos en marcha si queríamos cumplir con nuestro itinerario, la curiosidad nos maniató y nos quedamos esperando a que la gran mancha terminara de acercarse y definirse. Mientras aguardábamos aproveché que Léna inspeccionaba algunos dientes de león sobre el pastizal al lado de la carretera y me acerqué para continuar con nuestras lecciones de lenguaje abstracto. Apuntarse la muñeca con el dedo índice era la seña que significa *tiempo*; sacar la lengua sin doblarla quería decir *orden*; sacar la lengua doblada significaba *azar*; la seña que ideé para referirse a la nada consistía en apretar los párpados y negar vigorosamente con la cabeza; para decir *aburrimiento* o *angustia* había que ponerse las manos sobre las mejillas y suspirar, hondamente. La pequeña Léna volvió a prestarles atención a mis maromas, pero no repitió ninguna de mis señas ni dio ninguna otra muestra de comprensión y se limitó a soplar los dientes de león para que volaran todas las cipselas. La bebé lanzó una carcajada de dicha mientras los pedazos de flor flotaban en el aire y yo también me quedé embelesado, hasta que escuché que todos los otros se unían en un grito ahogado de asombro comunal. Entonces me puse de pie, me tapé el fulgor del sol con una mano y aprendí que la gran mancha amarilla que había visto a lo lejos era en realidad un ciclista que pedaleaba, encorvado sobre su máquina. El tipo era el hombre más obeso que yo hubiera visto en toda mi vida y llevaba puesto el *maillot* amarillo del líder del Tour de Francia, solo que al gordo la camiseta le quedaba pequeñita y tensa como un top femenino y por los bordes se le desparramaba una descomunal panza velluda con un gran ombligo extrovertido y carnoso, como el moñito que queda a lado y lado de un chorizo. Para protegerse del sol, el tipo llevaba una gorrita con visera, y alrededor del cuello tenía colgado un silbato de oro. La imagen era tan inusitada que todos nos quedamos boquiabiertos, sin saber qué decir. Además de la gordura del ciclista nos asombraron su bigotito en el labio superior (tan fino que parecía pintado), el que llevara lentes deportivos para proteger sus ojos contra el viento (aunque su obesidad lo obligaba a la lentitud de las estrellas de mar), y el hecho de que, por su esfuerzo suprahumano, el tipo sudara a chorros y dejara sobre el asfalto tras de sí una marca húmeda como la estela de un caracol.

"¡Bravo!", gritó al fin Guillermo.

"¡Allez, allez, allez!", cantó Marcel.

"¡Ánimo, carajo!", vociferó papá, pero el gordo estaba tan ocupado en su pedaleo que no podía decir nada más que los jadeos del cansancio y apenas nos saludó con dos dedos rechonchos como butifarras. Yo también quise decirle una palabra de aliento, pero el asombro de verlo pedalear me erizó la piel y me trabó la lengua y apenas pude aplaudir de la alegría. Recuerdo que al verlo sentí el comienzo de una ilusión que hasta entonces no había sentido: la posibilidad de que yo, como aquel gordo, pudiera continuar con mi vida y hacer algo maravilloso y ligero a pesar de mi difícil densidad. Sabía que se trataba de la ficción íntima de una nueva esperanza y que, como todas las ilusiones, era peligrosa, pero agradecí la emoción que me revoloteó en el pecho y me dije que la conservaría, que la mimaría, que la seguiría hasta que la viera resolverse en decepción o maravilla.

9

Una vez en la máxivan nos fuimos un rato en silencio, cada uno pensando en sus cosas mientras escuchábamos canciones solicitadas por la audiencia y que Guillermo iba poniendo en la radio. La autopista costanera se estiraba hacia su punto de fuga y reverberaba por el calor de la tarde como si la distancia hiciera hervir el suelo y el horizonte fuera una vasta sopa de cemento. Tal vez porque me sentía cómodo en la furgoneta me dio por pensar en la practicidad de algunas cosas cotidianas en las que reparamos solo superficialmente pero que en realidad son dignas de gratitud y de asombro: los semáforos, la crema dental con sabor a menta, el mullido milagro de una almohada, el maravilloso ingenio que significa un cortaúñas. Se me ocurrió que todos esos objetos contenían en sí mismos la historia entera de la humanidad y me sentí contento y agradecido por participar de algo inmenso que todavía continuaba… Si tan solo pudiera escribir una línea que marcara un modesto progreso en la historia de las letras, pensé: si tan solo volviera a sentir las cosquillas eléctricas de un nuevo comienzo. Después pensé en esos otros adminículos que usaron mis padres o mis abuelos o mis otros ancestros pero que en algún punto se hicieron obsoletos, peldaños casi olvidados en la historia de los objetos: la regla de cálculo, el ábaco, el reloj de sol, el gramófono, el fax. Acto seguido me imaginé el futuro hipotético de mi hijo y, en una de las hojas de mi cuaderno, comencé una lista de cosas usadas en el presente que representarían para él curiosidades de museo sin ningún valor práctico: los vehículos que había que conducir manualmente, por ejemplo, o las baterías que había que recargar, o los ejércitos, o los chicles que perdían su sabor…

En algún punto del camino quisimos parar en el zoológico de animales mitológicos, para que Léna pudiera ver de cerca al unicornio y acariciara las siete cabezas de la hidra, pero en la entrada nos informaron que el parque se encontraba cerrado de manera indefinida porque el ave fénix se había escapado del zoológico, y con su penacho de llamas y su aleteo de fuego había incinerado el puesto de información y había dejado a varios turistas con quemaduras de tercer grado. Para que Léna no llorara por la decepción me bajé de la furgoneta y en la tienda de souvenires del zoológico logré que me vendieran una quimera de peluche que decía "Te amo" si uno le apretaba la pancita. La bebé sonrió al recibir la quimera y me dio las gracias con lenguaje de señas.

"Hemos andado medio día y el tanque de gasolina sigue lleno", dijo Guillermo cuando volvimos a tomar la autopista.

"¿No es muy extraño eso?", pregunté.

"¡Para nada!", dijo mamá.

"¡Es lo más normal del mundo!", dijo papá.

"¡Ah bueno!", dije. "¡Entonces sigamos!", y proseguimos.

Después de un rato comenzamos a respirar el olor inequívoco del Río de los Recuerdos y luego vimos el viejo puente colgante que unía las dos orillas. Desde lejos la estructura del puente me pareció precaria y le dije a Guillermo que me preocupaba que el puente sucumbiera ante mi peso elefántico, pero mi hermano dijo que no habría problema con tal de que lo atravesáramos velozmente y entonces presionó el acelerador hasta que la furgoneta llegó hasta casi la velocidad de la luz. Con alivio noté entonces que las tablas nos sostenían, pero cuando ya estábamos en la mitad del puente nos dimos cuenta de que, por más rápido que nos moviéramos, la otra orilla del Río de los Recuerdos parecía estar tan lejos de nosotros como cuando habíamos ingresado al puente y que en realidad no avanzábamos en lo absoluto. El viento entraba por las ventanas abiertas, despelucándonos de lo rápido que íbamos, pero igual parecíamos estancados a medio camino. Era como si la furgoneta se moviera no sobre el suelo firme sino sobre una de esas bandas infinitas de los gimnasios en las que se pierden tiempo y calorías y que lo llevan a uno a ninguna parte.

Así anduvimos no sé cuánto tiempo, todavía en medio del puente, cuando empezamos a hacernos viejos de repente. El primero en darse cuenta fue Marcel, que se quejó de un súbito dolor en las articulaciones (consecuencia del reumatismo), y a quien las orejas y la nariz comenzaron a crecerle desproporcionadamente, generando hirsutos vellos; después fue mamá, que volteó a vernos con los ojos nublados por las cataratas; luego fue el turno de Miranda, que empezó a ser agobiada por los inclementes calores de la menopausia y encaneció en un parpadeo; entretanto, Guillermo pidió uno de los pañales de Léna para frenar una súbita incontinencia de anciano y luego comenzó a toser como si lo agobiara el catarro de los viejos; a papá empezaron a caérsele los dientes: lo vi guardarlos en orden, uno a uno, en la guantera; Clara Luna fue súbita presa de la demencia senil y empezó a decir a los gritos que se avecinaba la llegada de los extraterrestres; finalmente fue mi turno, y cuando comencé a sentirme raro y a percibir en mí mismo el olor a viejito, me miré en el espejo retrovisor: vi mi rostro coriáceo apretado por las arrugas, mi cráneo calvo con las máculas del tiempo, mi larga barba blanquecina. Los únicos que no envejecieron fueron Léna, Segismundo y A. (con el bebé), que seguían idénticos a sí mismos, y el oscuro bicho de la melancolía, que nos observaba con jactancia mientras se sacaba los mocos y se desternillaba de la risa.

Pensamos que lo mejor era retroceder y buscar otro camino que nos sacara de ese embrollo, pero luego nos acordamos de que aminorar la velocidad significaba la posibilidad de que el puente colapsara y decidimos proseguir con la idea de que el puente, finalmente, nos soltara. Como éramos ancianos y queríamos pasar el rato, nos pusimos a hacer cosas de viejos: Miranda comenzó a tejer un camino de mesa en macramé, mamá y Clara Luna encontraron una súbita fe en Jesucristo y se pusieron a rezar un rosario en memoria de los difuntos, mientras que Marcel, Guillermo, papá y yo comenzamos a hablar de la buena época de antaño y a despotricar contra la indolente juventud. Marcel, por ejemplo, lamentaba el surgimiento de los celulares y las redes sociales y añoraba el tiempo de las cartas lacradas, cuando se podía disfrutar del delicado placer de la espera, y la anticipación y la urgencia de un mensaje se medían en los caballos de posta que había que reventar para encontrar al destinatario; papá criticó la música que escuchaban los adolescentes, a la que tildó de "ruido para marihuaneros", y suspiró por la época en que los enamorados se paraban bajo los balcones de sus amadas para dedicarles serenatas;

Guillermo comenzó una diatriba contra los trenes de alta velocidad y los aviones supersónicos y dijo que cuando regresáramos del paseo montaría una agencia de viajes que solo usara buques transoceánicos; yo, por supuesto, me quejé porque los jóvenes ya no leían literatura de la buena y en cambio se pasaban las horas embruteciéndose frente a la televisión o leyendo porquerías. Después todos sucumbimos a una súbita siesta geriátrica y cuando despertamos nos limpiamos las babas de la cara y luego vimos que seguíamos en medio del puente colgante sobre las aguas mansas del Río de los Recuerdos. Parecía que por primera vez reparábamos en el nombre del río y por eso nos pusimos a hablar de nuestros recuerdos más queridos de cuando éramos jóvenes: Guillermo habló de su primer amor, una niña que el paso de los años había pulido y generalizado hasta convertirla en apenas "una pelirroja"; mamá habló de los LP de vinilo que el abuelo ponía en un antiguo tocadiscos; papá rememoró el árbol de mangos dulces que crecía en el solar de su casa vieja; Marcel se acordó de un día feliz en que había ganado un torneo familiar de *Mil kilómetros*, su juego favorito; Miranda nos habló de las vacaciones en las que se había devorado todo Borges; y yo me acordé de la preciosa tarde, distante pero intacta en los recovecos del espaciotiempo, en que yo había decidido convertirme en escritor. Entonces, quizás por virtud de los recuerdos, fuimos recuperando la juventud perdida: a mamá se le despejaron las cataratas, papá fue acomodándose los dientes en las encías, y así todos los que habíamos envejecido fuimos regresando a la versión justa de nosotros mismos.

Cuando fue mi turno y comencé a sentirme otra vez de treinta y pico de años, volví a mirarme en el espejo retrovisor y vi mi barba desapareciendo como un carámbano en primavera y luego observé cómo se me poblaba el cuero cabelludo y las arrugas se me desvanecían. Fue ahí cuando noté que Guillermo bajaba la velocidad y que estábamos, por fin, al otro lado del Río de los Recuerdos. Sin saber por qué, como si siguiéramos una orden silenciosa, todos miramos hacia atrás y vimos cómo el puente se iba cubriendo de una bruma espesa hasta que desapareció del todo, como si el pintor que decoraba nuestro paisaje corrigiera de un brochazo algo que ya no quería mostrar.

"Qué niebla más extraña", dije.

"Es el calentamiento global", propuso Miranda.

"No", dijo mi padre. "Es la altura".

"Qué va", dijo el oscuro bicho de la melancolía. "Es una mera ilusión óptica causada por la lejanía".

"Ninguna de las anteriores", dijo Guillermo mientras se aferraba duro al timón de la máxivan: "Es el misterio".

De mi niñez recuerdo a mamá asoleándonos en el alféizar de la ventana, la espera a que mi padre regresara de sus correrías comerciales, el coágulo de sangre en mis encías cada vez que mudaba un diente, los cuentos de los hermanos Grimm que escuchábamos durante los paseos en auto. Recuerdo sobre todo el comienzo del asombro: las caricias que hacían cerrar las hojas de las plantas dormilonas, la fascinación de aguantar la respiración bajo el agua (mis pulsaciones aminorando el ritmo: mi conexión con el anfibio), la piel nueva después de las vacaciones en la playa, el cavernoso misterio de mi ombligo. Es extraño, pero no tengo el recuerdo de mi madre embarazada ni de mis hermanos cuando eran bebés, tal vez porque aún no hablaban y para mí las cosas se fijan mejor si existe la mediación de las palabras. De ellos, pequeños, recuerdo por ejemplo el pelo revuelto de Miranda y su risa loca, las cóleras de William cuando reñíamos, a Guillermo exhibiendo el culito luego de una deposición y gritando: "¡Mamá!, ¿me limpia?". También hay algunas joyas oscuras y ásperas en este cofre: el día en que caí de un árbol y me fracturé el codo y la muñeca, el tedio rancio de las iglesias, la tarde en que un auto atropelló por accidente al caniche de un vecino, las habichuelas hervidas en leche, las querellas de mis padres... Pero casi todo es tesoro: las enciclopedias ilustradas, todo el mundo congregado alrededor del primer Nintendo de la cuadra, las tortas de cumpleaños decoradas por mi madre (las anilinas, los moldes de superhéroes, la delicia de la mezcla cruda bajo el inminente riesgo de la salmonela), mi padre enseñándome a montar en mi primera bicicleta (una Monark azul cobalto que fue mi posesión más preciada), una rayue-

la pintada sobre el asfalto, mis amigos de aquel tiempo, los calzoncitos blancos de una maestra de preescolar que se sentaba frente a un niño voyerista. Recuerdo, re-cordis, *paso estas cosas otra vez por el corazón: la niñez, ese país lejano que solo palpita en el mapa de los sueños…*

10

Nuestro plan inicial había sido almorzar en alguno de los restaurantes del pueblito que estaba al otro lado del Río de los Recuerdos, pero cuando llegamos a la otra orilla solo encontramos las fachadas derruidas de edificios abandonados y comercios cerrados, y después de unos veintiseiscientos minutos de andar sin ver a nadie tuvimos que rendirnos ante la evidencia de que el pueblo que buscábamos había desaparecido y en su lugar no había otra cosa que un caserío fantasma. Para rematar, aunque todavía era temprano, o eso creíamos, cayó una noche intempestiva, sin luna y sin estrellas, tan oscura que había que pensar en los párpados para saber si uno tenía los ojos abiertos. Como no había faroles del alumbrado público, Segismundo adoptó la forma de una antorcha que se encendió sutilmente hasta que William (ahora con nosotros) pudo encontrar la palanca que encendía las luces halógenas de la máxivan. Entonces vimos que estábamos ante una trifurcación de caminos cuyos letreros ahora ilegibles habían sido carcomidos por la ventisca ardiente del Desierto de los Espejos.

"¿Y ahora qué?", preguntó William.

"Están cagados", dijo el oscuro bicho de la melancolía.

"Yo digo que vayamos por el camino de la derecha", propuso mamá.

"O por el del medio", dije yo.

"¿SBPOVOKALTLQHTTFDGWMLWVVQGM?", preguntó A.

"Hagamos una votación", sugirió Miranda.

"No", dijo Marcel. "Lancemos un cara y sello".

"Tengo una mejor idea", dijo Clara Luna: "Preguntémosle al *I ching*".

Bajo el delicado centelleo de Segismundo vimos que mi suegra buscaba en su mochila de hippy y sacaba el grueso libro de las mutaciones y tres monedas chinas. Con curiosidad nos quedamos viendo cómo Clara Luna tiraba las monedas y sumaba puntajes que luego convertía en líneas enteras o cortadas; al final, cuando los cálculos estuvieron listos, sobre una hoja en blanco dibujó este símbolo:

Mientras mi suegra nos mostraba el hexagrama, como si el garabato explicara todos los enigmas, Miranda, William y yo nos miramos en silencio para compartir nuestro escepticismo sarcástico. Luego, sin embargo, cuando Clara Luna comenzó a leer las explicaciones incluidas en el libro, las palabras empezaron a sonarnos menos y menos estrambóticas y más y más plausibles hasta que, sin que hubiéramos querido, terminamos cambiando el escepticismo por la curiosidad:

"Ming I", dijo Clara Luna señalando el hexagrama. "El Oscurecimiento de la Luz".

"Por favor", dijo Marcel. "C'est pas possible".

"Déjala seguir, chéri", dijo Miranda.

"Arriba, K'un: lo receptivo, la tierra; abajo, Li: lo adherente, el fuego".

"¿Qué más?".

"El dictamen del libro oracular...".

"Mais non!".

"¡Que la dejes!".

"El dictamen del libro oracular es que es propicio perseverar en la emergencia".

"Ah".

"La luz se ha sumergido en la tierra", prosiguió Clara Luna. "La imagen del Oscurecimiento de la Luz. Así el noble convive con la gran muchedumbre; oculta su resplandor y permanece lúcido sin embargo".

"¿Y eso qué mierdas significa?", preguntó papá.

"No sé", dijo mi suegra. "El oráculo no señala sino que sugiere y está abierto a las interpretaciones".

Durante un rato debatimos entonces qué podría significar el consejo del *I ching* y luego casi todos estuvimos de acuerdo en que perseverar en la emergencia podía significar continuar por el sendero del medio, que era la continuación del camino que llevábamos, y no tomar ninguna de las otras variantes. William puso las luces altas y avanzó con cautela, no solo porque no conocíamos la vía sino porque en ese tramo la carretera estaba sin pavimentar y teníamos que sortear pequeños diques y enormes rocas que obstaculizaban el camino. Así anduvimos no sé cuánto tiempo, atentos a cualquier cosa que marcara el final de la penumbra o del extravío, pero luego vimos que estábamos ante una trifurcación de caminos cuyos letreros ahora ilegibles habían sido carcomidos por la ventisca ardiente del Desierto de los Espejos.

"¿Y ahora qué?", preguntó William.

"Están cagados", dijo el oscuro bicho de la melancolía.

"Yo digo que vayamos por el camino de la derecha", propuso mamá.

"O por el del medio", dije yo.

"¿SBPOVOKALTLQHTTFDGWMLWVVQGM?", preguntó A.

"¡Esto ya lo vivimos!", dijo entonces Miranda, histérica porque la situación la enfrentaba a una repetición indeseada. Para variar, esta vez tomamos el camino de la derecha, como proponía mi madre, pero después de un rato no encontramos nada nuevo y al final vimos que estábamos ante una trifurcación de caminos cuyos letreros ahora ilegibles habían sido carcomidos por la ventisca ardiente del Desierto de los Espejos. Aturdidos, tomamos entonces el camino de la izquierda, y después de un largo rato de trocha destapada vimos que estábamos ante una trifurcación de caminos cuyos letreros etcétera habían sido etcétera por el etcétera del etcétera. La pequeña Léna lanzó una carcajada que inundó la máxivan y luego dijo *otra vez* en lenguaje de señas.

"¡Estamos atrapados en el maldito eterno retorno de lo idéntico!", concluyó Miranda y se metió a la boca un par de páginas de Jane Austen, que empezó a masticar con la boca abierta con un mohín de nerviosismo.

"Parece más bien un laberinto", dije y luego le pedí a William que apagara el motor para que nos bajáramos a estirar las piernas mientras pensábamos qué hacer. Al salir de la furgoneta vi que en las caras de todos se evidenciaba el desconcierto de la noche súbita y el mal genio del extravío. Mientras los otros desentumecían las extremidades, Marcel y William se inclinaron sobre el capó de la máxivan, y con ayuda de una linterna empezaron a revisar el mapa de carreteras para ver en qué momento nos habíamos perdido. Mamá, que parecía exhausta de llevar a cuestas al oscuro bicho de la melancolía, se alejó para fumar a gusto, y para que no se perdiera le hice señas a Segismundo para que fuera con ella. Yo, entretanto, me acerqué a los letreros ilegibles en la trifurcación para ver si podía descifrar alguna cosa, pensando que podía lograr una hazaña de arqueólogo, pero el óxido y el calor habían descascarado casi toda la pintura y solo alcancé a adivinar letras sueltas que no armaban ninguna palabra castiza, como en un desafortunado juego de Scrabble. Pensé que si no encontrábamos rápido la salida no llegaríamos a tiempo al hotel en medio del Bosque Milenario en el que habíamos hecho la reserva, y además me preocupaba lo peligroso que podía ser estar ahí en medio del Desierto de los Espejos, sin mencionar que un retraso pondría en suspenso nuestra llegada oportuna al valle que está al otro lado del Monte Misterio y nuestro esperado viaje en globo.

Se me ocurrió entonces que sería una buena idea llamar al hotel, o tratar de escribirle un correo a Absalón Montgolfier para que nos esperara si llegábamos un poco tarde, pero cuando saqué el celular del bolsillo noté que el aparato no cogía internet ni tenía una sola barrita de señal. Iluminando el suelo con la pantalla busqué un lugar seguro y oriné sobre la tierra cuarteada del desierto antes de regresar adonde estaban los otros. Cuando volví encontré a William y Marcel discutiendo casi a los gritos porque no hallaban nuestra posición en el mapa y vi que Miranda lloraba aferrada a Léna mientras susurraba que, de seguir así, íbamos a morir de inanición. La bebé también lloraba, repitiendo el llanto de la madre, pero cuando traté de calmarla con la quimera, la bebé agarró el peluche y lo tiró al suelo en un arranque de furia. La tensión en el ambiente era además exacerbada por la actitud de mi padre, que había comenzado a lamentar el momento en que habíamos decidido salir de paseo en lugar de haberse quedado en la casa viendo fútbol y telenovelas, y sobre todo porque A. me miraba como si yo fuera el culpable de que estuviéramos perdidos en medio del desierto. Como no había ninguna otra propuesta, les dije entonces algo que recordaba haber leído no sé dónde: que una de las maneras de encontrar la salida de un laberinto era tomar, en cada encrucijada, el camino de la izquierda y solo el camino de la izquierda, hasta que el nudo se desenrollara por sí solo. A William y a Marcel no les sonó muy lógica mi propuesta pero dijeron que no perdíamos nada si lo intentábamos. Cuando estábamos a punto de arrancar, sin embargo, nos dimos cuenta de que mamá y Segismundo no habían regresado, y aunque apuntamos las luces halógenas hacia todos lados, solo vimos la densa brea de la noche y las dunas del Desierto de los Espejos, y la sangre se nos llenó de miedo al pensar que mamá y nuestra mascota plurieidética habían sucumbido para siempre en las arenas movedizas. Mientras William hacía sonar el pito de la furgoneta y papá llamaba a mamá a los gritos, volví a bajarme y, junto a Marcel, caminamos en círculos concéntricos alrededor de la máxivan para ver si al menos podíamos ver la lumbre de los cigarrillos mentolados. Cuando regresamos con las manos vacías vimos que el llanto de Miranda y Léna se les había contagiado a todos los otros, y que entre lágrimas hablaban ahora de técnicas para sobrevivir en el desierto:

"Desde ahora hay que evitar hacer el mínimo esfuerzo", dijo William. "¡Hay que detener la transpiración! ¡Hay que preservar los líquidos!".

"¡Tendremos que beber nuestra propia orina!", se quejó Miranda.

"¡O comer lagartijas!".

"O adoptar costumbres caníbales", dijo mi padre. "Como esos pobres muchachos perdidos en los Andes".

"¡GNCQWC!", dijo A., que gemía desconsolada.

Entonces quise abrazarla, para transmitirle un poco de tranquilidad, pero mi esposa rechazó el contacto y comenzó a secarse las lágrimas con la falda del vestido. Al verla llorar, a mí también se me aguaron los ojos y luego comencé a llorar a chorros que fui guardando en una cantimplora militar pensando en que, en caso de deshidratación, era mejor tomar lágrimas que orines, pero en esas respiramos el aroma mentolado de los cigarrillos de mamá y luego la vimos acercarse montada sobre la grupa de Segismundo, que había cambiado de forma y ahora era un magnífico y gigantesco toro cebú. Mamá acariciaba la giba de nuestra mascota plurieidética mientras que el oscuro bicho de la melancolía, todavía acurrucado sobre mi madre, refunfuñaba y se sacaba el cerumen de las orejas.

Nos sorprendió ver a mamá así, triste pero segura de sí misma, y luego de un rato en que se quedó observándonos con lástima y cariño, vimos que encendía un nuevo cigarrillo con la colilla del anterior:

"Dejen de llorar y síganme", dijo mientras botaba el humo por la nariz, "que ya sé por dónde ir".

El miedo a la resequedad o a los desiertos (xerofobia), a sonrojarse (eritrofobia), a la vejez indefectible (gerascofobia), a los murciélagos (quiroptofobia), a hablar en público (glosofobia), al mal aliento (halitofobia), a estar completamente solo (monofobia), miedo al mismísimo miedo (fobofobia), al portentoso mar (talasofobia), el triste temor a los puentes (gefirofobia), al número de la bestia (hexakosioihexekontahexafobia), a las visitas al dentista (dentofobia), a las multitudes (enoclofobia), a la noche (nictofobia), a los gérmenes que pululan en monedas y picaportes y pasamanos (misofobia), a las agujas y otros filos peligrosos (belonefobia), a ser el objeto de burlas (gelotofobia), a los tiernos mininos (ailurofobia), a los hospitales (nosocomefobia), a la sangre (hematofobia), a volar en aviones o globos aerostáticos (aerofobia), y al momento del parto (tocofobia): helenismo empleado para hablar del miedo irracional a dar a luz...

11

Así, guiados por mamá y Segismundo, nos fuimos adentrando hacia lo más profundo del Desierto de los Espejos hasta que llegamos al otro lado del laberinto, un inmenso arenal repleto de resequedad y de silencios donde había una hostería administrada por un tal Segundo, un enorme negro bituminoso y lampiño vestido con ropas de beduino que hablaba con la parafernalia de un conductor de circo y que sonreía todo el tiempo, mostrando los dientes más blancos del mundo, rutilantes, con decoraciones de ortodoncia:

"¡Preciosas damas! ¡Distinguidos caballeros! ¡Amados niños y mascotas!", dijo apenas nos vio llegar. "¡Bienvenidos al inigualable Hostal de Arenal".

La hostería era una especie de castillo árabe puesto sobre el desierto como un espejismo, y no tenía mucho de llamativo visto desde fuera, pero cuando Segundo nos hizo entrar reparamos con cierto estupor en el hecho de que todo estaba fabricado con arena fina: las paredes de las habitaciones, las camas, las ventanas, los sanitarios, las toallas, las mesas de noche, los Nuevos Testamentos dentro de los cajones de arena y hasta las botellitas del minibar. Era como si el Hostal de Arena fuera uno de esos delicados palacios que los niños erigen sobre las playas en vacaciones y que devoran las olas con sus lengüetazos espumosos. Al principio me dio desconfianza, porque pensé que la estructura se nos iba a venir encima, pero cuando toqué la puerta que daba a la recepción noté que la arena estaba firme y compacta como el roble, y cuando me recosté sobre una de las preciosas cariátides que sostenían el techo sobre nosotros me di cuenta de que no había una diferencia notable entre la solidez de aquellas mujeres con bustos de arena y la de las columnas hechas de concreto y hormigón. Aunque pernoctar en el desierto no estaba dentro de nuestros planes, estábamos tan cansados y tan hambrientos que descartamos llegar esa misma noche hasta el Bosque Milenario, y porque la hostería nos pareció simpática, decidimos permanecer allí para evadir los peligros nocturnos del desierto y continuar madrugados al otro día.

Todos parecíamos satisfechos con este giro imprevisto en nuestro viaje, entre otras cosas porque Segundo era un tipo comedido y alegre y nos despertó confianza. Cuando le dijimos que queríamos hospedarnos, nos ayudó a transportar el equipaje y, mientras nos instalábamos en nuestra habitación, llegó con dos baldes al hombro llenos de un agua dulce con sabor a noche plácida que nos refrescó el espíritu y nos abrió todavía más el apetito. Los únicos que estaban incómodos eran papá, que desde el accidente se había vuelto un reprensible racista de ultraderecha, y el oscuro bicho de la melancolía, que en cuanto vio a Segundo comenzó a echar espuma por la boca como un perro rabioso, pero hasta a ellos se les contagió un poco la sensación de bienestar cuando Segundo llegó con la cena, una deliciosa ensalada de flores de cactus preparada por él mismo y que, aunque ligera, nos quitó el hambre y nos dejó en el pecho la alegría de vivir.

Cuando terminamos de comer, Marcel revisó los rincones de la habitación para ver si encontraba cámaras o micrófonos escondidos, por si alguien nos espiaba, y mientras esperábamos a que se le pasara la paranoia, Léna se quedó dormida sobre Segismundo, que se había transformado en una frondosa oveja y se había ovillado junto a la ventana. Como nos dio antojo de un poco más del agua que habíamos tomado, fuimos a la recepción, donde Segundo terminaba de anotar nuestros nombres en el libro de huéspedes. Nuestro anfitrión sonrió cuando escuchó nuestro capricho y luego nos invitó a que fuéramos con él al pozo que quedaba en el patio central de la hostería y que era más como una plaza al aire libre decorada con azaleas y donde la ventisca ardiente del desierto era reemplazada por una suave brisa que se sentía en la piel como si uno tuviera puesta una toga de seda. Pensé que el lugar era un sitio idóneo para ver las constelaciones y las estrellas fugaces, pero el cielo estaba abigarrado como antes de la tormenta y solo se veían los trozos de algodón plúmbeo de la noche.

"Por aquí", dijo Segundo.

El pozo estaba en el centro preciso del patio y por curiosidad nos asomamos pero solo vimos un hoyo negro, impenetrable, sin fin. Al fin lancé una moneda, para ver si las ondas en el agua me mostraban el fondo, pero la moneda cayó sin quebrar la superficie y sin que las paredes del pozo repitieran el *splash* de su contacto con el agua. Sin perder su sonrisa, Segundo nos dijo que no debíamos arrojar cosas al agua, pero que comprendía el que quisiéramos saber qué tan profundo era el pozo; entonces aplaudió dos veces con sus manotas de palmas fluorescentes y vimos dos cosas simultáneas: que el cielo del desierto se despejaba del todo hasta quedar lleno de estrellas y que el agua del pozo reflejaba los astros a poco menos de dos metros de donde nosotros observábamos. Así, mientras Segundo preparaba los baldes para sacar agua del pozo, los otros nos quedamos viendo el cielo estrellado y nos pusimos a inventar constelaciones nuevas: Miranda señaló la constelación de la cigüeña fluorescente, yo dibujé la del libro abierto y A., que fue la más creativa, se ideó la enorme constelación del dragón sonriente, que era difícil de discernir porque tenía muchos detalles pero que una vez vista no podía dejar de verse y que, por lo extensa, podía otearse sin importar en qué hemisferio se encontraba el observador, aunque en nuestro caso, por estar donde estábamos, solo podíamos ver la cola serpentina de la bestia y no alcanzábamos a ver la enigmática sonrisa del dragón.

Cuando Segundo tuvo todo listo hizo descender el balde hasta el fondo del pozo y entonces vimos que las ondas que desfiguraban el reflejo del cielo en el agua también se repetían en el cielo verdadero y que, sobre nosotros, el firmamento estrellado ondulaba en círculos centrífugos que se expandían hasta perderse en el horizonte. Después de un rato Segundo sacó los baldes rebosantes, vertió los contenidos en una gran ánfora y comenzó a escanciar el agua nocturna en preciosas copas hechas de arena, demorándose con una lenta meticulosidad que habría pasado inadvertida si estuviera manipulando explosivos, pero que parecía exagerada para la simple acción de servir agua potable. Como Segundo se tardaba tanto con el agua, William, que no podía desaprovechar el pretexto de un cielo estrellado, habló de hipotéticos viajes intergalácticos, agujeros negros y la inquietante posibilidad, concebida por la física moderna, de que el nuestro fuera apenas uno en una miríada de universos que flotaban y se rozaban como burbujas en otro espacio inefable que William equiparaba a una gran botella de champán: el multiverso.

"Algunos universos son casi idénticos, con minúsculas variaciones", dijo William. "Pero en otros todo cambia radicalmente y hasta las leyes de las ciencias pueden ser distintas: en algunos universos lo oscuro ilumina, en otros el fuego enfría, en otros los polos opuestos se repelen…".

"En otro universo los humanos tienen branquias y viven bajo el agua", dijo Clara Luna.

"Puede ser", concedió William.

"En otro nos comunicamos solo con música", dijo mamá.

"Sí, puede ser".

"BIAMGERMDEYXHCAADSSXYNMVXAUWDOMDZIWXVHPFDLVQ", dijo A.

"¡Qué lindo sería eso!", dijo Miranda.

"Y en algún universo", rebuznó mi padre en una grosera indirecta hacia Segundo, "servir agua es una cosa sencillísima que toma apenas un par de minutos".

El comentario de papá me hizo sentir vergüenza ajena y pensé en decir alguna cosa, pero Segundo recibió el comentario con ecuanimidad y, exhibiendo una de sus sonrisas plenas, fue él quien habló:

"Servir agua con cuidado puede justificar este y otros universos", dijo.

Papá lo miró perplejo:

"¿Qué coños quiere decir eso?", preguntó.

"Todo se relaciona: todo está unido", explicó Segundo mientras colocaba las copas en una bandeja también hecha de arena. "Aquellos que se lavan los dientes con esmero, por ejemplo, también se esmerarán en las grandes acciones. Lo pequeño está en lo grande, y viceversa. No puede pronunciarse una sola palabra sin que el hablante revele su espíritu entero; así, los amorosos harán con amor todas las cosas, incluso las más nimias".

"No me trago más a este tipo", dijo el oscuro bicho de la melancolía. "Está loco".

Segundo ignoró la crítica del parásito y pasó entregándonos las copas; después nos invitó a que nos sentáramos en un círculo alrededor suyo y así, tras un brindis de conciliación, todos bebimos un poquito de la noche estrellada.

"¡Y ahora!", dijo Segundo cuando todos habíamos terminado, "¡El momento que todos estábamos esperando!".

"¿Qué momento?", preguntó Marcel.

Segundo volvió a sonreír:

"¡El momento de los deseos!", dijo abriendo los brazos hacia el cielo. "¡Pidan un deseo! ¡Yo se los concedo!".

Nuestro anfitrión hablaba con tanto entusiasmo y sus gestos eran tan rimbombantes que entre todos nos miramos con desconfianza, casi a punto de estar de acuerdo con el oscuro bicho de la melancolía, pero aquí Segundo volvió a aplaudir con sus manos enormes y de repente se encendieron varias antorchas que rodeaban el patio central de la hostería, y ese evento mágico le confirió una autoridad que no nos atrevimos a poner en duda. Así, rodeados por el fuego y viendo que en verdad le prestábamos atención, Segundo nos invitó a todos a que formuláramos un deseo, cualquiera que fuera:

"Eso sí", nos advirtió. "Es importante comprender que los deseos no son gratuitos. Cada deseo implica su propio reto, su íntimo obstáculo; como en la vida, cada dádiva que se recibe involucra también una responsabilidad o una renuncia".

"¡Es una trampa, pendejos!", gritó el oscuro bicho de la melancolía. "¡Huyamos!".

"Estoy de acuerdo con el bicho", terció papá.

"¡Yo también!", dijo Marcel.

Los otros nos quedamos de una sola pieza, sin saber qué hacer o qué decir, pero luego vi que al final todos entrecerraban los ojos mientras pensaban qué deseo pedir. Yo también traté de pensar en algo, pero se me ocurrieron muchísimos deseos y era difícil escoger. Quería sentirme otra vez liviano, quería volver a comprender a A., quería que mi hijo naciera con sentido del humor y cinco dedos en cada mano y en cada pie, quería que papá recuperara su identidad, quería que Léna creciera para ser una mujer fuerte y amorosa, quería llegar a tiempo al valle que estaba al otro lado del Monte Misterio y no incumplir nuestro compromiso con Absalón Montgolfier, quería las mejores condiciones meteorológicas para el vuelo en globo, quería recuperar mi amor por las palabras, quería que se me ocurriera la idea de un libro que fuera esencial y hermoso… En fin, tenía la mente llena de deseos inconclusos y, más que la advertencia de Segundo, me daba miedo no saber elegir el deseo más importante.

Así pasó no sé cuánto tiempo y luego, mientras yo seguía tratando de decidir, los otros comenzaron a formular sus deseos. Clara Luna pidió poder presenciar su esperado contacto extraterrestre y Segundo le dijo que se lo concedía, pero que cuando llegara el momento no podría dirigirles la palabra; Miranda pidió poder cantar como María Callas y Segundo le dijo que se lo concedía, pero que su talento estaría confinado al espacio-tiempo de la ducha matutina; A. pidió algo que no pude entender y Segundo le dijo que se lo concedía pero que iba a ser uno de los momentos más aterradores de su vida; William pidió saber cuál era el origen del multiverso, y Segundo le dijo que se lo concedía, pero que la respuesta que encontraría no era la única posible y además no pertenecería al ámbito de la física; mamá, finalmente, pidió una vida plena para sus nietos y Segundo le dijo que también se lo concedía, pero que el precio del deseo era estar preocupada todo el tiempo... Me sentí agradecido por ese deseo de mamá, pero también sentí lástima por ella y su hábito cálido y a veces nocivo de desear siempre lo mejor para los otros y olvidarse de ella misma, su abnegación infinita. Por eso, cuando al fin fue mi turno, le pedí a Segundo que liberara a mi madre del agarre inclemente del oscuro bicho de la melancolía.

"Concedido", dijo Segundo, y como si se tratara apenas de un gatito, agarró al parásito del pescuezo, inmovilizándolo, y lo elevó sin que el bicho pudiera hacer otra cosa que tirar más espuma por la boca mientras trataba inútilmente de morderlo.

Liberada al fin del parásito, mamá suspiró aliviada. Yo miré a Segundo, agradecido, y le pedí que nombrara el precio de mi deseo, sin importar cuál fuera; entonces lo vi caminar hacia mí, con pasos lentos y delicados y, sin borrar su sonrisa eterna, colocar al oscuro bicho de la melancolía sobre mi cabeza, como si quisiera mostrarme que las tristezas no se destruían sino que apenas cambiaban de dueño y que las melancolías, como el color de los ojos o los gestos de los padres, también se heredaban. Cuando estuvo sobre mi cabeza, el oscuro bicho de la melancolía se agarró en el acto, enterrándome las garras, y se me acomodó, chiquito y ridículo como un gorro frigio, mientras expulsaba un sonoro pedorreo:

"¡Ah!", dijo cuando se sintió a gusto sobre mi seso atribulado. "¡Esto sí es vida!".

Domingo

Deus ex machina — Las ancianas surfistas — Observaciones chauvinorracistas-homoxenofóbicas — El túnel — El espía Jon Astral — Las guardabosques — Nuevo avistamiento del ciclista — Las metamorfosis de Segismundo — Segunda oportunidad — Encuentro con la muerte — El viajero del futuro — Schrödinger — Los regalos — Separados por el río — Entrada a Pueblo Triste — El Museo en Miniatura de la Barbarie — El juicio — La prisión de humo — En las catacumbas

Siempre, sobre todo en carretera o mar abierto pero aun en las travesías más cómodas o en las estadías en resorts *de cinco estrellas, es buena idea viajar con un botiquín de primeros auxilios para sortear los malestares más comunes: anticinetósicos para el mareo, té de manzanilla y probióticos para la diarrea, algún librito de Nietzsche o de Italo Calvino por si te agobia el sinsentido. Acuérdate del bloqueador solar para prevenir el melanoma; del repelente, si vas a zonas en donde pululan los mosquitos u otros nefastos chupasangres; y ten en cuenta que muchas veces, en vez del acetaminofén o los opiáceos, respirar despacio, inflando a consciencia la barriga, es el mejor remedio para la presión alta o la jaqueca. Olvida los antidepresivos: lleva tu reproductor de música cargado con tus piezas favoritas; deja en casa los analgésicos: a veces el dolor es parte necesaria del paseo. Ante todo recuerda que nada es perfecto y en esa imperfección del multiverso también reside lo bello: a esta visión del mundo los japoneses le dicen* wabi-sabi.

1

De repente no era sábado en la noche sino domingo en la mañana y estábamos todos otra vez en la máxivan, en dirección a las montañas erizadas de pinos que bordean el Bosque Milenario. Me acuerdo de que venía reflexionando casualmente sobre los *de repente* y los *súbitamente*, tan comunes en los sueños, y que pensé que si los cambios bruscos en la narrativa onírica casi nunca lograban despertar al soñador era precisamente porque la trama de la vida misma estaba también tejida con giros imprevistos y asombros agazapados, y que aunque era cierto que uno parecía aceptar con más docilidad el destino arbitrario y aparentemente ilógico de los sueños, era innegable que también uno se acostumbraba a las inconsistencias narrativas y las apariciones inesperadas, tan frecuentes en la vigilia. Igual que en las historias de los sueños, en la vida uno cree estar en control de sus acciones, al timón en la nave de uno mismo, pero basta que uno quiera recomponer la secuencia del pasado para darse cuenta de que la voluntad es un espejismo y que en realidad, como en ese mundo vago que habitamos en las noches, todo le pasa a uno, repentinamente, todo nos acontece.

Mientras la furgoneta vibraba por el movimiento y la carretera comenzaba a bordear las colinas, traté entonces de recomponer la secuencia general de mi pasado: primero había nacido, por casualidad, en un lugar cualquiera;

después, súbitamente, me había convertido en un niño curioso con el asombro de la consciencia; luego, en un abrir y cerrar de ojos, ya no era un niño sino un adolescente tímido y amargo; más tarde, de repente, habían sucedido otras cosas: el azaroso descubrimiento de los libros, la universidad, trabajos nimios, viajes cuyos derroteros habían sido diseñados por mi propio extravío, amores y decepciones que parecieron fundamentales entonces pero que ahora eran solo fragmentos de imágenes y sensaciones imprecisas. Un día me desperté y tenía treinta y pico de años y vivía junto a A. en un lugar cualquiera, mi lugar en el mundo. Me acuerdo de que una noche estábamos en casa y ella estaba sentada en la taza del sanitario, con los calzoncitos enrollados en los tobillos, mientras recolectaba un poquito de orina; después, ansiosos, habíamos puesto tres o cuatro gotitas en el test de embarazo, y tras algunos segundos de suspenso habían aparecido dos líneas color rosa, repentinas como un *deus ex machina*, que llegaban para indicar que seríamos padres —súbitamente...

Así, como si la furgoneta se moviera por la combustión de mis propias reflexiones, avanzamos durante un tiempo hasta que, por las curvas cerradas, sufrimos un breve episodio de cinetosis que se manifestó en un mareo y una náusea generalizados y en un vómito ácido que atacó primero a la pequeña Léna y luego, porque las arcadas son contagiosas como los bostezos, a otros miembros de nuestra tripulación, a saber: a Marcel, a mamá y a A., quien no había vuelto a trasbocar desde el cuarto mes de embarazo. Yo también había sentido un mareo en las entrañas, como si algo me hubiera caído mal o tuviera las tripas llenas de gases o de espuma, y pensé que era el vértigo producido por el cambio de presión de la altura, pero cuando bostecé para destaparme los oídos sentí que algo me trepaba por la garganta y luego vi que de mi boca salían siete mariposas monarcas que escaparon por la ventana abierta y volaron hasta mimetizarse entre las copas doradas de algunos arces otoñales que bordeaban la carretera y que, con sus hojas caídas, dejaban sobre el pavimento una hermosa alfombra crujiente.

Entonces paramos en una cafetería que había al lado de la carretera para que los enfermos se recompusieran y pudiéramos entrar al baño y tomar algún refresco, y mientras los otros hacían lo suyo me quedé viendo, todavía lejanas, las montañas que rodeaban el Bosque Milenario, a esa hora cubiertas parcialmente por una neblina que se movía lenta, casi imperceptiblemente. A pesar de la belleza del paisaje me sentía malhumorado, irritado, insatisfecho, y no me servía de nada saber que el malestar no era esencialmente mío sino que era en parte consecuencia de llevar encima al oscuro bicho de la melancolía. Aunque ya me había acostumbrado a sus garras enterradas en mi cuero cabelludo, la verdad es que todavía era extraño para mí llevar al parásito como un sombrero y de vez en cuando, si me daba por rascarme la coronilla o peinarme con los dedos, me asustaba al sentir su pelambre áspero o sus hirsutos bigotes de vaquero. Además de estas incomodidades, estaba el cambio interno que provocaba mi desfachatado inquilino, pues desde que lo tuve encima me entraron unas tremendas ganas de fumar y se me exacerbaron la inseguridad, la ansiedad y el pesimismo, de modo que me dio por pensar que después de todo había sido una mala idea planear el viaje en globo, que no llegaríamos a tiempo al valle que estaba al otro lado del Monte Misterio, que perdería el dinero de la reserva hecha en Globos Panamericanos, y que tendríamos que regresar a la ciudad sin la recompensa de una anécdota memorable. Para empeorarlo todo, era evidente que el oscuro bicho de la melancolía estaba contento en su nuevo nido, no solo porque él mismo se encargaba de decirlo a cada rato, sino porque a veces suspiraba de la dicha o se ponía a silbar pedacitos de la sinfonía *Patética* de Tchaikovsky, y cuando había alguna pendiente repentina en la carretera o la furgoneta brincaba por un policía acostado que William Guillermo no alcanzaba a ver a tiempo, el oscuro bicho de la melancolía alzaba sus velludos bracitos como si estuviera en una montaña rusa y gritaba un agudo ¡Uiiii! de puro gozo. ¿Cómo iba a hacer para zafármelo? ¿Quién me relevaría a mí de la melancolía?

Sintiendo esta perversa lástima hacia mí mismo encendí un cigarrillo, que fumé en silencio mientras terminaba de observar el panorama, y luego fui a buscar a A. para ver si estaba bien. En el camino me encontré a papá haciendo lagartijas para fortalecer los brazos, pero apenas me vio se reincorporó de un brinco y flexionó los músculos:

"Toca mis bíceps", me dijo: "¿Sí ves? Puro acero".

"¿Has visto a A.?"

"Nada", dijo y se quedó viéndome con ojos inquisidores: "¿Ya sabes sobre qué vas a escribir ahora?", me preguntó.

Lo miré con algo de rabia, convencido de que yo estaba genéticamente predispuesto a esa misma demencia temprana, y busqué en mi seso para ver si esta vez podía hallar una respuesta, pero en el caos inhóspito de mi mente solo encontré algo así como un agujero negro: el espacio mudo entre las estrellas, la nada rotunda explayada en el vacío:

"No sé", le dije.

Papá hizo un gesto de decepción:

"¿Por qué no escribes…".

"¡Basta!", lo espeté antes de que pudiera sugerirme cualquier cosa y me alejé para seguir buscando a A.

No la encontré en la cafetería, donde los otros pedían buñuelos con café, y tampoco la vi en el baño de mujeres, donde imaginé que estaba limpiándose la inmundicia del vómito reciente. Preocupado, fui por Segismundo, y al verme la cara de ansiedad, mi mascota plurieidética se transformó en un sabueso que, luego de pegar el hocico al suelo, comenzó a rastrear la esencia dulce de mi esposa. Al final la encontramos en un pequeño parque con juegos para niños, rodeada de un grupo de ancianas que parecían felices de ver la hinchazón de una vida que está a punto de iniciar y se turnaban para acariciarle la panza a A., que se dejaba mimar alegremente. Las viejitas eran integrantes de un tour solo para viudas que se dirigía a un torneo de surf geriátrico en la playa que está cerca del estuario y todas llevaban gorras de béisbol y enormes lentes oscuros con descomunales marcos de carey. Con sorpresa vi que después de sobarle la panza a mi mujer, las ancianas se llevaban las manos al rostro y se besaban las palmas en un gesto casi místico, como si A. en el tercer trimestre no fuera una mujer encinta sino un ídolo religioso y ellas fueran fervientes feligreses de la fecundidad.

Para no interrumpirles la felicidad a las señoras me quedé viendo la escena a distancia, primero sentado en un columpio que sucumbió a mi densidad de osmio y luego de pie junto al tiovivo, donde Segismundo me hizo darle un par de vueltas. Así, mientras observaba a A. rodeada por las viejitas, reparé en el hecho básico de que en este universo lo grande atrae, y que así como los planetas giraban en torno al Sol, y el Sol giraba en torno al magno centro de la galaxia, la enorme panza de A. atraía siempre a curiosos que se acercaban y orbitaban alrededor suyo antes de proseguir con sus trayectorias individuales… ¿Sería verdad ese asunto del multiverso del que hablaba William? ¿Habría otro universo, similar al nuestro, pero donde la gravedad fuera determinada por lo pequeño y lo minúsculo atrajera?

Finalmente, cuando las viudas se dispersaron, A. vino adonde estábamos nosotros y juntos las vimos ingresar en fila india al bus del tour, que partió piloteado por una de ellas mismas. El bus arrancó con un tremor de pistones y luego se perdió por la carretera, dejando tras de sí una potente nube de humo aguamarina. Cuando nos quedamos solos le pregunté a A. si todo estaba en orden y ella me dijo que sí con la cabeza y luego sacó un bocadillo cuyo contenido era inextricable, como siempre:

"CNKXXLIOTTPLEGLGWHHUP".

Anoté la absurda ristra de letras y le dije a A. que seguía sin entenderle nada. Mi mujer hizo cara de decepción y yo me sentí mezquino, avergonzado de no ser capaz de descifrarla. Después A. se señaló la zona lumbar y eso sí lo comprendí, pues el gesto quería decir que estaba sufriendo el sempiterno lumbago del embarazo y que quería que le hiciera un masaje con los nudillos. Le amasé el lumbago un rato y cuando mi mujer se sintió mejor fuimos con los otros.

Después de los buñuelos y el café llegó la hora de proseguir, pero antes fui al baño a orinar y a lavarme la cara. En el orinal habían puesto cubos de hielo que me puse a derretir con mi chorro ardiente y eso me subió un poco el ánimo, pero cuando me asomé al espejo vi que tenía ojeras violetas y que estaba un poco pálido en las mejillas, mientras que el oscuro bicho de la melancolía parecía rozagante y hacía muecas y, contento y vanidoso ante el azogue, se engominaba hacia atrás el pelambre como los cantantes de tango. Desde que había abandonado a mamá, el parásito se había quitado la máscara de ébano y ahora exhibía un rostro peludo, con hocico de lobo y filudos colmillitos que le crecían en hileras como dientes de tiburón. En un arranque de ingenuidad y optimismo traté de disuadirlo:

"No entiendo qué haces acá", le dije. "Hay cabezas muchísimo mejores que la mía".

"Ah", repuso el oscuro bicho de la melancolía, "pero pocas tan pintorescas".

Así, frente al espejo, impelido por el oscuro bicho de la melancolía que me espoleaba con sus garritas de murciélago, saqué mi cuaderno de notas y comencé a redactar una lista de cosas que a veces me incomodaban y otras veces me hacían estallar de pura rabia. Comenzaba así: "A veces, sobre todo si albergo al oscuro bicho de la melancolía, pierdo los estribos por las cosas más baladíes…". Cuando la terminé salí del baño. Entonces me di cuenta de que todos me esperaban en la furgoneta y escuché que William Guillermo tocaba el claxon para que me apurara, pero mi problema de peso parecía haber empeorado de un momento a otro y me tomó un buen rato hacer el trayecto de la cafetería al parqueadero.

Mientras avanzaba volví a pensar en cómo zafarme del oscuro bicho de la melancolía para ver si, por lo menos, volvía a recuperar el buen ánimo y no les echaba a perder el viaje a los otros. Sabía que no podía quitármelo así no más, y que si alguien trataba de aflojarle las garras se aferraría con más ansias, pero luego recordé que el oscuro bicho de la melancolía había confesado tenerle pánico a las alturas y entonces me imaginé que si llegábamos a tiempo a nuestro compromiso con Absalón Montgolfier y a nuestro vuelo en globo, el parásito no soportaría el miedo del despegue y me dejaría por cuenta propia, como las ratas que abandonan el naufragio. Con esta posibilidad en mente llegué a la máxivan y, una vez en la carretera, le dije a mis hermanos que aceleraran para compensar el tiempo perdido y así, raudos, avanzamos sobre la enorme serpiente de cemento que abrazaba las montañas.

A veces, sobre todo si albergo al oscuro bicho de la melancolía, pierdo los estribos por las cosas más baladíes y el mundo me incomoda como si tuviera puestos calzoncillos de lana encogidos en la máquina secadora. Entonces, porque sí, todo me enfurece: la bulla del tráfico, las espinillas, el ring ring de los teléfonos, las salas de espera, la mácula adhesiva que dejan las etiquetas del precio en los libros, las lepismas, los chats de servicio al cliente, las filas estáticas en el supermercado, los correos basura, los sistemas de pensiones, los turistas y sus selfies, la mala sintaxis en los menús o en las pancartas, los bestsellers en las vitrinas, el que Constantino se hubiera hecho cristiano, la profundidad de tus silencios. En esos momentos me parece que todo es leña para el fuego de mi ira, cuyas llamas no son bellas pero sí potentes y por eso resultan atractivas: como un cavernícola aterido me acerco a mi propia rabia y me solazo con el calor de mi propio disgusto: hacia los notarios, hacia los mosquitos, hacia la vasta población de los cretinos. Enfurruñado, estiro mis manos hacia las llamas y las froto mientras mascullo insultos contra políticos y escritorzuelos de pasquines, contra las modas del arte y las multitudes, contra los calendarios y las festividades públicas. Así paso un rato (minutos, horas, días), jactancioso y tibio, hasta que me canso de mi propio odio y me doy triste cuenta de que soy yo mismo quien me consumo, como un triste hereje, en ese enceguecedor fuego fatuo de la rabia inútil: la antítesis de la creatividad y del júbilo.

2

Avanzamos, circunvalando colinas y caseríos, en dirección al Bosque Milenario, atentos al primer avistamiento del Monte Misterio porque habíamos dicho que el primero que viera su cima nevada entraría a los anales de los descubrimientos junto a Marco Polo, Magallanes y Samuel Fergusson, exploradores de renombre. Todavía estábamos lejos de las grandes montañas, pero desde ya el aire era distinto y se respiraba un aroma frío, con reminiscencias del pino y la boñiga, que inhalamos con deleite. Durante un buen tiempo ascendimos sin inconvenientes, deteniéndonos únicamente para echarles aire a las llantas de la furgoneta, que se habían desinflado un poco por mi peso tremebundo. Nadie lo decía, pero se notaba que todos estábamos algo cansados de la carretera y que no veíamos la hora de llegar ya a nuestro destino y ver el paisaje del volcán y de la costa a tres mil metros de altura. Viajábamos en silencio o dormitando, y solo Marcel y papá hablaban de vez en cuando, el primero para decir que desde hacía rato había vuelto a ver un carrito de helados pisándonos los talones y el segundo para soltar extenuantes peroratas en contra de asuntos liberales y progresistas que, según él, habían llegado para echar a perder el estilo de vida de antaño y para minar el núcleo tradicional de la familia:

"¡La legalización de las drogas hará que todos los muchachos se vuelvan heroinómanos!", decía; o bien: "Yo no tengo nada en contra de los homosexuales, ¡siempre y cuando vivan lejos!"; o también: "¡El problema de la juventud es que ya no cree en el Mesías!".

Aunque estábamos hartos de que papá dijera este tipo de tonterías, teníamos claro que tratar de refutarlo era inútil, y además sabíamos que lo que él esperaba era precisamente que alguien lo contradijera para comenzar una aireada e insípida discusión sobre moral y geopolítica, pues el ambiente de polémica lo hacía sentirse menos viejo. Igual papá siempre pescaba alguna trifulca, sobre todo con Miranda, quien, desde su posición de feminista, ardía de la furia cada vez que mi padre salía con alguna de sus observaciones chauvinirracistas-homoxenofóbicas:

"¡Pero los derechos humanos!", le recriminaba Miranda.

"¡Pendejadas!".

"¡Pero la libertad y la fraternidad!".

"¡Sensiblerías!", respondía mi padre.

"¡Pero el calentamiento global!".

"¡Puro cuento!".

Yo me mantuve al margen de la discusión, tratando de discernir si lo que decía papá era consecuencia del accidente que le había robado la identidad o si en verdad estaba expresando su posición sincera de hombre septuagenario, consciente de que siempre hay un abismo ideológico entre las generaciones y que este asunto de las diferencias entre los padres y los hijos no era nada novedoso. Después se me ocurrió un pensamiento desconcertante que jamás había tenido: ¿qué diferencias habría entre mi concepción del mundo y la de mi hijo? ¿Qué prejuicios míos lo incomodarían? ¿Qué terquedades de viejo vería en mí y le harían arquear las cejas y sonrojarse de vergüenza ajena? ¿Qué abismos nos separarían? Me lo imaginé ya grande, miembro de una generación de humanos del futuro (más valiente, más sensible, más bondadosa), mirando con un poco de lástima a mi generación mustia, a mi violenta y terca generación de trogloditas...

Cuando me aburrí de pensar en estas cosas, que al fin de cuentas considero secundarias, aproveché que Miranda estaba ocupada y me puse a enseñarle a Léna las señas inventadas de asuntos verdaderamente importantes: para referirse a Homero había que blanquear los ojos como los ciegos; para hablar de lo apolíneo y lo dionisíaco había que mostrar el anverso y el reverso de las manos, como en un saludo de monarca; para decir *devenir* había que hacer ondular la mano, imitando las olas en la costa; para hablar del *satori* de la poesía japonesa había que señalarse el ombligo desnudo; la seña para hablar del velo de Maya consistía en armarse una máscara sobre el rostro; para referirse a la ética de Baruch Spinoza había que armar anteojos con los pulgares y los índices y ponérselos para ver el mundo, nítidamente...

Al fin empezamos a bordear los lindes del Bosque Milenario y para pasar el rato nos pusimos a encontrarles formas familiares a las grandes montañas, tratando de ver en los accidentes de la geografía el lomo de una vaca que duerme o las ancas de una rana en pleno salto. Así, Guillermo encontró una montaña con la forma de la cresta de una iguana, Clara Luna señaló una colina que crecía en espiral como un cucurucho de pistacho y Miranda divisó a lo lejos la aleta dorsal de una enorme ballena que la carretera no bordeaba sino que atravesaba por medio de un túnel sin alumbrado público al que entramos de repente, como si la máxivan ingresara a la boca del magnífico cetáceo:

"¡Toquen el techo y aguanten la respiración!", dijo mamá apenas entramos al túnel, fiel a una larga tradición de nuestros viajes en carretera que les auguraba buena suerte a aquellos con los pulmones lo suficientemente amplios como para pasar sin respirar al otro lado de la montaña. Todos le hicimos caso, hasta Guillermo, que empezó a conducir con una sola mano, y Léna, a quien Miranda levantó para que pudiera unirse a la superstición con sus rechonchitas manitas de bebé. Yo no me sentía de ánimo, pero al final hiperventilé para llenarme de aire como un buzo de apnea y elevé las manos para tocar el techo de la furgoneta, y al hacerlo me di cuenta de que también el oscuro bicho de la melancolía repetía el movimiento. ¿A quién beneficiaría la fortuna en caso de que los dos llegáramos al otro extremo de la montaña sin tener que respirar? ¿A él? ¿A mí? ¿A los dos? La respuesta era a ninguno, pues el túnel resultó ser tan largo como oscuro y después de tres minutos todos ya habíamos tenido que salir de competencia, dando boqueadas urgentes para recuperar el oxígeno. Después, en un punto indeterminado del túnel, hasta la furgoneta pareció quedarse sin aire, pues comenzó a emitir agónicos ruidos metálicos, y tras un dramático parpadeo de las luces y algunas explosiones flatulentas del tubo de escape, se detuvo completamente.

"¡La sombra! ¡La sombra!", comenzó a gritar papá, igual que en el día del accidente.

"¿Qué pasó?".

"Parece que nos hemos quedado sin combustible", dijo Guillermo.

"Hijo de la gran p…".
"¡Silencio, que la niña te escucha!".
"¿Qué hora es?".
"No sé, por alguna razón en mi reloj no aparecen números sino símbolos cirílicos".
"QKRKJQWQVTPLODQVMEFTVFONDAM", dijo A. con maravillosas letras fluorescentes.
"Ah".
Pronto comprendimos que nuestra única opción era bajarnos de la máxivan y empujar hasta que pudiéramos buscar una gasolinera o llamar una grúa y entonces todos salimos a colaborar, excepto Guillermo, que puso el vehículo en neutro y permaneció al volante; A., que se quedó acariciando a Segismundo; y Miranda, que aprovechó para cambiarle el pañal a Léna. Después de empujar un tramo largo, sin embargo, todavía seguíamos sin encontrar la salida. ¿Qué tan extenso era en realidad el túnel? Al comienzo, si mirábamos hacia atrás, veíamos el brillo de la entrada, cada vez más tenue, pero cuando lo perdimos de vista todavía no alcanzábamos a distinguir el brillo de la salida y durante un rato avanzamos en completa oscuridad y con el corazón en vilo porque de tanto estar en la penumbra llegamos a dudar de la existencia de la salida y empezamos a concebir una eternidad espesa hecha de nada. Solo cuando habíamos empezado a perder las ilusiones vimos una pequeña luz que tituló en el horizonte y que tomamos falsamente por el otro extremo del túnel. Con alegría apretamos el paso hasta que la furgoneta avanzó a la velocidad de nuestro trote, pero luego nos dimos cuenta de que la luz que veíamos no era la salida, sino apenas la llama de una antorcha sostenida por un viejito pálido y con barbas hasta las rodillas que se

quedó mirándonos primero con un gesto de optimismo que fue degradándose hasta llegar a ser una palmaria mueca de decepción:

"Mierda", dijo. "Y yo que pensé que al fin había llegado mi reemplazo…".

La sed del petróleo y la sangre, el hambre henchida en el vientre de un niño, el orgullo de las razas y las naciones, el derroche de nuestros hábitos, la avaricia de las corporaciones, la insensatez jactanciosa de los reyes y los dictadores, la deforestación y la polución y la muerte de los arrecifes, los cruentos conflictos por los equipos deportivos o los dioses, el asbesto y los opiáceos, el usufructo de los sistemas penitenciarios y el tráfico de armas, nuestra falta de simpatía y sentido del humor, la violencia detrás de nuestra dieta, el derretimiento del Ártico y la extinción de los mitológicos osos polares, las revistas de farándula y los shows de reality y las pasarelas, la lucrativa guerra contra las drogas y la corrupción de los servidores públicos, la infantilización de los pueblos, haber redirigido a otro puerto las balsas atestadas de inmigrantes, haber elegido la máxima ignorancia en las urnas, el salario exiguo de los maestros y los campesinos y los trapecistas, haber sucumbido al miedo (a lo otro, a lo distinto, a nuestro hermano), haber ignorado las repetidas advertencias de la Primera Gran Catástrofe Interplanetaria: de estas y otras muchas cosas de mi generación troglodita, de mi generación mustia, se avergonzarán (espero) los seres humanos del futuro: más valientes, más bondadosos, más sensibles...

3

El viejo dijo llamarse Jon Astral y, sin que se lo preguntáramos, confesó dedicarse al cultivo de vegetales hidropónicos y al espionaje internacional. Vestía bluyines deshilachados y una camiseta roja de manga sisa que dejaba al descubierto el poblado vellocino de sus axilas, y aunque la barba la tenía despelucada y cochambrosa, el pelo largo a sus espaldas lo mantenía pulcro y organizado en una larga trenza de espiga que le llegaba hasta las nalgas. La piel la tenía casi transparente de vivir en la oscuridad y en el encierro, y todo él olía a libros viejos y a moho y a té verde, fragancias amargas o silenciosas que contradecían su actitud dulce y dicharachera. Cuando le explicamos nuestro problema de combustible, el viejo sonrió y dijo que podía ayudarnos, pues creía tener guardados varios tanques de gasolina en su cuartel secreto, al que se ofreció a guiarnos sin aprensiones. Aunque era espía, parecía no tener ningún problema en divulgar información delicada, pero cuando supo que yo era novelista se me acercó sin que los otros se dieran cuenta y me pidió que, si llegaba a incluirlo en alguno de mis libros, tachara con tinta negra ciertos detalles que podrían resultar incriminatorios, a la manera de los documentos ultrasecretos, y así salvarlo de posibles acusaciones de insurrección o de traición a la patria. Su nombre sí podía decirlo, porque Jon Astral era un alias inventado y no su apelativo verdadero, pero en ningún caso podía especificar que trabajaba para el gobierno de la República de ███████, que las coordenadas de su cuartel secreto eran ███████ o que su misión actual era evitar que la delicada ███████ cayera en manos de los ███████, o, lo que era muchísimo peor, en las garras del oligofrénico y bigotudo dictador de ███████ y de este modo frenar una improbable pero en cualquier caso posible ███████ en el ███████ del supremo ███████ y especialmente en el ███████ cuyas nefastas consecuencias podrían detonar una Tercera Guerra Mundial y la consiguiente obliteración de todo sobre la faz de la Tierra. Inmediatamente pensé que el tipo desvariaba de puro viejo, pero como no teníamos otra alternativa decidimos seguirle la corriente, de modo que mientras los otros se quedaban cuidando la furgoneta, se estipuló que una comisión especial (conformada por Marcel, Guillermo y el narrador) se desplazaría hasta donde el viejo quería llevarnos y regresaría con el combustible, en caso de que en realidad hubiera tal cosa.

De este modo, mientras Jon Astral iluminaba con su antorcha las paredes húmedas del túnel, caminamos en dirección al cuartel secreto del espía. Marcel se fue adelante con el viejo, pues sobre todo a él le llamaban la atención estos enrevesados cuentos de complots internacionales e intrigas políticas, y mientras tanto yo me fui conversando con Guillermo sobre el jiu-jitsu brasileño y la literatura y el valor pedagógico de las derrotas y la importancia de la perseverancia. Hasta ese momento no lo había visto claro, porque hacía muchos años no tenía una conversación sincera con Guillermo, pero luego comprendí la verdad obvia de que los dos estábamos en una situación similar, pues mientras que yo no sabía cómo recuperar mi amor por las letras ni qué iba a escribir a continuación, mi hermano sopesaba en serio abandonar para siempre las artes marciales, y tanto él como yo sentíamos que una puerta acababa de azotarse contra nuestras caras y que alguien o algo le había echado el cerrojo del otro lado.

"Hay que volver a intentar", recuerdo haberle dicho en algún punto de la conversación, parafraseando a Beckett: "Volver a fallar. Fallar de un mejor modo".

"¿Para qué?".

"Para nada, supongo", concedí y quise guardar silencio, demasiado consciente de la inutilidad de los consejos, pero igual tenía ganas de decir algo que nos sacara de la abulia: "El problema, me parece, es que nos tomamos demasiado en serio nuestros puestos en la vida y nos olvidamos de la condición de juego que es inherente a la existencia".

"No te entiendo nada".

"No sé", le dije. "Habría que recuperar la inocencia de los niños, jugar sin pensar en la competencia o en la victoria, concentrados solo en el hecho de jugar", dije y sentí que había algo de verdadero tras la máscara ruin de las palabras, pero mi hermano me miró como si yo estuviera hablando en lenguas y guardó silencio. Con Guillermo siempre tuve una relación cordial pero lejana, cuya distancia nosotros mismos fuimos imponiendo porque (debido a nuestras mismas semejanzas) cada uno no podía dejar de ver en el otro sus propios defectos y es difícil convivir con el reflejo deforme de uno mismo. Esa era la idea que nos habíamos hecho de cada uno, aunque la verdad es que nadie conoce a nadie y en realidad a veces a quienes menos conocemos es a los propios familiares, porque la cercanía tantas veces falsa de los lazos de sangre hace que se den por sentadas muchas cosas que sería mejor averiguar o descubrir por el camino más significativo de la camaradería y la amistad. El caso es que por primera vez en muchísimo tiempo Guillermo y yo hablamos acerca de nuestros dolores, de nuestros pesos, y aunque las palabras no supieron quitarnos los obstáculos, el hecho de compartir los problemas hizo que durante un instante nos sintiéramos menos solos. Cuando al final le dije que sería lindo que también William pudiera estar ahí, conversando con nosotros, Guillermo señaló la realidad triste de nunca haber hablado con el hermano que llevaba dentro (el problema más complicado de compartir un solo cuerpo) y suspiró con legítima tristeza para después decir, con sus propias palabras, lo mismo que yo venía pensando:

"Ah", dijo. "A veces lo más cercano resulta ser lo más inasequible".

Entretanto seguimos avanzando por el túnel, y en una de esas escuché que Marcel le hablaba a Jon Astral sobre el carrito de helados que supuestamente nos seguía, y de su preocupación por que la mafia azucarera quisiera buscar una violenta retribución por la campaña contra el azúcar en Change.org, y que los grandes conglomerados de las gaseosas y los confites hubieran enviado a algún sicario para aniquilarnos. El viejo asintió mientras escuchaba las palabras paranoicas de mi cuñado y dijo que de regreso nos ayudaría a examinar la máxivan en caso de que hubieran plantado micrófonos escondidos o cámaras secretas. Volví a pensar que el tipo era un chiflado irredimible y que estábamos caminando hacia ningún lado, pero en ese instante el viejo se detuvo, voleó la antorcha para hacer sonar el fuego contra el aire y luego señaló en dirección a una de las paredes del túnel:

"Hemos llegado", dijo.

Estábamos en un punto cualquiera del túnel y no se veía nada que evidenciara la existencia del cuartel secreto, sino apenas las paredes oscuras y hediondas como la tráquea de un monstruo gigantesco. Guillermo y yo nos miramos como previendo una situación de peligro e instintivamente di dos pasos atrás mientras mi hermano se preparaba para abalanzarse contra el loco y someterlo con un agarre de jiu-jitsu, pero aquí Jon Astral había silbado un arpegio de cinco notas precisas que desarmó la tensión en las extremidades de Guillermo y nos dejó atónitos por la belleza de su armonía. Durante algunos segundos me quedé pasmado por la nitidez del silbido del viejo, pero luego mi atención fue desviada hacia otra cosa, pues en cuanto las notas terminaron de desvanecerse hasta volverse solo recuerdo sentimos que las paredes crujían como en terremoto y entonces vimos que una gran compuerta hasta entonces invisible se abría en el exacto punto del túnel que había señalado el viejo:

"Es mi versión personal del 'Ábrete, sésamo'", dijo Jon Astral refiriéndose a su silbido, y acto seguido apagó la antorcha haciéndola girar rápidamente en el aire para después ingresar por la compuerta hacia un corredor iluminado con tubos fluorescentes. Marcel, Guillermo y yo nos miramos con los ojos desorbitados mientras el asombro se nos escapaba por la boca y luego seguimos al anciano. Aunque la gran compuerta se cerró automáticamente detrás de nosotros, por alguna razón ya no sentíamos miedo sino solo curiosidad por lo que venía y una callada vergüenza por no haberle creído la historia al viejo, a quien desde ese momento seguimos sin chistar.

"¿Qué tipo de novelas escribe?", me preguntó el viejo espía mientras caminábamos por el corredor. "¿Policiaca, romántica, realista?".

Me quedé en silencio, tratando de encontrar la respuesta.

"¿Histórica, ciencia ficción, erótica?".

"No sé", le dije al fin. "Inclasificables, supongo; con un poco de todo; los géneros son como cárceles, y los artistas que se quedan en uno solo son un poco prisioneros de sí mismos".

"Ah", dijo y supe que mi respuesta no lo había satisfecho ni un poquito porque inmediatamente miró a los otros y cambió de tema:

"El túnel que atraviesa la montaña es en realidad un complicado sistema de vasos comunicantes", dijo con entonaciones de guía turístico. Todavía avanzábamos por el pasillo y a lo lejos se alcanzaba a ver una reja metálica. "Una maraña de túneles, pasadizos, cuevas de techos altos donde las estalactitas y las estalagmitas crecen, unas hacia arriba, las otras hacia abajo, buscándose desde hace milenios. Como pueden ver, la mayoría de los tramos son obra de la naturaleza, pero hay otras partes que sin duda fueron diseñadas por los hombres, aunque nadie sabe quién comisionó estos trabajos que horadan la tierra como un hormiguero fabuloso. Cuando los gobernantes de la República de ▮▮▮▮▮▮ se enteraron de este lugar, Comando Central no dudó en elegirlo como cuartel secreto".

Al final llegamos a la reja que estaba al final del pasillo y Jon Astral la hizo gemir en sus goznes mientras la abría. Entonces vimos que el cuartel secreto del viejo era sobre todo un inmenso invernadero poblado de árboles frutales y hortalizas comestibles que crecían bajo luces artificiales y que eran irrigados por medio de un ingenioso sistema que aprovechaba las humedades de las cuevas, canalizando los chorritos que bajaban como lágrimas por las paredes para calmar la sed de las raíces de las frutas y las hortalizas. Al avanzar vi tomates grandes como balones de fútbol, altos y fragantes espárragos, frondosos árboles llenos de aguacates listos para ser cosechados y enormes setas de colores psicodélicos.

"C'est magnifique", dijo Marcel, embelesado por el cultivo del espía.

"Ah", dijo Jon Astral. "La horticultura es mi manera de subsistir, pero sobre todo es mi hobby, mi pasión. No se cohíba, cher ami: coja un aguacate, pruébelo".

"Délicieux, succulent, formidable", dijo Marcel mientras masticaba un aguacate que peló con los dedos y comenzó a comer a los mordiscos como si se tratara de una pera. Yo, en cambio, probé uno de los hongos, que se me derritió en la lengua con un suave sabor a tierra fértil y cuyo tallo, que a mí me pareció demasiado amargo, devoró con fruición el oscuro bicho de la melancolía, adepto a los sabores ásperos.

"Los minerales de estas cuevas hacen que todo tenga ese gusto profundo", dijo Jon Astral sin detenerse y luego nos encaminó hacia un depósito donde tenía su puesto de trabajo, una especie de oficina atiborrada de todo tipo de cachivaches antiguos:

"El combustible tiene que estar por aquí", dijo y apuntó a uno de los rincones más caóticos, donde reposaba la carcasa herrumbrosa de un misil de largo alcance. Mientras Jon Astral buscaba el tanque de gasolina me quedé observando el desorden del viejo para ver si podía comprender su esencia, como trato de hacer siempre que conozco a alguien nuevo e interesante, pero después de espiar las pertenencias del espía no vi nada que me hablara de su personalidad y solo encontré papeles confidenciales, planos secretos del ▮▮▮▮▮▮▮ y varios dispositivos de grabación. Entonces, cuando estaba ya a punto de resignarme a no encontrar nada, reparé por casualidad en quince o veinte marcos que colgaban de las paredes en los que vi las fotografías de un único hombre organizadas en secuencia cronológica, de manera que la primera imagen lo capturaba en su etapa de bebé recién nacido, la segunda en su etapa de dos o tres años, la tercera como un niño disfrazado de Superman y así, pasando por las etapas del adolescente sebáceo y del hombre en los albores de la edad adulta, hasta que la última fotografía lo mostraba como un hombre hecho y derecho de casi mi misma edad.

"Es mi hijo", dijo Jon Astral cuando regresó con la gasolina y me vio observando las fotografías. El gesto dicharachero se le había transmutado repentinamente y ahora el espía hablaba como un anciano taciturno y melancólico.

"¿En dónde está?".

"En la República de ▮▮▮▮▮▮▮, con su familia: mi esposa, mi nuera, mis tres nietos", dijo. "Aunque la verdad es que no sé casi nada. Cuando su madre iba a dar a luz, a mí me asignaron a este puesto y solo lo conozco por las fotografías y los escasos chismes que me hace llegar Comando Central".

"¿No puede hablar con ellos?".

"No: sería ponerlos a ellos y mi misión en peligro".

"¿Hace cuánto que está usted acá abajo? ¿Hace cuánto que no sale?", pregunté. El espía se quedó quieto y puso cara de dolor, como si mis palabras fueran agujas enterrándosele en un punto sensible, y luego me miró con un gesto infinito de nostalgia:

"Treinta y cinco años, cuatro meses y dieciocho días", dijo.

"Toda una vida", redondeó Guillermo.

El viejo se acomodó la trenza a sus espaldas y asintió, amargamente; después nos explicó que desde hacía años esperaba la llegada de un nuevo espía que lo relevara, pero que las comunicaciones con la República de ▓▓▓▓▓▓▓ se habían interrumpido de repente y que ya no sabía si su reemplazo llegaría, y ni siquiera si la labor de espionaje que él seguía cumpliendo en realidad servía de alguna cosa.

"Igual sigo trabajando", dijo. "No solo para evitar un hipotético enfrentamiento bélico, sino porque es una de las maneras que tengo de espantar el tedio".

"¿No le da remordimiento haber abandonado así a su mujer, a su hijo?", preguntó Guillermo.

"Claro", dijo el viejo con los ojos húmedos. "Pero primero está el deber y el amor a la patria. ¿Ustedes no son patriotas?".

"Yo no", dije. "Mi lugar es todos y ninguno; mi ideal es un mundo en el que no existan los pasaportes".

"Ah", dijo el viejo: "¿Como el mundo soñado de Garry Davis?".

"Sí, parecido".

"Yo tampoco soy patriota", intercedió Guillermo. "Mi país es una mierda".

"El mío también", dijo Marcel. "Pero lo quiero, y se me pone la piel de gallina cuando estoy lejos de mi patria y escucho el himno nacional".

El viejo nos escuchó y luego volvió a hablar de su familia en lontananza y supe que aunque se proclamaba patriota, lo contrariaba el hecho de seguir órdenes de un grupo abstracto que nunca se materializaba. Lo vi hacer un puchero mientras se limpiaba las conjuntivas con las greñas mugrientas de su barba y me pareció que en ese gesto agrio estaba la esencia que yo buscaba del hombre. Sentí lástima por el viejo espía y por su decisión de separarse de personas tangibles y efímeras para darle su amor y su vida al concepto vacío y anticuado de una nación. Cuando Jon Astral rompió en llanto, lo rodeamos en un abrazo fraterno para que no se desmoronara y esperamos con paciencia hasta que utilizó hasta el último de sus sollozos. Fue una escena bella y conmovedora que epilogamos con palabras de aliento y la promesa de que le enviaríamos cualquier recado que él quisiera a su hijo lejano.

"¡Pero qué cursis!", dijo entonces el oscuro bicho de la melancolía, y cuando lo regañamos por impertinente lanzó una carcajada sardónica antes de empezar a decir todo el abecedario, no con la voz despejada sino con eructos, como el participante habilidoso en una grotesca competencia de talentos…

4

Lo próximo que recuerdo es que estábamos de regreso en la furgoneta y que habíamos salido de las entrañas de la montaña mucho antes de lo anticipado, pues antes de arrancar Jon Astral nos había enseñado un atajo salvador que no solo compensaba por el tiempo que habíamos perdido dentro del túnel, sino también por la noche que tuvimos que pasar en el Hostal de Arena, de manera que —pensé— podríamos llegar a tiempo a nuestra cita con Absalón Montgolfier, siempre y cuando no ocurrieran nuevos imprevistos.

También recuerdo que estábamos comiendo verduras hidropónicas de la huerta del viejo espía, con excepción de Miranda, que se había hecho un batido con espinacas y la segunda parte del *Quijote*, y que todos estábamos contentos de poder continuar con el paseo, aunque Marcel se había quedado preocupado porque cuando el espía inspeccionó la furgoneta había encontrado, escondido en uno de los rines delanteros, un diminuto dispositivo de GPS con un bombillito verde que titilaba mientras transmitía —¿a quién?, ¿adónde?— nuestra ubicación precisa en el espacio-tiempo. Aunque el viejo espía se había quedado con el aparato y ya no nos rastreaban, Marcel no pudo zafarse el malestar y se le acrecentó tanto la paranoia que durante buena parte del trayecto se fue mirando, no la carretera en frente de nosotros, sino los meandros del camino que dejábamos atrás, atento a cualquier presencia sospechosa, pero después de un rato de conducir (entre los pinos y las araucarias del Bosque Milenario) hasta él se fue contagiando del espíritu de aventura y la algarabía de respirar el aire puro y poco a poco se le pasó el desasosiego.

Yo también me sentía casi contento, sobre todo porque volvía a tener la ilusión de llegar a tiempo a nuestro viaje en globo y porque el oscuro bicho de la melancolía dormía una de sus siestas y eso me daba un descanso de sus observaciones mezquinas o sus hábitos nauseabundos o las ganas de fumar, y mientras atravesábamos el bosque puse una mano en la panza de A. para sentir a mi hijo revolcándose en su cápsula espacial. Después me dio por pensar en la pregunta de Jon Astral sobre qué tipo de novelas escribía y luego me fui soñando despierto con la idea de que volvía a sentir las cosquillas eléctricas de un nuevo comienzo y que escribía un libro que hablaba de todas las cosas de la vida y que por su belleza melancómica me redimía por mis silencios y mi abulia de los últimos meses. Ni siquiera me importaba si lograba publicarlo o si se vendía bien en librerías, con tal de que fuera una novela valerosa y brillara de tanta energía contenida.

Así recorrimos el comienzo del Bosque Milenario, andando despacio para disfrutar del paisaje, hasta que llegamos a una bifurcación de caminos que no esperábamos y ante la cual nos detuvimos mientras decidíamos qué debíamos hacer. Clara Luna quiso preguntarle otra vez al *I ching,* pero papá se negó esta vez a hacerle caso a "un oráculo para tarados" y ahí casi revienta una discusión que nos hubiera hecho perder tiempo valioso. Por fortuna, en ese instante llegó una patrulla de guardabosques a la que le habían encomendado la tarea de ubicar al ave fénix (que seguía regando incendios con sus plumas de candela) y que se detuvo para indagar si nosotros habíamos visto al pajarraco prófugo. Se trataba de una pareja de gemelas idénticas que le despertaron a Miranda las náuseas de las repeticiones y a mí me hicieron recordar a la muchacha de ojos coquetos y boquita de gitana con la que intenté mi primer beso con lengua, y luego de explicarles que no habíamos visto al ave fénix, aprovechamos para preguntarles cuál era el mejor camino para llegar al valle que está al otro lado del Monte Misterio:

"Es un asunto de preferencia", dijeron al unísono y luego se turnaron:

"El camino de la derecha", dijo la primera gemela, "es una ruta panorámica que atraviesa el resto del Bosque Milenario".

"Y el camino de la izquierda pasa por Pueblo Triste", dijo la segunda gemela, "famoso por su Museo en Miniatura de la Barbarie".

"Los dos llegan finalmente al mismo punto", volvieron a decir con una sola voz: "La costa de Playa Blanca y el sendero de subida que llega hasta la cúspide del Monte Misterio". Tras decir esto, las dos mujeres volvieron a la patrulla y se perdieron raudas por la autopista.

Como los caminos eran distintos pero nos llevaban al mismo punto decidimos hacer una votación para escoger qué sendero tomar, y resultó que todos los demás querían atravesar el bosque por la ruta panorámica, menos mi padre, a quien se le metió la idea de que teníamos que pasar por Pueblo Triste y visitar el Museo en Miniatura de la Barbarie. La verdad es que a mí me causó curiosidad el nombre del museo, pero no lo suficiente como para que nos desviáramos de la naturaleza, y aunque tuve un instante de duda, al final yo también voté para que continuáramos por la ruta panorámica. No sé bien por qué, pero desde que tuve consciencia de mí mismo y del mundo siempre fui un poco indiferente a las explicaciones del pasado, y uno de mis temas menos favoritos hasta los treinta y pico de años fue la historia, tal vez por la sobreexposición a la que fui sometido involuntariamente por tener un padre historiador o por andar tan preocupado por el porvenir de la literatura. Cuando vio que todos los otros levantábamos las manos para indicar que queríamos tomar el camino de la izquierda, papá se cruzó de brazos y, refunfuñando, dijo que no era casualidad que democracia rimara con desgracia y que la mayoría siempre tenía el coeficiente intelectual de una lombriz intestinal y estaba abocada a tomar las decisiones equivocadas.

El caso es que mientras papá completaba su pataleta y exaltaba otros sistemas de gobierno, Guillermo volvió a encender el motor y comenzó a desviarse hacia la izquierda, pero en ese instante Marcel pegó un grito que llenó la furgoneta con sus vibraciones de alarma y que nos sincronizó en el miedo a todos e hizo que Segismundo se convirtiera en tigre de Bengala, con el lomo erizado, y nos mostrara los colmillos. Le preguntamos qué era lo que ocurría, pero Marcel permanecía callado y se limitaba a apuntar hacia la carretera que habíamos dejado detrás de nosotros, y aunque a todos se nos enfrió la sangre pensando que veríamos el carrito de helados y a los matones de la mafia azucarera, lo que en realidad vimos fue una reiteración del optimismo en la forma de una diminuta mancha amarilla que se fue haciendo más y más grande, hasta que estuvimos convencidos de que lo que se aproximaba era el mismo ciclista barrigón con el ombligo extrovertido que habíamos visto el día anterior.

Entonces nos bajamos de la furgoneta y nos posicionamos al lado de la carretera para esperar al obeso y alentarlo, pero cuando lo tuvimos cerca nos quedamos estupefactos y no supimos qué decir, pues aunque se trataba evidentemente del mismo tipo (con el *maillot* amarillo del líder del Tour de Francia, su bigotito fino en el labio superior, la gorrita con visera, los lentes oscuros, el silbato dorado), el hombre había perdido por lo menos cien kilos de la noche a la mañana y ya no era un obeso mórbido sino apenas un tipo grande (ni gordo ni flaco) que avanzaba (ni rápido ni despacio) bamboleándose de un lado al otro con los vaivenes de su pedaleo. La transformación era drástica, como en esos montajes que utilizan las publicidades espurias de las clínicas de cirugías plásticas o los vendedores de fajas y que muestran un antes regordete seguido de un después milagroso, y fue esa disparidad imposible lo que nos dejó boquiabiertos. La única que supo reaccionar fue la pequeña Léna, que hizo la seña de felicidad mientras el tipo pasaba entre nosotros y a quien el ciclista le respondió haciendo sonar el melódico timbre de su bicicleta, pero los demás nos quedamos en silencio mientras lo seguimos con la mirada hasta que se perdió por el sendero que llevaba a Pueblo Triste.

Como la primera vez que lo vi, la imagen del ciclista me hizo pensar que a lo mejor mi problema de sobrepeso fuera un asunto temporal que podía ser resuelto en un abrir y cerrar de ojos —si encontraba mi punto de apoyo, si sabía ponerles nombre a mis falencias, si lograba aprovechar mis oportunidades—, y ese pensamiento me avivó las llamas de las ilusiones y durante un breve instante anuló casi todas las sombras que, como un corazón negro, se me aglomeraban en el pecho.

5

La furgoneta avanzaba rápida pero imperceptiblemente, como si fuéramos un pequeño velero atravesando un mar plácido en una pintura de acuarela, y estar dentro del vehículo y rodeados por la naturaleza era tan agradable que pronto olvidamos todos los obstáculos anteriores y comenzamos a sentir la cercanía inminente de nuestro destino, pues no solo se respiraba la proximidad del océano sino que poco después de haber tomado la ruta panorámica mamá había oteado el pico nevado del Monte Misterio, y aunque todavía estaba a varias horas de camino, tenerlo en el paisaje era una anticipación deliciosa, como cuando uno sabe que va a encontrarse pronto con alguien querido o cuando los violinistas afinan sus instrumentos justo antes del concierto. Por las noticias que habíamos escuchado sabíamos que el volcán no estaba activo, pero igual vi que había volutas de un humo azulado que salían a intervalos de la chimenea y se perdían entre los cirros en el cielo, como si el volcán nos estuviera enviando señales de bienvenida. Me emocionó tanto esta visión que comencé a imaginarme el resto del recorrido (la ascensión al Monte Misterio, el descenso hacia el valle en el que al fin conocería a Absalón Montgolfier, nuestro esperado viaje en globo aerostático), pero luego me dije que era mejor no adelantarse tanto a los acontecimientos ni incrementar las expectativas para no defraudarme en caso de que ocurriera un imprevisto...

Ese había sido uno de mis defectos más persistentes: esperar los frutos del futuro como si el porvenir me debiera alguna cosa, en lugar de prestarle toda mi atención a las gratificaciones y retos que configuran el presente. Era un mal hábito al que me había acostumbrado con buenas intenciones pero que casi siempre resultaba en decepciones, pues el futuro no es algo que se planea, sino algo que sucede, y lo mejor es recibirlo como a alguien que llega de sorpresa y no aguardarlo lleno de nervios y malos presagios, como al oncólogo en una sala de espera. Yo ya lo sabía, por experiencia propia y porque había leído a Thich Nhat Hanh y a los filósofos de la ética, pero me parecía difícil dejar de pensar en los resultados de mis acciones, aunque tenía claro que hacerlo era abrir las puertas de la insatisfacción e incrementar mis ansiedades y temores. Es un asunto complejo, porque olvidarse completamente del porvenir me parece renunciar a un talento sumamente humano, y mientras observaba las volutas de humo azul que salían del volcán se me ocurrió que la madurez de las personas tal vez pudiera medirse de acuerdo con su propia relación con las expectativas del porvenir, y que tal vez la mejor manera de relacionarse con el futuro fuera actuar como el músico que toca una pieza delicada y debe concentrarse en las notas del presente sin olvidar (pero sin prestarles demasiada atención a) las notas que siguen en los próximos compases de la partitura.

El caso es que hice un esfuerzo para arrancarme de las anticipaciones y disfrutar aquel momento del viaje, y durante un rato quedé embelesado con el panorama y luego con la dulzura lúdica de Segismundo, pues mi mascota plurieidética estaba en una de sus fases amorosas y jugaba su juego predilecto, que consiste en tomar la forma que corresponde al ánimo de quien lo sostiene, de manera que cuando A. lo cargó Segismundo adoptó la forma de una diáfana e inofensiva medusa y luego se transformó sucesivamente en mariquita (en las manos de Clara Luna), en conejo (en las de Marcel), en hámster (en el regazo de Miranda), en arcoíris cuando lo acarició Léna (justo antes de que la bebé empezara a estrangularlo con cariño), en un pequeño dinosaurio (cuando papá se atrevió a sostenerlo), en unicornio cuando lo cargó Guillermo, en un crisantemo blanco que mamá tomó por el tallo y, finalmente, cuando fue mi turno, en un espejo de acero bruñido que me mostró primero mi rostro acongojado para luego reflejar al oscuro bicho de la melancolía, que salía de su siesta y comenzaba a sacarse los mocos para después ingerirlos chupándose los dedos con deliciosos gestos de sibarita. Me acuerdo de que al ver que el parásito ya no dormía comprendí por qué mis pensamientos se me estaban yendo hacia la nada por el embudo del pesimismo y que, apenas hice consciente esta relación del bicho con mi estado de ánimo, el hermoso paisaje del Bosque Milenario se interrumpió de repente y comenzamos a deambular por una planicie yerma en donde la vegetación consistía en yerbas agrestes, y donde los únicos árboles que había eran troncos sin hojas, cuyas ramas torcidas parecían manos esqueléticas a la espera de algo inocente que agarrar.

"Esta tierra está seca como si no lloviera hace milenios", dije.

"Como si hubiera caído una peste bíblica", dijo papá y luego vi que me miraba por el retrovisor:

"¿Ya sabes sobre qué vas a escribir ahora?".

Miré a papá con algo de culpa, porque a pesar de sus reiteraciones él me preguntaba la misma cosa siguiendo los dictámenes de un interés sincero, y busqué en mi seso para ver si esta vez podía hallar una respuesta, pero solo encontré dentro de mí un paisaje parecido a ese terreno pelado y polvoroso por donde transitábamos:

"No", le dije. "Todavía no lo sé".

Papá hizo un gesto de decepción:

"¿Por qué no escribes un libro de ensayos sobre el arte de escribir?".

"Porque no tengo nada que enseñar", le dije, "o porque el arte de escribir no es algo que se enseñe, sino algo que se va descubriendo por cuenta propia, deambulando en lo oscuro, en caída libre por el abismo de uno mismo, dándose de bruces contra el fracaso...". Después quise cambiar el rumbo de la discusión:

"¿Qué pasó aquí?", pregunté, incrédulo ante la degradación del paisaje.

"Consecuencias del cambio climático", dijo Miranda.

"WUKFFDRNDWRBUCLZHHJSNORFKEF", propuso A.

"Son las heridas que le hemos hecho a la madre tierra", dijo Clara Luna.

"Lo mejor es que seguimos sin detenernos", dijo Marcel.

"Que *sigamos* —Lo mejor es que *sigamos* sin detenernos".

"¡Hijo de p...".

"¡Silencio, que la niña te escucha!".

"¿Qué hora es?", pregunté.

"No sé", dijo mamá. "¡Mi reloj está en llamas!".

"Yo tampoco sé", dijo Miranda, "a veces miro mi reloj y veo la hora, pero cuando subo la mirada ya no la recuerdo".

Así anduvimos un rato, desorientados en el tiempo y el espacio, atónitos por el cambio súbito en el ambiente y el cielo tétrico que comenzaba a cubrirnos. Después, para ver si salíamos rápido de ese paraje enfermizo, Guillermo pisó el acelerador, pero luego de un rato nada había cambiado y seguíamos transitando a través de campos resecos llenos de grietas y de surcos, hendiduras en la tierra que eran evidencia de antiguos arroyos que ahora eran solo ríos estáticos hechos de piedras y de polvo. Todo parecía un mal presagio, y a lado y lado de la carretera, como recordatorios mezquinos de la muerte, se emplazaban pequeñas cruces chuecas y sucias con nombres de hombres y mujeres accidentados y fallecidos en la vía.

Entonces, de la nada, escuchamos los acordes infantiles de una música de feria, y vimos que una mancha de colores pasteles pasaba por el costado izquierdo de la máxivan y, velocísima, nos sobrepasaba para, deteniéndose en mitad de la carretera, cerrarnos el paso. Mi hermano frenó en seco y la furgoneta derrapó hasta quedar al borde de uno de los arroyos resecos. Confundidos, buscamos la mancha de colores pasteles sobre la carretera, pero con el frenazo el polvo se había levantado y no alcanzábamos a discernirla. Pensamos que eran los heraldos de la muerte, al comienzo, pero cuando el ambiente se aclaró nos dimos cuenta de que no era la parca sino el carrito de helados anunciado hacía tanto tiempo por Marcel.

"¡Hijo de la grandísima puta!", dijo al fin mi cuñado, merecidamente. "¡Es la mafia azucarera!".

"¡Imposible!", dijo Clara Luna.

"¡Nos mandaron a los sicarios y a los enterradores!", gritó papá. "¡Nos jodieron!".

"¡Tenían que meterse con las grandes corporaciones!", alegó el oscuro bicho de la melancolía. "¡No podían quedarse callados!".

"¡Hay que desafiar el *statu quo*!", dijo Miranda.

"¡NGORKCH!", dijo A.

"¿Y ahora qué hacemos?", preguntó mamá.

Como si la emergencia uniera nuestras voluntades, todos miramos en dirección al carrito de helados, para ver contra quién nos enfrentábamos, pero los vidrios ahumados del carrito de helados no dejaban ver absolutamente nada y solo reflejaban la tierra baldía y el cielo gris que nos cobijaba. Aunque sentía la boca seca por los nervios, le dije a Guillermo que saliéramos para solucionar el inconveniente de manera civilizada, porque me pareció que lo más probable era que todo fuera un malentendido que podía resolverse por medio de palabras, en el mejor de los casos, o de sobornos, en el peor de ellos, y que pronto estaríamos otra vez en el camino hacia el valle que está al otro lado del Monte Misterio. Mi hermano parecía tranquilo y fue el primero en bajarse de la furgoneta, y luego seguí yo con mi mascota plurieidética en los brazos. Con cuidado puse a Segismundo en el suelo y le pedí que adoptara la forma de un perro bravo o de un rinoceronte amenazante, para protegernos en caso de peligro, pero el animal estaba tan nervioso que no quiso abandonar la forma de gatito, y después de frotarse contra mis piernas corrió a esconderse en alguno de los decrépitos matorrales que subsistían al lado de la carretera hasta que lo perdí de vista. Al ver que Segismundo se llenaba de miedo sentí que los testículos se me contraían, introvertidos por el pánico, pero me tranquilicé un poco cuando vi que Guillermo conservaba la calma, y así, juntos, atravesamos uno de los surcos en la tierra para acercarnos al carrito de helados. Entonces, cuando estábamos a unos dos metros del vehículo, vimos que la puerta del piloto se abría sigilosamente para dejar salir una sorpresa amenazante, pues el conductor no era otro que el gordo fofo y bizco con la cara llena de granos que había doblegado a Guillermo en la dramática final de jiu-jitsu brasileño. No había ninguna duda: aunque llevaba puesto un elegante esmoquin de terciopelo verde y no su kimono de combate, el enorme macancán nos miró en sarcástico reconocimiento mientras se comía las uñas y las pasaba con Coca-Cola:

"El destino es ineludible", dijo el gordo mientras se arrancaba los cueritos de las cutículas. Tenía una voz aguda y nasal que por lo ridícula hacía que se viera más temible, y nos hablaba mirándonos a los dos, alternativamente, como los buenos oradores, pero luego se enfocó solo en Guillermo, a quien señaló con un índice rollizo: "Como tu sombra", dijo. "Como tu pasado inexorable, como el instante de tu muerte".

Las palabras del gordo eran aterradoras, pero lo que más susto me dio fue que giré para verle la cara a Guillermo y vi que la calma se le había trastocado y que ahora tenía los ojos desorbitados y los cachetes lívidos por el pavor. Con cautela le hice una seña para que regresáramos a la furgoneta y nos guareciéramos así del ataque del gordo, pero mi hermano parecía aletargado por el shock y no quiso moverse. Entretanto, para complicar la situación, vi que los otros se bajaban de la máxivan, atraídos por el morbo curioso que generan las desgracias, y se organizaban en una hilera al otro lado del arroyo seco a la espera de que la situación se resolviera. Rememorando el combate bochornoso en el que Guillermo había perdido el torneo y el respeto hacia sí mismo, puse mis manos frías en las mejillas de mi hermano y le hablé desde el desespero:

"¡Vámonos de aquí, Guillermo! ¡No vale la pena!".

"¡Eso!", estuvo de acuerdo el oscuro bicho de la melancolía, poco adepto a las confrontaciones. "¡Huyamos, carajo!".

Mi hermano pareció escucharme y, mientras salía del estupor, asintió con la cabeza.

"Bien", le dije cuando lo vi volver en sí. "Ahora vamos a la máxivan y corremos como locos, sin mirar atrás".

Me sentí mezquino y egoísta, recomendándole la cobardía en lugar del enfrentamiento, pero temía que el gordo fofo cumpliera su amenaza y le hiciera un daño irreparable, y creyendo que lo ayudaba agarré a Guillermo de un brazo y empecé a dar la vuelta, pero en ese instante sentí que mi hermano ponía su mano sudorosa sobre la mía y me apretaba con determinación:

"Mejor ve tú", me dijo, "que yo tengo un asunto pendiente".

Lo miré con incredulidad y traté de hacerlo entrar en razón, pero Guillermo volvió a decirme que me alejara mientras se arremangaba la camisa:

"La vida casi nunca da estas segundas oportunidades", dijo finalmente. "¿No te das cuenta?".

"¡Te va a hacer papilla, tarado!", gritó el parásito sobre mi cabeza, y aunque yo estaba de acuerdo con el bicho decidí quedarme callado y aceptar que esa indiscreción que quería pasar por valentía era al fin de cuentas decisión de Guillermo, y no mía. Entonces di algunos pasos al costado para abrirles espacio y enseguida el gordo fofo y mi hermano asumieron posiciones de combate. Al otro lado del arroyo seco toda la familia emitía gritos de alarma, pero cuando comprendieron que Guillermo optaba por la bravura y asumía aquel riesgo como una revancha por la ignominia pasada, cruzaron el surco y, colocándose a mi lado, comenzaron a vitorearlo con sincronizados entusiasmos de porristas:

"¡El peso no importa, mi amor!", gritó mamá.

"¡Recuerda lo que dijo Arquímedes!", vociferó mi padre. "¡Dame un punto de apoyo y moveré el mundo!".

"¡El jiu-jitsu es el arte de la ligereza!", recitó Miranda.

Entretanto, ajenos a estas exclamaciones, el gordo fofo y Guillermo comenzaron a caminar en círculos sobre la tierra seca, sin tocarse todavía, tratando de leer las fortalezas y debilidades de sus propias posturas y elevando la tensión en el aire, pero tras varios minutos de rodeos y amagues seguían sin atacarse y al fin comprendimos que los dos esperaban a que alguien señalara el inicio oficial del combate:

"¡Peleen, pues, pendejos!", vociferó el oscuro bicho de la melancolía, y así fue como se dio inicio a la contienda...

6

Hay días en que pienso que sostener las llamas de la consciencia resulta difícil porque además de la iluminación que brinda, el fuego que llevamos dentro quema con la constatación de ciertos hechos inevitables: el que la naturaleza no conozca el concepto de justicia, por ejemplo, o el que el azar sea más determinante que el espejismo de la voluntad, o el que la vida tenga (como los cupones de descuento o leche en la nevera) una fecha de vencimiento. A veces, en casa, con Segismundo acurrucado sobre mis piernas, me gustaba acariciar su pelaje suave y agradecía su ronroneo mientras envidiaba su concentración eterna en el ahora y su ignorancia de esas y otras verdades que me asediaban: que era más fácil destruir que crear, que en el mundo la avaricia y la ignorancia gozaban muchas veces del apoyo que les hacía falta a la generosidad y a la educación, que uno podía estar rodeado de gente y sentirse abandonado, que había que cargar con el fardo de la propia identidad a todas partes, que aunque fuera una ilusión uno no podía bajarse nunca del imparable tren del tiempo, que mientras que la tristeza era siempre robusta había pocas cosas más frágiles que la felicidad... Son axiomas de la existencia que uno tiene que olvidar todo el tiempo para poder vivir; o mejor: verdades fundamentales que uno tiene que aceptar como el precio que se paga por los beneficios del lenguaje y el arte y el humor y el erotismo y la ciencia y todo lo que hace interesante al animal más triste del mundo. No estoy seguro, pero me parece que esta es la sabiduría a la que llegan casi todos los libros importantes y las filosofías más suspicaces, solo que esta aceptación no es algo que se enseña, sino algo que tiene que vivirse y renovarse, y por eso es que seguimos inventándonos historias y pintando lienzos y componiendo sinfonías e ideando terapias y fórmulas —intentos por explicar lo inexplicable y que al final se pierden siempre en el silencio.

Cuando comenzó el combate de jiu-jitsu entre Guillermo y el gordo fofo todos los otros parecían llenos de optimismo, pero desde mi cobarde punto de vigía yo fumaba los cigarrillos que el parásito me encendía mientras pensaba en los riesgos intrínsecos de la vida misma y en si debíamos o no intervenir para detener la pelea, tal vez abalanzándonos todos sobre el gordo y sometiéndolo por la fuerza de la mayoría para evitar una tragedia que nos echara a perder no solo lo que quedaba del paseo, sino el resto de la vida. Al final, sin embargo, me quedé quieto y fui solo espectador de la contienda, atónito ante la fuerza bruta del gordo y la súbita agilidad de Guillermo, pues aunque no podía someter ni golpear a su oponente, mi hermano se salía de los agarres como si fuera un pez engrasado y de un brinco se colocaba una vez más frente a su oponente, listo para encarar otra de sus embestidas. Como en la final del torneo, la nueva pelea fue un trámite fugaz, imposible de narrar en demarcados pasos consecutivos y mejor descrita con la improbable imagen de un hipopótamo atacando a un colibrí —tan salvajes y plúmbeas eran las maniobras del gordo y tan imprevistas las escapatorias de Guillermo—, hasta que en un momento determinante de la lucha el gordo gritó como un ninja y luego, dando un salto inverosímil para su cuerpo rechoncho, se fue en trayecto parabólico hacia donde lo esperaba mi hermano, que pareció quedarse congelado por la aterradora visión del paquidermo por los aires... Durante un instante, mientras el gordo surcaba la distancia que los separaba, anticipé una muerte por aplastamiento y tuve que combatir el acto reflejo de cerrar los ojos, pero entonces ocurrió el portento que los otros esperaban y que yo, tan tonto, había puesto en duda: Guillermo había sabido aprovechar el impulso y la masa contundente del otro y, canalizándolos en un movimiento sutil y bello, más parecido a un paso de danza que a una maniobra de la violencia, mi hermano había logrado cambiar la trayectoria del gordo, quien cayó de bruces sobre uno de los matorrales cercanos en un cimbronazo tan rotundo que el tipo perdió el conocimiento durante un par de segundos. Cuando despertó lo vimos pararse adolorido, sacudirse el polvo y la vergüenza del esmoquin de terciopelo, y finalmente montarse al carrito de helados y salir a toda velocidad por la carretera destapada hasta desaparecer para siempre de esta historia.

"¡Ese es mi hijo!", gritó papá repleto de orgullo, y mientras Miranda y A. abrazaban a Guillermo, Marcel se puso a cantar *La marsellesa*, mamá sacó la guitarra para acompañarlo de lo feliz que estaba, y hasta a mí me dio por chocarle las cinco al oscuro bicho de la melancolía, que celebraba la victoria con obscenos cánticos de barra brava. Entonces, cuando la algarabía mermaba y el silencio recuperaba terreno, escuchamos un gemido de dolor que de lo tenue era difícil de ubicar, pero que al final rastreamos hasta el arbusto donde había caído el gordo fofo, y fue ahí cuando vimos que Segismundo, escondido en aquel matorral para escapar de la bullaranga y el peligro, había recibido la totalidad del impacto y agonizaba sin remedio.

No lo recuerdo con lujo de detalles, porque actué con la velocidad inconsciente de las desgracias, pero el caso es que fui hasta donde estaba mi mascota plurieidética y recogí su cuerpecito fracturado, frágil como la felicidad, y me quedé inmóvil, sin poder hacer nada. Segismundo se quejaba con los ojos cerrados y el hocico ensangrentado, y solo era capaz de mover la cola en una oscilación irregular y frenética que parecía seguir la arritmia de sus suplicios. Cuando A. llegó hasta donde yo estaba la vi poner una de sus manos en el vientre de Segismundo y acariciar su pancita peluda, incrédula frente a lo que ocurría, y aquí finalmente mi mascota plurieidética había abierto los ojos como queriendo reconocernos por última vez y luego, tras un suspiro inefable, dejó de quejarse y de moverse.

Recuerdo el súbito y profuso llanto de A., su chubasco de tristeza, y que mientras las lágrimas le empapaban el vestido ella tomó a Segismundo en sus manos y se sentó sobre el charco fangoso de su lamento, acurrucándolo como a un infante todavía con vida, carbelando con ternura su pelaje cruento. Recuerdo la punzada en mi pecho (esa que se siente cuando uno ve sufrir a quien se ama), y que cuando traté de consolarla, A. abrió la boca y dejó escapar una sarta de letras sin sentido que se me antojaron como la expresión última del desconsuelo y cuya ilegibilidad me hirió con su filo despiadado. Mientras los otros se abrazaban, esta vez no para compartir la algarabía, sino para salvarse de la pena, giré hacia donde Miranda sostenía a Léna y quise decirle a la bebé que la muerte era apenas el otro lado de la vida y que no había ninguna razón para el desconsuelo, pero las manos me temblaban tanto que no pude hacer ninguna seña y luego a mí se me encharcaron los ojos y solo atiné a arrodillarme sobre la tierra yerma de aquel lugar maldito. Cuando comencé a llorar, escuché que mamá rasgueaba la guitarra y que, luego de un preludio que era bello y amargo, improvisaba la letra de una canción desgarradora cuyo estribillo me taladró por dentro con su dolor sin contornos:

Cuando callas todo guarda silencio,
Cuando cierras los ojos llega siempre la noche.
El día que te vayas partirán todas las naves
Y nadie me escuchará llamar desde la costa...

Recortado de un libro perdido u olvidado:

"JOSÉ OVIDIO BETANCOURT, Hortensia Paz, Jacobo Rey. Los nombres junto a los huesos desparramados. José y Raquel Pemberthy, Juan Crisóstomo Piedrahíta. ¿Se encargarán los muertos de hacer el reclamo justo de sus partes?

Los dos hombres, con los rostros cubiertos con trapos para no convertir el olor en la reacción obligatoria del vómito, caminaban sobre el jardín de los restos desperdigados por la explosión del rayo. Uno de ellos trabajaba deprisa; el otro, más joven, parecía apenas seguir al hombre que se agachaba repetidamente, recogiendo una cosecha maligna.

Candelaria Díaz, Valeriano Cimarrón.

—Don Víctor, ¿qué les decimos a las familias?

Sinforiano Jiménez. Abraham Castro. Lázaro Jaramillo. Rafaela Muñetón.

—Nada, Próspero, no les decimos nada. ¿Qué necesidad tienen de saber todo esto? Decime, ¿qué necesidad tienen?

Los huesos se amontonaban, mezclados unos con otros, en los grupos dispuestos junto a las lápidas en el suelo: Segunda Hernández, Salvador Arango, Pastora Cadavid.

—¿Y si preguntan, don Víctor, y si quieren saber?

—Les decís que aquí está su gente, junto a los nombres. Que esa es su gente.

Los bombillos del cementerio ponían sobre las cosas su luz insuficiente, su luz tenue.

—¿Y si ya no descansan, don Víctor? ¿Y si no encuentran la paz?

Mercedes Cardona, Virginia Uribe, Fabricio Cruz.

—Los vivos o los muertos, Próspero. Les das la paz a los unos y se la quitás a los otros. Los vivos o los muertos. ¿Que ya no podrán descansar? Pues que al menos dejen que los vivos descansen.

Evangelina Gallón. Fermín Alzado. Alejandra Asunción.

Todavía se alcanzaban a ver tumbas desalojadas de sus huesos, desperdigados en el suelo: huesos húmedos, huesos rotos, huesos del color de la tierra a la que algún día volverían. El hombre que recogía los cuerpos se reincorporó y dejó que las gotas de sudor le bajaran por el rostro.

—Poné un poco más de huesos en esa otra, Próspero. Estos de aquí ya están completos...".

7

Cuando mamá dejó de cantar cayó un silencio pesado como si estuviéramos rodeados de puro vacío, y fue ahí cuando avistamos el objeto volador no identificado: un brillo multicolor que zigzagueó veloz entre las nubes, dispersándolas, para luego quedarse girando a unos cincuenta metros sobre nuestras cabezas, emitiendo resplandores y destellos como una enorme bola de discoteca. Además de fulgores, el ovni irradiaba una secuencia de bajos que hacían retumbar la tierra y nos hacían cosquillas en las orejas y en el ombligo y en las corvas, y no parecía tener más forma que la de una centella, pero después del deslumbramiento inicial todos vimos que cobraba el aspecto de una sofisticada nave intergaláctica que luego, siguiendo un edicto misterioso, adoptó la forma de un habano y luego la forma de una salchicha y luego la de una daga y luego la de una sombrilla y luego la de un misil balístico:

"¡Llegaron!", anunció Clara Luna mientras danzaba con los pies descalzos sobre la tierra polvorienta.

"C'est pas vrai!", dijo Marcel.

"¡Es un enorme símbolo fálico!", gritó Miranda, escandalizada.

"¡¿Qué mierdas está pasando aquí?!", preguntó William, súbitamente materializado.

"¡Es el día del juicio!", dijo el oscuro bicho de la melancolía sobre mi cabeza. "¡Es el puto apocalipsis!".

"¡La luz! ¡La luz!", exclamó papá, contradiciendo lo que había dicho en el día del accidente que le escamoteó la identidad y la memoria, y acto seguido sufrió un síncope que lo hizo girar como un trompo antes de desplomarse sobre el suelo. ¿Acaso la visión del ovni lo había curado de su racismo xenoislamjudioindioafrohomofóbico? ¿Acaso el encuentro cercano con una inteligencia superior le había devuelto la memoria? Corrimos para socorrerlo, pero no había mucho que pudiéramos hacer, y luego de comprobar que aún respiraba, volvimos a reparar en la nave y en la secuencia todavía en progreso de sus transformaciones, pues de misil balístico había pasado a ser espada, de espada a pluma de escritor, de pluma de escritor a flecha con punta dorada, de flecha con punta dorada a pájaro carpintero y así hasta que, finalmente, la nave extraterrestre había adoptado la forma de una enorme llave antigua que se insertó en una nube oscura con apariencia de orquídea, no: de gruta, no: de boca, no: de vulva, no: de cerradura. Aquí el ovni había girado sobre un eje horizontal, como si alguien moviera la llave, y luego escuchamos un ubicuo clic metálico de apertura y un chillido agudo que nos hizo cerrar los ojos y taparnos los oídos. Cuando sentimos que pasaba el estruendo volvimos a mirar hacia el cielo, y entonces notamos que en lugar de todo lo que habíamos visto antes había ahora una puerta roja con una aldaba de salamandra dorada que flotaba sobre nosotros y que paulatinamente fue perdiendo altura hasta plantarse sobre el suelo.

Me acuerdo de que todos estábamos paralizados pero curiosos, y que el suspenso hizo que desorbitáramos los ojos cuando, sin que nadie tocara la aldaba, nos dimos cuenta de que el picaporte se movía y que la puerta roja se abría hacia adentro para mostrarnos el mismo paisaje en el que estábamos, solo que en una versión fértil en la que la vegetación recobraba su lozanía y los árboles eran frondosos y parecían susurrar suaves secretos compartidos por la brisa. Instintivamente, pensé que si la puerta se abría era porque los extraterrestres querían que ingresáramos y entonces me reincorporé y comencé a avanzar en dirección al paisaje paradisiaco, pero cuando estaba a dos pasos de la puerta vi que alguien aparecía al otro lado y, sin llegar a traspasar el umbral, se quedaba apoyado contra una de las jambas del marco: era el extraterrestre, el viajero —el otro.

Me quedé viéndolo, atento pero sin entender mayor cosa, como cuando uno se enfrenta al *Finnegans Wake* o una exposición de arte moderno. El extraterrestre no tenía tentáculos ni era cabezón o enclenque como los monstruos intergalácticos en el cine y parecía más bien un hombre de mi edad, solo que más apuesto, solo que más saludable, solo que más sabio, solo que más satisfecho, y estaba completamente en pelotas pero sonreía sin pudor, observándonos a todos con unos ojos profundos, en los que parecía caber toda la comprensión del cosmos, el alfa y el omega, el túnel cristalino de la totalidad del espacio-tiempo, los infinitos universos que tal vez compongan el multiverso, las generaciones pasadas y futuras, el yin y el yang, lo apolíneo y lo dionisíaco, tus sueños y los míos, nuestros temores y esperanzas, nuestras angustias y felicidades, todas las permutaciones de los números y las palabras, todos los libros, todas las películas, todas las canciones, todos nuestros silencios, todos los etcéteras, todos los cataclismos, todas las maravillas —absolutamente todo. Sin que me ayudara a esclarecer sus propósitos, vi además que el otro traía consigo un reloj de arena que puso a correr en cuanto apareció y una caja como de cartón corrugado en la que se alcanzaba a distinguir, en color verde, el símbolo tripartito de contaminación radiactiva.

Cuando me vio aproximarme, el extraterrestre asintió con la cabeza, como si me saludara o me reconociera, pero no me dijo nada y ese gesto me llenó de dudas. ¿Qué sucedía? ¿Quién era ese ser maravilloso? ¿Era en realidad una criatura intergaláctica? ¿O se trataba más bien de un habitante de otro universo que en ese momento rozaba el nuestro? ¿Era acaso un viajero del futuro? ¿Qué buscaba? ¿Qué quería? ¿Qué traía dentro de la caja? Entonces sentí que me llenaba de optimismo por la posibilidad de entablar contacto con el viajero y lo saludé, pero el otro pareció no comprenderme, y lo mismo ocurrió cuando Clara Luna llegó con un mensaje de bienvenida escrito con enormes letras cursivas, y cuando Marcel se animó y se acercó para decir "Ça va, monsieur l'extraterrestre?". Inútilmente, tratamos de saludarlo en otros idiomas, pero el otro no respondió al inglés (la lengua franca de los extraterrestres en las películas), ni al italiano, ni al portugués, ni al alemán, ni al japonés, y cuando William trató de comunicarse empleando el frío lenguaje cósmico de las matemáticas (con fórmulas y guarismos que escribió en una página que arranqué de mi cuaderno de notas) pensamos que al fin el otro iba a responder alguna cosa, pero en lugar de eso dejó de prestarles atención a nuestras maromas y luego se quedó observándonos con un gesto ensombrecido que al principio confundí con lástima pero que no era otra cosa que amor y simpatía por nuestro actual estado de pérdida.

¿Qué quería decir este dislate? ¿Cuál era el protocolo que debía seguirse cuando uno se topaba con un extraterrestre? ¿Cómo se comunicaba uno con el representante de una especie superior? Entonces, sin que nada me hubiera preparado para el milagro, vi que el otro dirigía su atención a la pequeña Léna, y que la niña miraba al viajero mientras, con un gesto solemne, le transmitía un mensaje abstracto y complejo hecho de las señas físico-filosóficas que yo le había enseñado y que la bebé no había empleado, no porque no me hubiera comprendido, sino porque hasta entonces no había tenido nada importante que decir. Aturdido y eufórico la vi hacer las señas de bienvenida, otredad, alegría, *hic et nunc* y propósito, y el corazón casi se me revienta de fervor cuando giré y vi que el extraterrestre dejaba la caja sobre el suelo y le respondía a mi sobrina con el mismo lenguaje de señas. Así, lo vi decir, entre otras cosas, lejanía, exploración, tiempo, prolepsis y la seña que quiere decir *sub specie æterninatis*. No entendí todo lo que se comunicaban, porque en el torbellino de la confusión todo me daba vueltas, pero me pareció que en un momento el viajero preguntaba por qué todos estábamos tan tristes y vi que Léna señalaba a A. (quien no dejaba de acariciar el cadáver de Segismundo) y que luego hacía las señas para decir muerte, luto y silencio. Aquí el otro había asentido como si comprendiera perfectamente y luego hizo las señas para decir Heráclito, flujo, Nirvana, conflagración, espejismo, y finalizó cerrando el puño frente a su rostro para luego abrir los dedos lentamente, en una breve explosión dactilar que quería representar el universo en el instante del *Big Bang*.

"Valentía", dije entonces en voz alta, haciendo de intérprete. "Nada se acaba; todo se transforma".

El viajero sonrió en aprobación; después señaló a A., y con un índice engarabitado le indicó que se acercara al marco de la puerta. Mi mujer se levantó con dificultad y caminó sin miedo hasta que estuvo frente a frente con el otro. El extraterrestre (o el viajero del futuro) limpió el llanto de las mejillas de mi mujer, con un derroche de amor y ternura, y antes de cualquier otra cosa, puso sus manos sobre el vientre abultado donde mi hijo esperaba, en su oscuridad húmeda, en su penumbra primigenia, a que se hiciera la luz. No sé si fueron las cosquillas de aquel contacto, pero cuando el otro le tocó la panza, mi mujer comenzó a reír, y también el viajero comenzó a reír, y pronto la risa se nos había contagiado a todos y durante dos o tres minutos nos unimos en una carcajada inocente y prístina que terminó cuando el viajero quitó las manos del vientre de A. para limpiarse las lágrimas de los ojos. Fue en ese instante cuando lo vimos tomar el cuerpecito inerte de Segismundo, agarrándolo por el pellejo, e inclinarse para abrir la caja con el símbolo de contaminación radioactiva. Entonces vimos que el viajero, en un acto de prestidigitación o de literatura, sacaba a otro Segismundo de la caja —solo que vivo y contento como si el accidente con el gordo fofo no hubiera ocurrido nunca— y luego de guardar al gato muerto, depositaba al gato vivo como una ofrenda sobre las manos abiertas de mi mujer.

"¡Qué poesía, qué poesía!", dijo Miranda, curada súbitamente de su fobia a las repeticiones.

"¡No entiendo nada!", dijo Clara Luna.

"Le chat, il est mort ou pas?", preguntó Marcel.

"¡Quod erat demonstrandum!", celebró William y luego me miró con urgencia: "Pregúntale de dónde o de cuándo viene", dijo, pero cuando logré concatenar las señas de la pregunta vi que el reloj de cristal dejaba caer el último grano de arena y que en ese instante el viajero agarraba sus bártulos, y tras soplarnos un beso que nos llegó como una brisa dulce, elevaba la mano derecha para despedirse. Yo también quise decirle adiós al otro y le hice la consabida seña con la mano, y mientras me despedía no pude zafarme la impresión de que volvería a encontrarme con el viajero en alguna otra intersección del espaciotiempo y que mi seña en realidad no quería decir adiós, sino hasta pronto. Entonces lo vimos dar dos pasos hacia atrás y cerrar la puerta lentamente, con un clic metálico de clausura, y luego la puerta se fue desvaneciendo, poco a poco, partícula por partícula, hasta que desapareció completamente de nuestra vista.

... *un violonchelo en* vibrato *entre las piernas de su intérprete; la hora cósmica que marcan los eclipses; el óctuple sendero y la sonrisa sabia de Buda (más coqueta que la de la* Mona Lisa*); la bondad de Sancho Panza; las abigarradas pesadillas del Bosco; el milagro inefable de conocer el mundo por los ojos; atragantarse con el perfume de los recién nacidos;* La gran ola de Kanagawa; *el aroma fresco del petricor en el asfalto; el silencio de las bibliotecas; el cielo nocturno poblado de estrellas (o sus fantasmas refulgentes); las matrioshkas (una dentro de otra: dentro de otra: dentro de otra); los elefantes y las zebras; el* Tao Te King; *el laberinto intransferible de las huellas digitales; las palabras onomatopéyicas como "trueno" o "susurro"; la angustia brutal de los poetas malditos; el tejido interminable de Penélope; las argucias narrativas de Scheherezada; el sabor íntimo de las mujeres; el apaciguador sonido de los metrónomos (y mi corazón, otro metrónomo, siguiendo el ritmo del multiverso)...*

8

En cuanto partió el viajero comenzaron los milagros —uno tras otro, como si los dioses quisieran despilfarrar todas sus dádivas.

El primero ocurrió en William Guillermo, pues cuando volvimos a quedarnos solos, mis hermanos comenzaron a desprenderse de su corporeidad amalgamada y, en un proceso orgánico medio grotesco y medio fascinante, vimos que durante un instante tenían un solo torso pero dos cabezas que primero miraban en direcciones contrarias como el dios Jano y que luego giraron para observarse alegres y estupefactas. La transformación había sido impresionante, ya que durante un par de segundos pudimos ver la duplicación de los órganos internos (dos hígados, cuatro riñones, dos corazones palpitantes), como si William Guillermo hubiera sido cercenado por un espejo, y todos nos quedamos boquiabiertos hasta que la criatura bicéfala quedó convertida en dos hombres apenas unidos por los pliegues que, al final, se zafaron de sí mismos para después unirse en un abrazo fraterno de emoción y reconocimiento:

"¡Mucho gusto!", dijo William.

"¡Encantado!", respondió Guillermo, y mientras los demás nos enfocábamos en otras maravillas, mis hermanos se quedaron conversando, uno frente al otro, desatrasándose de los avatares y los chismes de sus propias vidas.

Después o quizás al mismo tiempo tuvo lugar la metamorfosis del paisaje. Al principio pensamos que era una ilusión óptica, creada por las nubes o fabricada en nuestras mentes por el torbellino de emociones recientes, pero luego quedó claro que el paraje polvoriento y estéril al que habíamos llegado comenzaba a ceder a la fecundidad y que, en un abrir y cerrar de ojos, el césped crecía de la nada y erizaba el campo con una vellosidad verde y musgosa que no solo refrescó el aire sino que hizo que los árboles se irguieran orgullosos por sus nuevos frutos y que los viejos surcos de arroyos secos comenzaran a canalizar ríos límpidos en los que enormes salmones rosados nadaban a contracorriente.

Una vez transformado el paisaje, fue el turno de mi madre, quien, sentada en el suelo junto a papá (todavía inconsciente), comenzó a tocar en la guitarra una melodía jubilosa que, sin la necesidad de palabras y solo con ágiles arpegios, desafiaba el silencio categórico de la muerte y exaltaba la inexpugnabilidad del arte y de la vida, mientras que atraía a los otros con sus rítmicas cadencias:

"Le temps! Il est retrouvé!", oí que decía Marcel, conmovido por la música y llorando de la felicidad mientras besaba alternativamente a Léna y a Miranda. Cerca de ellos, Clara Luna miraba un punto impreciso del firmamento:

"¡No estamos solos en el cosmos!", decía, enternecida. "¡Los otros existen!".

Curioso por el cambio repentino en mi madre, me acerqué yo también al núcleo de donde brotaba la música y me bastó verle la mirada suave y los dedos acariciando las cuerdas para saber que el largo luto por el abuelo se le había esfumado luego de nuestro encuentro con el viajero misterioso, y que mamá era ahora representante y profeta de una actitud distinta ante la vida:

"Uno no elige, mi amor", me susurró al verme. "Uno es el elegido. Uno no llega: uno ya es su propio destino".

La miré sin comprenderla pero no tuve que pedirle explicaciones, pues ella misma adivinaba mi extravío: "A la larga no eres tú ni yo ni nadie quien recorre estas carreteras y autopistas", me dijo sin dejar de tocar la guitarra, como si lo que me decía fuera la letra de una canción improvisada: "Todos somos apenas los caminos transitados por el viajero interminable de la vida".

Las palabras de mamá sonaban esenciales pero no dejaron de parecerme enigmáticas o trilladas, como los mensajitos dentro de las galletas chinas, y aunque entonces no pude asimilarlas me alegró verla distinta, plena, con la sabiduría sosegada que existe al otro lado de la pérdida. ¿Qué había detonado estos estados de excepción? ¿Qué influjo extraño y misterioso había ejercido la llegada del viajero? ¿Acaso la fortuna me deparaba a mí también un obsequio semejante?

Entonces, ilusionado por estos cambios repentinos que ocurrían en los otros, traté de zafarme al oscuro bicho de la melancolía, pensando que tal vez ese fuera mi regalo inesperado, pero cuando me llevé las manos a la cabeza el parásito me lanzó varias tarascadas de fiera rabiosa y luego afianzó su agarre doloroso enterrándome las uñas en el cuero cabelludo. Así, con sus garras aserradas, el parásito me abrió un par de heridas en la frente que tuve que restañar con el borde de mi camisa y luego, cuando ya no vi más sangre, fui hasta el lugar donde A. jugaba con Segismundo, diciéndome que a lo mejor mi regalo fuera la habilidad recuperada de entender a mi mujer. La vi dicho-

sa de tener en sus brazos a nuestra mascota plurieidética y pensé que esa dicha era síntoma del cambio lingüístico que yo anticipaba, pero cuando le comuniqué mi esperanza y le pedí que me dijera alguna cosa, vi que A. sacaba otro bocadillo de diálogo con un extenso mensaje cifrado:
"BCKBGCQQURLCAWMIDYVYZVPJZHZMZP-YOHSWQRRAVPQXDCY".

Saqué mi cuaderno de notas y en la lista apropiada anoté este último mensaje, para no perderlo en caso de que encontrara la manera de comprenderlos, si es que existía tal cosa, y cuando terminaba de transcribirlo vi que un inmenso goterón caía sobre la página abierta y desfiguraba la tinta, dejando un reguero oscuro como la pestañina corrida de una mujer en pena. Entonces elevé la mirada al cielo y observé que las nubes antes dispersas se habían vuelto a congregar sobre nosotros y que habían decidido, por consenso, soltar un aguacero torrencial que cayó como un telón tejido de diluvio sobre la tramoya de ensueño en la que nos movíamos. Sorprendidos por el chubasco comenzamos a ir en dirección a la furgoneta, para guarecernos de los elementos y porque ya era hora de seguir con la travesía, y mientras los otros organizaban sus cosas y se montaban a la máxivan, vi que mamá trataba sin mucho éxito de arrastrar el cuerpo de mi padre, tendido sobre el fango, y entonces fui hasta allá para socorrerlos:

"¡Todavía no vuelve en sí!", dijo mamá cuando me vio llegar y, pensando que lo ayudaría a despertarse, agarró a papá de las solapas y lo abofeteó fuerte hasta sacarle un lustroso carmesí en las mejillas. Como papá no reaccionaba le dije a mamá que se adelantara y se pusiera a salvo de la lluvia y luego cargué a mi padre para llevarlo a la furgoneta. Recuerdo que lo levanté del suelo sin el menor esfuerzo y que me perturbó la ingravidez de su cuerpo, como si hubiera cargado no a un hombre de casi setenta años sino a un infante recién nacido o como si estuviéramos en un planeta regido por una gravedad menos inclemente, y que esa ligereza recalcó en mi consciencia la fragilidad de los cuerpos, cuyo barro esencial se va secando con los años en su carrera imparable hacia la insustancial meta del polvo y la ceniza. Así, un poco apesadumbrado por la levedad de mi padre, empecé a andar hacia la máxivan, pero a mitad de camino noté consternado que uno de los arroyos que me separaban de los otros había crecido, envalentonado por el aguacero, y se perdía por la pendiente con el ímpetu espumoso de un rápido furibundo.

No había puentes, no había balsas; mi familia estaba de un lado del torrente y yo estaba del otro, con mi padre en los brazos, sin saber cómo íbamos a reunirnos. ¿Qué debía hacer? ¿Esperar a que el aguacero amainara y que el arroyo volviera a su ritmo sosegado para poder cruzarlo? ¿Caminar por la orilla en busca de un vado que me permitiera atravesarlo sin peligro? ¿Aguardar hasta que alguien llegara para salvarme? Entonces, mientras evaluaba mis posibilidades, recordé al gordo con el *maillot* del Tour de Francia y sus hazañas en la bicicleta, de modo que, llenándome de optimismo, me dije que el regalo que me había dejado el viajero seguramente era la solución a mi problema de densidad y que, si en verdad era mi propósito, si en verdad era mi deseo, podría correr y cruzar la riada de un solo salto que me dejara junto a mi familia al otro lado de la corriente. Me acuerdo de que la idea del salto me embargó con una certidumbre rotunda que me erizó la piel y me hizo ignorar las probabilidades remotas de lograrlo, y que antes de que lo hiciera consciente ya me encontraba dando varios pasos hacia atrás para tomar impulso:

"¡¿Pero qué coños estás haciendo, requetecontracretino?!", preguntó a los gritos el oscuro bicho de la melancolía, siempre adepto al pesimismo, pero algo dentro de mí decía que no debía hacerle caso a la actitud derrotista del parásito, sino confiar ciegamente en lo imposible, y que saltar el torrente iba a ser una labor fácil y sin remordimientos, como brincarse los sosos prefacios académicos o las introducciones laudatorias que tantas veces ponen de adorno en los libros. Entonces asumí la posición de listos en una competencia olímpica de salto largo, y cuando estalló un trueno que tomé como señal de inicio, comencé a correr con todas mis fuerzas, como si quisiera desprenderme de mi sombra, como si quisiera dejar atrás todos mis problemas, como si al otro lado me esperara la mejor versión de mí mismo, y seguí corriendo o creyendo que corría hasta que estuve cerca de la orilla y, encontrando un punto firme de apoyo, salté con la ilusión de atravesar volando los dos metros que me separaban de los otros y la continuación de nuestro viaje, y durante un fugaz instante me creí la propia ficción de mis esperanzas, mis inverosímiles quimeras, pero fue cuestión de dar el brinco para constatar que mi problema de densidad no se había resuelto y que el centro de la tierra me reclamaba sin excusas, y fue así como caí junto a mi padre en medio de un aluvión violento que nos revolcó a ambos con su portentoso caudal de pesadilla…

9

En general soy un nadador decente, pero con la corriente encabritada y con papá en los brazos era difícil mover las extremidades y apenas logré salir a flote, y aunque al caer al agua pensé que simplemente encallaría por mi peso supremo y que entonces William y Guillermo podrían remolcarnos con ayuda de una soga, el río nos arrastró como a barquitos de origami y nos alejó de los otros, llevándonos montaña abajo en dirección hacia el estuario.

Traté de conservar la calma, para no perecer por luchar contra la corriente, pero tras varias leguas a la deriva un remolino me arrebató a papá y, sin que pudiera hacer nada, vi que el río se lo llevaba velozmente (flotando boca arriba, por fortuna) mientras yo me debatía contra el agua vertiginosa y el oscuro bicho de la melancolía me halaba el pelo y se aferraba de mis orejas al tiempo que daba agudos gritos de pánico que organizaba en los puntos y las rayas del SOS. Después debí haber perdido el conocimiento, pues aunque tengo imágenes vagas de un cardumen de peces dorados y la colaboración de un delfín rosado y risueño, lo próximo que recuerdo con certeza es que me encontraba en un remanso del río, de rodillas sobre la tierra húmeda, vomitando el agua que había tragado por los tumbos y los revuelcos y con un frío extraño calado en los huesos que en vez de tiritar me puso a maldecir mi poca suerte y mi propensión a las desventuras.

¿En dónde estaba? ¿Qué había sido de papá? ¿Cómo haríamos para reunirnos con los otros? Con los miembros anquilosados me arrastré hasta una piedra seca en la ribera y durante un rato tomé el sol como un lagarto mientras pensaba qué debía hacer. Mi celular estaba roto o se había quedado sin batería, pero mi cuaderno de notas (aunque empapado) seguía legible y se me ocurrió que era oportuno redactar una lista de naufragios célebres, incluyendo al Titanic y a los restos de la nave española encontrada por Robinson Crusoe. Al principio el bolígrafo no me funcionó, pero luego de ciclografear en un rincón de la página en blanco la tinta fluyó como si nada, y mientras yo escribía, el parásito sobre mi cabeza comenzó a sacudirse el agua del pelaje como un perro tras la lluvia. Cuando estuvo seco y esponjoso, me increpó severamente:

"¿Y ahora qué vas a hacer, pelmazo?", me preguntó mientras me encendía un cigarrillo mentolado.

Decidí no responderle nada y simplemente me paré cuando tuve las fuerzas y comencé a caminar por el monte hasta que encontré una carretera que seguí sin saber adónde iba. El cielo se había ensombrecido repentinamente, como si un velo luctuoso cubriera el mundo entero, y el aire estaba inflamado por los graznidos de centenares de cuervos que me escrutaban desde las ramas de los árboles con ojitos intensos en donde parecía brillar una chispa de reproche. Aunque sabía que no me entenderían, les grité que nada de lo que había ocurrido era mi culpa, y para mi sorpresa vi que ante mi grito los pájaros abandonaban sus posiciones al unísono, dejando las ramas desnudas como si de la nada hubiera caído el invierno más pleno.

Me sentía frío, amargo, desconsolado. ¿Hacia dónde me dirigía? ¿Qué hora era? En un teléfono de emergencia que encontré al lado del camino traté de ponerme en contacto con alguien que pudiera ayudarme, pero la línea de urgencias estaba rota u ocupada y tras varios intentos fallidos supe que nadie iba a venir en mi auxilio y que yo mismo tenía que diseñar y emprender mi propio rescate. Me dolían las articulaciones y sentía los músculos magullados, pero lo que más me incomodaba era no haber podido ayudar a papá y haberme separado de los otros, sin contar el hecho incontrovertible de que ahora no había manera de llegar a tiempo para nuestro viaje en globo en el valle al otro lado de Monte Misterio, y que ahora sí perdería el dinero no reembolsable de la reserva. Solo para ver qué ocurría marqué entonces el número de las oficinas de Globos Panamericanos, con la idea de que alguien aceptara mis disculpas, pero nadie contestó el teléfono, y al final de los repiques solo escuché la grabación del buzón de mensajes que, por sus rimas endecasílabas, tenía que ser la voz de Absalón Montgolfier:

> *La nave oscura de lo que añoramos*
> *Suele alejarnos de lo que tenemos.*
> *En el espejo del ayer nos vemos:*
> *Esclavos del tiempo, ay, no sus amos.*

> *Estamos próximos al abordaje*
> *De un vuelo hecho de ímpetus y arcanos.*
> *No hay nadie en Globos Panamericanos:*
> *Después del tono deje su mensaje…*

Me imaginé que Montgolfier se encontraba ya en el hangar al otro lado del Monte Misterio y que por eso no había nadie que contestara los teléfonos, y esa conclusión me hizo sentir débil y resignado, como una fiera de circo que empieza a acostumbrarse a su propio cautiverio. A lo mejor necesitaba desahogarme, vocalizar mi sensación de desgracia, y tal vez por eso dejé en la máquina un mensaje largo, entrecortado por mis sollozos, en el que explicaba todos los imprevistos de nuestro viaje y le ofrecía excusas al poeta-piloto por haber incumplido con mi compromiso y por hacerle perder el tiempo. Después seguí caminando, atento por si veía un vehículo que me pudiera arrimar a cualquier parte, pero la carretera era una zanja inhóspita en medio del paisaje, y durante una hora de camino anduve solo con mi parásito y mi sombra, hasta que un humo gris comenzó a inundar la atmósfera y a obstaculizar la visión de todo. Pensé que el humo era consecuencia de un incendio forestal, tal vez causado por el ave fénix, pero no alcanzaba a ver las llamas ni sentía el calor del fuego y luego de algunos minutos la humareda se hizo tan densa que para poder avanzar tuve que ir a gatas por la mitad de la carretera. Aunque el humo estaba menos apretado cerca del suelo, igual me irritaba los ojos y me hacía toser como a un viejo acatarrado, y para poder respirar mejor me quité la camisa y me la amarré sobre la cara para que me sirviera de filtro; pero pese a que me incomodaban mis circunstancias y me desesperaba el extravío, lo que más me molestaba era que en ese ambiente hostil el oscuro bicho de la melancolía parecía respirar con más satisfacción, y mientras yo jadeaba al borde de la asfixia, el parásito inhalaba hondo y suspiraba a cada rato, como si aprovechara el aire límpido de un sanatorio para tuberculosos en la mitad de los Alpes:

"¡Qué puta delicia!", decía soezmente mientras me agarraba del pelo, como si mis greñas fueran bridas para controlarme: "¡Arre, narrador!".

Seguí andando no porque el oscuro bicho de la melancolía me lo dijera, sino porque era eso o perecer de soledad e hipoxia, y al fin comencé a ver extrañas casas y edificaciones hechas de humo, y sin que nadie tuviera que decírmelo, supe con una misteriosa certeza que ese lugar mustio era Pueblo Triste. Esperanzado por encontrarme en un lugar con nombre, me puse de pie y me organicé la ropa y anduve por las calles de la periferia, atento por si veía una estación de policía o cualquier comercio abierto, pero el lugar tenía el aspecto de estar desalojado o en toque de queda, y todas las construcciones que vi tenían las puertas y las ventanas canceladas con tablones por cuyas rendijas se escapaban vahos negros de hollín y podredumbre. Entonces, cuando me adentraba hacia el centro del pueblo, todavía en busca de alguien que pudiera socorrerme, vi que había una multitud de hombres y mujeres viejos y desnudos organizados en hileras sobre las aceras, y aunque esta visión me dio susto, lo que verdaderamente me sobresaltó fue que todos me seguían con la mirada al tiempo que apuntaban hacia el fondo de la calle por la que yo andaba, como indicándome un punto al que debía dirigirme.

"Necesito ayuda", le dije a uno de los viejos sobre la vereda, pero el anciano pareció no escucharme y ni se inmutó cuando le hablé. Al verlo de cerca, noté que tenía una cicatriz en el pecho como si le hubieran hecho una cirugía de corazón abierto, y cuando me puse a detallar su rostro me di cuenta de que aquel anciano era idéntico al recuerdo que yo tenía de mi abuelo muerto, solo que más seco y enjuto, como si su figura hubiera continuado marchitándose en los rincones lóbregos de mi memoria.

"Me separé de mi familia", le dije entonces, impulsado por la confianza de ver un rostro conocido: "Me caí a un río junto a mi padre y la corriente se lo llevó no sé adónde".

El viejo me miró, pensé que conmiserándose por mi estado, pero en lugar de brindarme ayuda se llevó un índice a los labios para decirme que me callara y luego volvió a apuntar hacia aquel punto impreciso de la calle, y aunque volví a pedirle que me ayudara, el viejo volvió a ignorar mis súplicas hasta que me quedé sin más remedio que caminar hacia el punto que señalaban todos los ancianos.

Fue así como llegué al Museo en Miniatura de la Barbarie, emplazado en un viejo castillo como de cuento de príncipes y hadas, cuyos salones habían sido reformados para exhibir las miniaturas hechas por un tal Isidoro Hart, historiador pequeño pero corpulento que hacía las veces de curador, recepcionista, guía y conserje y quien, al verme, dio inicio a un tour explicativo por el museo sin esperar a que yo le dijera a qué venía ni a que yo pagara por la entrada. La verdad es que no tenía ganas de hacer el tour, porque pensaba que la historia de la civilización y sus excesos no era lo mío, que no tenía nada que decirme, y además me deprimía el tema de la exhibición, pero luego se me ocurrió que a lo mejor allí podía encontrar a papá, pues recordé que algunas horas antes había expresado su deseo de visitar el museo, y después de sopesar mis dudas decidí seguir al historiador hacia la primera sala del museo.

"Mire", dijo Isidoro Hart luego de abrir las puertas batientes y señalando el lugar con sus manos abiertas: "Asómbrese, ilústrese".

Al principio pensé que todo era una broma, porque aparte de algunas estanterías vacías no había nada más en aquella habitación inhóspita, pero cuando comencé a reír el historiador me entregó una hermosa lupa con mango de oro y me instó a que examinara una de las repisas. Entonces me incliné, observando a través del lente, y descubrí que los anaqueles estaban llenos de minúsculas representaciones de episodios violentos, tanto íntimos como públicos, que cubrían el periodo de la humanidad desde el descenso de los árboles hasta la invención de la computación cuántica. Así, una de las miniaturas exhibía al primer *Homo sapiens* que, consciente de la gravedad de su acto, asesina a su hermano; otra mostraba a una mujer en el acto de ser sodomizada a la fuerza por un legionario romano; otra era la representación a escala de la crucifixión de Jesús... Me acuerdo de que, aunque pequeñísimas, las representaciones eran artificios hiperrealistas cuyos figurines humanos parecían sufrir realmente, sangrar realmente, morir una muerte verdadera, y aunque la inspección de la primera repisa me dio náuseas y me activó un reflujo amargo de bilis, la curiosidad por el trabajo de Isidoro Hart fue más fuerte que el malestar y a pesar de todo seguí con el tour por el museo, impresionado por las miniaturas terribles del historiador: en una vi a un niño en el acto de ser castrado por un soldado mongol, en otra vi a una mujer acusada de brujería ardiendo en una hoguera, en otra vi a un conquistador desmembrando a un aborigen en el Nuevo Mundo...

"Es espantoso", susurré, pasmado.

"Mire esta sección", dijo el historiador como si no me hubiera escuchado y acto seguido me llevó a una nueva sala con otras estanterías donde el ojo desnudo no discernía nada pero en las que, a través del lente de aumento, el visitante podía ver otros instantes de barbarie. En una de las miniaturas vi una escena de batalla de la Rebelión Taiping, en otra una pila de cadáveres raquíticos incinerados por oficiales de las SS, en otra vi a un sacerdote salvaje con la sotana abierta y frente a él a un niño de unos diez años en una humillante *fellatio*, en otra vi a un grupo de cazadores serruchando los marfiles de un elefante todavía agonizante, en otra vi a un policía de fronteras ejecutando por la espalda a un inmigrante, en otra la representación del genocidio camboyano, en otra vi la sala de la corte en la que Alan Turing era condenado por indecencia, y todavía en otra vi un feto abortado en un tanque lleno de formol: acurrucado, con los ojitos cerrados, soñando la pesadilla de la ambición y la desidia.

"Parecen tan reales", fue lo único que atiné a decir, y por el rabillo del ojo vi que Isidoro Hart asentía con simpatía y que después sacaba pecho de puro orgullo:

"La gente y los animales están hechos de cera y fibra de coco", dijo entonces, "pero todo lo demás es real: los cuchillos tienen filo, los tanques son capaces de disparar municiones, y si metiera un dedo en esas llamas diminutas, le aseguro que se quemaría".

El tipo parecía hablar en serio pero yo no sabía si creerle, y por puro escepticismo acerqué mi dedo al pequeño fuego en el que ardía una pila de cuerpos humanos, pero lo tuve que quitar enseguida porque me quemé con las llamas agrestes de la xenofobia y el terror:

"¿Cómo lo logra?", pregunté, lívido de tristeza.

"Nanotecnología, compañero: impresión tridimensional a escala molecular. No se imagina lo que ha avanzado la ciencia. Así, en miniatura, tengo una copia funcional del Enola Gay, de la guillotina que decapitó a María Antonieta, de las últimas ojivas nucleares, de las máquinas de comunicaciones utilizadas por los nazis, de las tres carabelas que cruzaron el Atlántico, de las computadoras que llevaron al hombre a la Luna, y en este momento me encuentro construyendo una sección del muro que crece entre San Diego y Tijuana".

"¿Por qué lo hace?", pregunté. "¿Por qué miniaturas?".

Isidoro Hart sopesó la respuesta y mientras tanto vi que el rostro se le llenaba de amargura. Después dijo:

"Las cosas suceden, el tiempo pasa, y de la barbarie queda un recuerdo que se desvanece. Para seguir con la vida, la humanidad ignora estos episodios de fuego, sangre y mierda, hasta que por la lejanía y la indiferencia las masacres quedan convertidas en fechas conmemorativas, y los asesinatos y las injurias parecen fábulas sin moraleja. La historia es una colección de barbaries que queremos olvidar y que el tiempo vuelve en apariencia más y más pequeñas, más y más insustanciales, pero yo sostengo que siguen intactas, y que tenemos que cambiar la perspectiva: vivir como si la violencia del pasado fuera nuestra contemporánea, para no olvidarla, para no repetirla...".

Hicimos el resto del recorrido en silencio y durante todo el rato me sentí culpable, pequeño, frágil, incompleto. Cuando el historiador me quiso mostrar la tienda de souvenires, le dije que no estaba de ánimo para comprar nada pero le ofrecí un par de billetes para ayudarlo a financiar su proyecto. Isidoro Hart rechazó mi donación cortésmente y me guio hacia la salida:

"¿Ha visto a un hombre de unos setenta años?", le pregunté al historiador antes de marcharme y le describí a mi padre.

"No, compañero", dijo Isidoro Hart. "Hace muchísimo tiempo que nadie viene por acá...".

"¿Cabía imaginar la solución al problema de las colectividades? ¿Era imaginable el fin de la crueldad y del horror? Después de doscientos cuadernos el historiador seguía sin hallar una respuesta, y, sin embargo, todavía con algo de ilusión en su proyecto, había querido persistir en su recopilación de eventos horribles: en los cuadernos posteriores hablaba de los tribunales de la Inquisición y la persecución de brujas (203-215); del exterminio de los indios norteamericanos (216-242); de la conquista rusa en Siberia (243); de la ocupación china en el Tíbet (244); del Apartheid (245-250); de la guerra del Peloponeso (251-259); de la segregación de los negros en Estados Unidos (260-299); de la guerra entre el islam y el catolicismo (300-367); del ponzoñoso conflicto entre Israel y Palestina (368-387); del absurdo enfrentamiento por las islas Malvinas (388); de la esclavitud en tiempos modernos (389-395); ay, etcétera".

10

Mientras estuve ocupado en la exhibición de miniaturas alguien tuvo que haber tejido una red de calumnias, porque al salir del museo varios de los ancianos que había visto en la calle me aprehendieron y me llevaron, con esposas y grilletes, a un juzgado que tenían improvisado en una sala sin ventanas en el edificio humeante de la biblioteca pública. A los gritos les dije que yo no había hecho nada y que habían agarrado al tipo equivocado, pero cuando me sentaron frente al estrado un gendarme leyó mi nombre completo, la fecha y el lugar de mi nacimiento, los títulos de mis libros publicados y hasta de los inéditos, mi número de cédula y mi tipo de sangre, y después anunció que en breves minutos llegaría el magistrado que estaría a cargo de mi proceso. Pensé que lo mejor sería esperar a que el susodicho juez apareciera y que entonces le explicaría todos mis embrollos, y mientras aguardaba vi que la sala se llenaba de los mismos viejos y viejas que había visto en pelotas en la calle y que ahora me miraban indignados, a la par que mascullaban cosas en secreto.

Cuando la sala estuvo llena, el gendarme llamó al orden y al silencio y entonces pude escuchar los pasos de alguien que se aproximaba y el golpeteo intermitente de algo sólido contra las baldosas: era el juez, un hombre milenario, muchísimo más viejo que todos los otros ancianos que me rodeaban y que, con un bastón de ciegos, se abrió camino entre los curiosos hasta tomar posesión del estrado. De entrada me dio la impresión de haber visto antes al viejo magistrado, pero no supe dónde ni cuándo, y mientras esculcaba mi seso para ver si encontraba el resbaladizo recuerdo, el gendarme se aproximó con un libro grueso sobre el que me hizo colocar la mano para llevar a cabo el juramento. Traté de explicarle que no tenía sentido que un hombre sin patria ni Dios jurara con la mano puesta sobre una Biblia, y que en mi opinión los tribunales y los gobiernos de todo el mundo deberían ser completamente laicos, pero aquí el gendarme lanzó una carcajada de escarnio y me señaló el título en el lomo del gran libro: era la *Odisea*, de Homero. Entonces no pude hacer más que levantar la mano que tenía libre y acto seguido juré con solemnidad decir la verdad y toda la verdad y nada más que la verdad.

"Muy bien", dijo el viejo magistrado. "Comencemos".

Fue así como se dio inicio al juicio de mi vida, una ceremonia bizarra en la que no me asignaron ni asesoría ni abogado y que consistió básicamente en escuchar al magistrado mientras, de manera inexplicable, enumeraba faltas y equivocaciones mías que yo pensé que nadie conocía, pero que el viejo juez recitaba de memoria en tanto ponía en mí sus ojitos velados por los siglos. Al principio me embargó la curiosidad de saber cómo era que mis acusadores se habían enterado de mis yerros y mis pecadillos, pero tras los primeros cargos que se me achacaron cambié la curiosidad por una contundente sensación de culpa y, como un cobarde, traté de formular excusas para justificarme:

"Se le imputa al acusado el delito de ser un perezoso irredimible, un haragán dedicado al ocio y a la contemplación".

"¡Su señoría, observaba apenas el mundo para saber cómo proceder! ¡La quietud no es necesariamente dañina!".

"Se le acusa de haber perdido muchísimo tiempo que pudo haber dedicado a cosas productivas".

"¡El tiempo no existe!", dije. "¡No lo digo yo: lo dice la física moderna!".

"Se le acusa de no haber leído a Tucídides ni a Hegel ni a Aristófanes ni a Molière ni a Garcilaso de la Vega ni a Derrida ni a Slavoj Žižek ni a… —Pero ¿acaso ha leído *algo* el acusado?".

"¡Nadie puede leerlo todo, su señoría! ¡Toda educación es incompleta!".

"El acusado mostró, en la época desperdiciada de su juventud, una palmaria falta de valentía en sus acercamientos a las mujeres…".

"¡Timidez: no temor!".

"… E hirió a no pocas de sus amantes".

"¡El amor es un arma de doble filo! ¡No lastimé a nadie deliberadamente! ¡Yo también he tenido que juntar varias veces las piezas dispersas de mi corazón!".

"Se le imputa además haber descuidado el cuerpo: haber llevado una dieta irresponsable, haber sucumbido a los vicios, haber ignorado los beneficios cardiovasculares del ejercicio".

"¡No es del todo cierto, su señoría! ¡A veces hago ejercicios de calistenia y estiramientos y ejercicios abdominales! ¡En ocasiones prefiero el brócoli y la quinua a las hamburguesas con papas fritas! ¡Mi único vicio siempre fue la literatura!".

"¿Y qué dice del tabaco?", preguntó el viejo, señalando el cigarrillo que el parásito había puesto, encendido, entre mis labios.

"¡No soy yo!", me excusé nuevamente: "¡Es culpa del oscuro bicho de la melancolía!".

"¿Y su consumo de *Cannabis indica*?".

"¡Medicinal, su señoría! ¡Para mi insomnio!".

"Se le acusa además de haber escrito libros inútiles, artificiosos, enredados, llenos de enumeraciones innecesarias y de palabras pretenciosas".

"¡El arte poético no es una cuestión pragmática! ¡Mis errores son parte fundamental de mi estilo!".

"¡Su estilo!", bufó el magistrado: "¿No le parece mezquino, por no decir completamente inútil, preocuparse por ese tipo de minucias habiendo tantos problemas reales en el mundo?".

"Su señoría, con su permiso: creo que lo más pequeño repercute en lo más grande; creo que el arte es uno de los motores de la ética y el amor; estoy convencido de que los estilos en el arte son parte importante de los movimientos telúricos que mueven el…".

"¡Palabras!", me interrumpió el viejo: "Intentos de fuga, vanos embellecimientos, insulsos intentos de asir el mundo, pajazos mentales".

"Le ruego que reconsidere, su señoría: desde cierto punto de vista, las palabras pueden salvar el multiverso".

El viejo juez calló un instante, como si midiera la sinceridad de mis excusas, y luego chasqueó la lengua varias veces, expresando decepción:

"La corte queda indignada por el egoísmo palpable del acusado: no solo es un pusilánime engreído, incapaz de encarar sus errores, sino que además su obsesión por las letras lo ha convertido en un ciudadano indolente, en un hijo descomedido, en un hermano distante, en un amigo intermitente".

"¡He estado ocupado, su señoría, tratando de encontrarme a mí mismo!".

El magistrado arqueó las cejas:

"¿Y qué ha encontrado, si se puede saber?".

La pregunta hizo estallar la risa de la audiencia y me dejó desconcertado, así que cerré los ojos mientras se me ocurría una respuesta legible que resumiera mis modestos hallazgos en el territorio espejísmico de las identidades y la consciencia, pero mi pausa encolerizó al público que estaba pendiente de mis yerros y todos se pusieron a gritar improperios que no se llegaban a entender individualmente, pero que fueron llenando la sala hasta que el ambiente quedó atestado con un rumor grave y obsceno. Cuando abrí los ojos vi que el viejo magistrado enarbolaba un enorme mazo que martillaba sobre el estrado para recuperar el orden, y en el instante en que el silencio se aposentaba vi que el anciano volvía a dirigirme sus ojitos opacos de ciego, su cara llena de reproches, y en un chispazo de anagnórisis al fin pude reconocer su rostro erosionado por la decrepitud y, con el corazón frío, comprendí que ese viejo que me juzgaba desde el estrado era yo mismo, o la versión geriátrica de mí mismo pero al otro lado del espejo del tiempo, lo cual explicaba no solo el conocimiento exhaustivo de mis faltas, sino la crueldad misma con las que recitaba mis acusaciones. Como si se hubiera dado cuenta de que acababa de resolver el misterio de su identidad, el viejo magistrado ejecutó una sonrisa ladeada impregnada de malicia y procedió, finalmente, con su discurso de cierre:

"La corte sabe, más allá de las pruebas, que todo lo que se ha dicho hasta ahora es verídico e incontestable", dijo. "Al acusado se le imputan, además, las ofensas de obsesionarse con la idea de la muerte, de no reciclar a cabalidad, de discutir con su mujer por pequeñeces, de preferir la soledad muchas veces por orgullo, de orinar en la ducha, de menospreciar el trabajo de sus contemporáneos y de no apiadarse del lector. Ahora bien: la corte está dispuesta a dejar pasar por alto… —¡Silencio, silencio, silencio! La corte está dispuesta a dejar pasar por alto estos excesos y equivocaciones, pero el acusado también ha cometido un delito que no acepta la lenidad ni la indulgencia y mucho menos el olvido: el atroz crimen de no haber aprovechado todas las oportunidades: de haberse gastado en proyecciones o en recuerdos: de haber cometido el acto violento de no ser la mejor versión de sí mismo".

Aquí el gendarme me obligó a ponerme de pie, y acompañado por el sonido de mis cadenas, al otro lado del estrado me miré con lástima y abatimiento: mi cuerpo viejo, mi consciencia arrepentida, mi vejez ahíta de resquemores.

"¿Cómo se declara el acusado?", me preguntó el viejo magistrado. La pregunta era compleja, llena de matices, y sin embargo esta vez no tuve que sopesar la respuesta:

"Culpable", dije.

Perdón por el estéril tedio de largas tardes perdidas, por los insomnios en los que rumié planes y rencores, por las veces que no quise ver el cielo. Perdón por las lágrimas y los "no" y los "pero" y los "te lo dije"; perdón por la indiferencia en los zoológicos, por las veces en que recorté mis uñas sin gratitud, por la terquedad de las primeras impresiones, por maldecir el calor o la lluvia. Perdón por las cosas grandes: por mis cobardías (perdón), por mis soberbias (perdón), por mis impaciencias (perdón); y también perdón por las cosas pequeñas: por mi mala ortografía (perdón), por mi sintaxis enredada (perdón), por las flatulencias en el ascensor (¡perdón!). Perdón por todo, perdón por nada, perdón por no pedir perdón o por pedirlo. Ah, y perdón por las palabras afiladas, lanzadas como dardos ponzoñosos; perdón por las veces que leí con desprecio, pensando que yo era el solo dueño del arte; perdón por los días sin llamas y sin asombro, por la venda que yo mismo puse sobre mis ojos, por las líneas que llegué a redactar sin apuntar al infinito...

11

Era ya tarde en la noche cuando me escoltaron hasta la prisión de hollín y humo, una edificación hecha de vahos densos donde cumplían sus condenas algunos tristes convictos, entre los que se encontraban el hombre que no buscaba en el diccionario las palabras desconocidas, el desdichado que solo pensaba en el mañana, la mujer que preguntaba a cada rato qué era lo que quería decir el autor, la lastimera loca que había sido atrapada por las redes sociales y un tipo chaparro, medio calvo y envidioso que decía amar los libros pero que solo leía el comienzo de las novelas para después despotricar contra los artistas.

Mi celda era pequeña y tenebrosa, amoblada solo con un catre militar y un sanitario de aluminio, pero por lo menos cuando estuve dentro el carcelero me zafó las esposas y los grilletes, y cuando le dije que me moría del hambre me trajo una bandeja en la que reposaba una bazofia que probé anticipando las arcadas pero que, a pesar de su aspecto viscoso, resultó ser una colada deliciosa y reconfortante. Al agradecerle las atenciones, el carcelero me levantó las cejas en una extraña muestra de amistad pero luego, para que los otros lo escucharan y él no perdiera la autoridad, me gritó que yo era un gusarapo criminal y que él mismo se encargaría de hacer de mi estadía un infierno insoportable. Era un tipo grande y lento, que casi todo el tiempo de mi encierro se la pasó peleando con el volumen de una televisión empotrada en la pared, pues en la película de acción que estaba viendo las explosiones y los disparos aturdían como si uno estuviera en la línea de fuego de una guerra verdadera, mientras que las escenas de diálogo acontecían con la afonía dramática de las estrellas en el cine mudo. Cuando me quedé solo en la celda me senté en el sanitario, y mientras llevaba a cabo un procedimiento secundario, me froté las sienes para ver si lograba sacar alguna chispa que iluminara lo que debía hacer entonces, pero sin contactos en el mundo de la justicia ni plata para sobornar al guarda, era improbable apelar contra la sentencia o escapar de la cárcel, y tras apenas un par de horas de encierro me fui resignando a la idea de cumplir los nueve meses de prisión que me había impuesto el viejo magistrado.

Me sentía derrotado por las circunstancias, arrepentido de casi toda mi vida hasta entonces, atemorizado por la perspectiva incógnita de mi futuro. Recostado en el catre, mientras el parásito tomaba una de sus siestas, sentí que el cerebro se me llenaba de una espuma hecha de dudas. ¿Qué iba a hacer encerrado todo ese tiempo? ¿Cómo iba a explicarles a los otros que mi ausencia no era voluntaria? ¿Cómo podría redimirme por no estar presente en el día del nacimiento de mi hijo? ¿Qué sentido podía tener este disparate de sombra y escombros?

De repente, mientras me hacía este tipo de preguntas, sentí que el suelo de mi celda comenzaba a temblar y luego vi que una sección del suelo se abría hacia un vacío subterráneo. Me senté de un brinco, entre curioso y asustado. Mi primer instinto fue llamar al carcelero y decirle que mi celda se derrumbaba, pero antes de que pudiera hacerlo vi que del hoyo que se había abierto en el suelo salía una silueta umbrosa que al principio me resultó desconocida pero en la que al fin reconocí a mi padre:

"¡Este pueblo está construido sobre una inmensa red de catacumbas!", susurró mientras trepaba hasta ingresar del todo a la celda. Tenía el rostro sucio de tierra y cenizas, y además de un uniforme de policía y un casco de minero con una linterna integrada, traía el pico de hierro con el que se había abierto camino.

"¿Qué está haciendo aquí, Generalísimo?", pregunté, confundido.

"No me digas más así, hombre: dime papá".

"¿Qué estás haciendo acá, papá?", repetí.

"¿Cómo que qué estoy haciendo? Pues ayudándote a escapar, genio".

Lo miré perplejo: ¿estaba curado? ¿Había recuperado en verdad su identidad y su memoria? ¿Funcionaría en serio ese improvisado plan de escape? Entonces me paré del catre y, asomándome al pasillo, vi que el carcelero seguía mirando la televisión, aunque con el rabillo del ojo estaba pendiente de los internos. Cuando se percató de que lo observaba, me prestó su atención entera. ¿Se daría cuenta de mi escape? ¿Haría sonar la alarma de emergencia? ¿Haría que nos persiguieran los sabuesos? En lugar de estas cosas, sin embargo, vi que el tipo me guiñaba un ojo cómplice y nos decía adiós con una mano.

"No te preocupes por Luis Virgilio", dijo entonces mi padre, al parecer refiriéndose al carcelero: "Es un amigo".

"¿Cómo un amigo? ¿Cómo te enteraste de que estaba acá? ¿Dónde está tu ropa?".

"Lo que se vive de veras jamás se olvida", susurró enigmáticamente. "También me tocó ver parte de tu juicio. Si me permites una observación, fuiste demasiado duro contigo mismo".

"¿Te parece?".

"Sí, pero se entiende: somos nosotros mismos quienes con más fuerza nos criticamos. ¿Estás listo?".

Le dije que me aguardara un instante y en una página en blanco de mi cuaderno comencé una lista de fugas famosas, entre las que anoté la de Dédalo con Ícaro y la de Papillon y la del conde de Montecristo, y cuando terminé vi que papá me miraba intensamente:

"¿Ya sabes sobre qué vas a escribir ahora?", me preguntó.

Repentinamente el brillo de la alegría se me empañó con un poco de lástima, porque a pesar de que estaba mejor mi padre no había podido recuperar la memoria, y mientras lo miraba tratando de esconder mi dolor y mi amargura busqué en mi seso para ver si esta vez sí podía hallar una respuesta, pero en las conexiones en corto de mis sinapsis solo encontré algo así como el lienzo vacío presentado como la obra suprema de un pretencioso pintor vanguardista:

"No", le dije. "No sé qué voy a escribir ahora. Ni siquiera sé si voy a seguir escribiendo. No sé absolutamente nada".

Papá hizo un gesto de decepción:

"¿Por qué entonces no te dedicas a otra cosa? No es bueno que estés así, tan extraviado".

"No sé, papá", le dije, lleno de lástima por mí mismo: "Hay una fuerza que me impulsa, todavía no sé bien adónde, por el río de las palabras".

"Ah", me dijo, como si comprendiera algo importante: "En ese caso, déjate llevar".

12

La corriente que nos separó había arrastrado a papá hasta el estuario, donde al fin fue rescatado por Luis Virgilio, el guarda de la cárcel, que a esa hora de la tarde practicaba vueltacanelas aéreas y saltos mortales en preparación para una competición internacional de clavados de altura que se llevaría a cabo en Cozumel, creo, o en Providencia. Mi padre estaba desnudo y no sabía qué había ocurrido ni dónde estaba y ni siquiera quién era, así que el guarda lo había llevado consigo a Pueblo Triste, pensando que, si no recuperaba la memoria, el viejo náufrago podría establecerse en el pueblo bajo un nombre inventado, con una profesión cualquiera, hasta que se acordara de su identidad o hasta que alguien viniera a reclamarlo o tal vez hasta el fin de los tiempos.

Al llegar a Pueblo Triste habían puesto manos a la obra: tras vestirlo con uno de sus uniformes, Luis Virgilio lo había invitado a una cantina, y entre cervezas y tequilas, comenzaron a pensar en nombres que papá podría ponerse (Luis Virgilio había propuesto Wolfgang o Darío), trabajos a los que podría dedicarse (papá había pensado en convertirse en ajedrecista o papa), y cuando la incipiente borrachera los unía con su lazo fraterno, los dos escucharon una trifulca que provenía de la calle, y al asomarse para ver qué ocurría, papá me reconoció entre los viejos que me habían puesto las esposas y los grilletes y entonces volvió a saber quién era, más o menos, y tras el fallo que me condenaba, diseñó y puso en marcha el exitoso plan de rescate. Con ayuda de Luis Virgilio había descendido a las catacumbas e, informado del sitio exacto que daba a mi celda, había cavado hasta completar el agujero por donde, finalmente, nos fugamos.

Esta fue la historia que armé con suposiciones y retazos mientras atravesábamos las viejas catacumbas, pasadizos caliginosos y tétricos por donde transitaban ratas y aguas negras y en cuyas paredes de tierra vimos las criptas con los huesos de hombres y mujeres que habían vivido en ese pueblo, y de los padres de esos hombres, y de sus abuelos, y de sus bisabuelos, y de sus tatarabuelos, y así hasta que encontramos los restos difusos del primer hombre y la primera mujer que hacía tanto tiempo habían fundado Pueblo Triste. Pronto me di cuenta, por lo que decía, como lo decía, que papá había vuelto a ser el hombre querido y liberal de antes pero que en definitiva su memoria estaba desbarajustada, no solo porque su historia del rescate era fragmentaria y difusa, sino porque no pudo recordar qué camino tomar para salir de las catacumbas y durante un rato largo, mientras el parásito se acicalaba el pelaje azabache, estuvimos caminando en círculos, buscando cómo volver a la superficie.

Recuerdo que en algún momento de nuestro extravío, sintiéndome apabullado por el cansancio, las miasmas fétidas de las catacumbas y la visión de los huesos de aquellos hombres y mujeres que habían pisado la Tierra en momentos distintos pero que ahora se unían en la eternidad de la muerte, me senté para recomponerme, y para hacerle contrapeso a ese paisaje mortuorio, traté de pensar en A. y en el bebé que ya casi saldría de su vientre y en la vida nueva que nos esperaba, y entonces, sin saber bien qué era lo que ocurría, pensar en el futuro me hizo tambalear en el presente y comencé a hiperventilar y a perder los estribos:

"¿Qué te pasa?".

"No sé", dije. "Tengo miedo".

"¿De qué? ¿Por qué?", preguntó papá, súbitamente azorado. "¿Viste alguna cosa? ¿Un fantasma? ¿Un cocodrilo?".

"No es eso", dije y como en un acto reflejo saqué mi cuaderno de notas para apuntar mientras improvisaba: "Tengo miedo de que mi hijo nazca con seis dedos en una mano, o de que salga con mi propensión a la introspección amarga o a la psoriasis o con cualquier otro desajuste cromosomático; me asusta la idea de tenerlo en mis brazos y que se me resbale y se caiga de cabeza, o de que llore porque le duele algo y yo confunda ese llanto con el llamado del hambre y lo atiborre de comida, o de cosas como la apnea y la ictericia; tiemblo ante el sufrimiento inexorable que experimentará durante alguna fiebre o en los rompimientos amorosos, o cuando se caiga de algún árbol y se quiebre un hueso, o cuando nuestro equipo no clasifique a la Copa Mundo o con cualquier otra desgracia".

"No puedes preocuparte tanto por esas cosas, hombre; no es bueno anticiparse a los infortunios", dijo mi padre. "Todo pasa".

"Aún no termino", dije. "Tengo miedo de que nos separen el tiempo y la cultura: de que mi hijo termine odiando los libros como consecuencia de mi deseo de inculcárselos, por ejemplo, o de que a pesar de la buena educación que pienso darle, crezca favoreciendo lo frívolo por encima de lo detallado, lo fácil por encima de lo complejo, lo obtuso por encima de lo amplio. ¿Qué hago si prefiere los libros de autoayuda al *Quijote*? ¿Qué consejo puedo darle si un día me dice que quiere ser sacerdote o que quiere hacerse piercings en las tetillas o en el escroto? ¿Qué podría decirle si, tras el timón de su propia libertad, termina por elegir los caminos escarpados de la urolagnia o la adicción al bazuco o el gusto por el reguetón o la zoofilia?".

"Tranquilízate, hombre. Respira. Como padre uno es más testigo que creador: aprovecha el espectáculo, no te pierdas los instantes que importan".

"Espera, que todavía me falta: me deja frío del susto el mundo al que va a llegar, un planeta indolente a la deriva del cosmos donde el tráfico de personas y el maltrato infantil y la corrupción y el racismo y la xenofobia y los arcaicos conceptos de naciones y las guerras religiosas y la sobrepoblación y el cáncer y el calentamiento global y el terrorismo y la miseria y los animales en vías de extinción y...".

"El mundo siempre será un reto".

"Aguarda, que me falta lo más importante".

"¿Qué cosa?".

Dudé, mientras trataba de formular mis aprensiones, y entretanto papá dio un par de vueltas, iluminando las paredes con la linterna de su casco, en busca de la salida. Al final, dije:

"Me da pánico pensar que le fallaré en algún momento, que no podré ser siempre el buen ejemplo que querré ser, que un día dejará de verme como a un superhombre y se dará cuenta de que soy apenas un tipo común y corriente, incompleto, lleno de defectos, atiborrado de dudas".

Papá se acercó y me encaró, quitándose el casco para no deslumbrarme:

"Todos cometemos errores", me dijo. "Mi tatarabuelo los cometió con mi bisabuelo, seguro, y mi bisabuelo con mi abuelo, y mi abuelo con mi padre, y mi padre conmigo, y yo con todos ustedes. Pero a pesar de todo no salieron *tan* mal, ¿o sí?".

"No quise... Lo que quería... No sé qué... Perdóname", dije y guardé mi cuaderno de notas.

"Olvídalo: yo no tengo nada que perdonarte; son los hijos los que tienen que perdonarnos a los padres".

Me reincorporé, un poco más calmado, y luego de abrazar a mi padre me puse el casco con la linterna para seguir con la búsqueda hasta que al final dimos con la tapa de una alcantarilla por la que salimos a la carretera. La madrugada estaba fresca y vibraba con un silencio profundo y cósmico.

"¡Mira!", dijo mi padre, señalando al cielo. "¡Es la aurora boreal!".

Giré hacia donde me señalaba y me pareció un poco inusual, porque no estábamos cerca de ninguno de los polos, pero la hermosura del cambio de luces en el cielo hizo que se desvaneciera pronto la sensación de extrañeza y, bajo refulgencias verdes y violetas que se desvanecían como acuarelas en el agua, partimos en busca de los otros. En el camino, acompañado por el zumbido de las chicharras, papá fue rememorando cómo era que había conocido a mamá y cómo había comenzado su vida juntos, una historia que yo ya me sabía de memoria pero que escuché otra vez con los oídos vibrándome de emoción, como si fuera un dios primigenio quien me estuviera narrando el primer cuento de génesis que explicaba la existencia de los hombres, y recuerdo que mientras mi padre hablaba sentí que una ascua de mi apagado amor por los libros volvía a crepitar dentro de mi pecho. Cuando terminó, solo para zafarme de otro peso, le conté que una parte de mis inseguridades y mis retos provenía del hecho de que hacía algún tiempo había dejado de entender a A., y pensando en que podría darme algún consejo, le describí los globos de diálogo que le veía salir de la boca llenos de letras sin sentido:

"Haz de cuenta que son bocadillos", le dije finalmente: "Como en las tiras cómicas".

"Ah. Aquí sí no sé qué decirte," dijo papá y, tras rascarse el occipucio, completó la expresión de su enredo: "¡Las mujeres son un enigma!".

En ese instante algo me vibró dentro del seso y sentí como si las neuronas encontraran la conexión que yo buscaba:

"Un enigma", repetí en voz alta, atando cabos.

"¡Un hermoso enigma!".

Frené en seco, fulminado por la corazonada, y agarré a papá del brazo para que diéramos media vuelta:

"¿Adónde vamos?".

"Tengo que hacer una parada", dije.

Papá me miró confundido:

"¿Qué parada? ¿En dónde mierdas está todo el mundo?", preguntó. "¿Qué coños estamos haciendo en la mitad de la calle? ¿Qué día es hoy?".

Lunes

Carolina y Caroline — La procesión fúnebre — Las mejores piñas coladas del multiverso — Sentimiento oceánico — El poder de la imaginación — El origen de todos los orígenes — Ascenso al Monte Misterio — Una labor como cualquier otra — En la boca del volcán — La solución del enigma — Un filosofillo de segunda — Última lección de lenguaje abstracto — Tercer avistamiento del ciclista — El ave fénix — La hora del retorno

Procura zarpar siempre de los puertos generosos de la Amistad y de la Curiosidad y del Asombro, y aunque sea tentador, no inicies tu viaje desde las estaciones podridas del Tedio o de la Escapatoria: las autopistas del odio son áridos circuitos sin fin, donde uno apenas se desgasta como los galgos en el canódromo, corriendo en vano tras ilusiones baldías y presas falsas. Ve temprano a los museos y a los mercados y a los templos, vuelve tarde a tu hospedaje, evita los restaurantes y las atracciones solo para turistas, conversa con los ancianos y con las estatuas de los próceres y con los gatos callejeros. Siempre y cuando se cumplan las medidas mínimas de seguridad, sube a los volcanes, móntate a las montañas rusas, lánzate de los riscos al agua limpia, nada desnudo con las sirenas, confía en la bondad de los extraños. A menos que tengas el prurito de la fotografía y estés tras una imagen privilegiada, guarda el celular o la cámara: los paisajes más duraderos se guardan automáticamente en el seso y uno los lleva siempre a todos lados. Si quieres, mantén un diario de viajes: colecciona adagios y recetas locales, haz el retrato de tus amores fugaces, pega los envoltorios de las chucherías que comes, anota las revelaciones que se te ocurran, escribe alguna de tus aventuras en una hoja y envíasela a tus padres por el antiguo sistema de correos de sobres y estampillas. Cuando estés lejos y divises conmovido aquellos paisajes extraños, recuerda que —más que al mundo— en realidad durante los viajes y la literatura uno no hace otra cosa que descubrirse a uno mismo. Antes de que te marches, finalmente, asegúrate de dejar algo tuyo en el lugar visitado: una ofrenda, un mensaje, un libro que ayude a otro viajero. Cuando sea la hora de regresar a tu lugar en el mundo, piensa que ahora —transformado por tu travesía— eres en realidad otro hombre, y que no estás regresando al lugar en el que vivías, sino que estás a punto de comenzar una expedición distinta a un lugar por conocer...

1

Desayunamos huevos revueltos y baguettes con mermelada en un bistró sobre la autopista costanera y luego mi padre y yo fuimos a la estación de policía de Playa Blanca para que nos ayudaran a rastrear a los otros. En la comisaría, para nuestra sorpresa, encontramos a las guardabosques gemelas que habíamos visto en el Bosque Milenario y que andaban tras el ave fénix: tenían mapas de la zona desplegados sobre el suelo, con líneas rojas que demarcaban el derrotero de los incendios y varias equis para marcar los puntos en los que habían creído poder atrapar al pájaro mitológico, pero por sus caras (maquilladas solo con hollín) era evidente que seguían sin encontrar más que rescoldos y cenizas. Cuando les contamos nuestra historia nos dijeron que se acordaban bien de la máxivan y que la habían vuelto a ver, hacía no mucho, en las inmediaciones del estuario:

"Si quieren, los ayudamos a buscarlos", dijo una de las gemelas.

"Y si no quieren, también", anunció la otra. "Estamos hasta *aquí* de buscar al pajarraco". *Aquí* era la frente de la guardabosques, casi a la altura de las cejas, y tras un breve concilio en el que discutieron la logística de esta nueva búsqueda, nos invitaron a que nos montáramos a la patrulla, un jeep polvoriento que parecía más el vehículo de un safari que un automóvil policial y cuya cojinería expelía un dulce aroma de durazno. Las hermanas se llamaban Carolina y Caroline, y además del código genético y los nombres casi iguales compartían la pasión por el patinaje sobre hielo y la fobia a los payasos, pero de resto eran mujeres muy distintas, y mientras que a Carolina, por ejemplo, le encantaba dormir hasta tarde y la poesía de Emily Dickinson, Caroline era madrugadora y solo leía libros de ensayos científicos. Obviamente pensé que las gemelas y mis hermanos configurarían dos hermosas parejas o un bonito cuarteto, y mientras avanzábamos por la autopista papá y yo les hablamos de William y de Guillermo, exaltando sus virtudes, minimizando sus defectos y haciendo hincapié en el hecho de que ahora eran dos personas autónomas, con la idea de despertarles el interés y abonar el terreno del amor.

Me acuerdo de que la patrulla avanzaba sin obstáculos por la autopista, que la brisa marítima entraba por las ventanas, despelucándonos alegremente, que desde donde estábamos el Monte Misterio se veía ya más como una realidad que como un vago destino, y además que esa proximidad inminente me hizo sentir tristeza por el plan fallido de volar en globo aerostático, pero también satisfacción por haber salido de la ciudad para vivir una aventura distinta que nos separara un poco del hábito a veces extenuante de tener que ser siempre nosotros mismos. Sabía que sería difícil planear un nuevo viaje cuando el bebé naciera, porque íbamos a estar ocupados con los pañales y las vacunas y otro tipo de exploraciones, pero al menos habíamos respirado aire fresco y habíamos conocido gente interesante, y a lo mejor después de los primeros meses de adaptarnos a nuestras labores de padres podríamos volver a ponernos en contacto con Absalón

Montgolfier y programar otro vuelo para divisar el volcán y la costa a tres mil metros sobre el nivel del mar... En estas reflexiones andaba cuando sentí que la patrulla mermaba la velocidad:

"¿Qué sucede?".

"No sé", dijo Carolina desde el puesto del copiloto. "Parece un grupo de maratonistas".

"O una protesta", dijo Caroline.

"Ninguna de las anteriores", dijo papá echándose la bendición: "Es una procesión religiosa".

En efecto, sobre la autopista avanzaba un grupo de unas cien mujeres vestidas de negro que lloraban exageradamente mientras cargaban efigies de santos hechas en yeso y que, más que caminar, parecían flotar sobre una nube de incienso que se movía a pocos centímetros del asfalto. El grupo de mujeres bloqueaba toda la autopista, de manera que Caroline tuvo que activar el 4×4 de la patrulla y avanzar por el borde arenoso hasta que sobrepasamos al grupo y pudimos ver a la mujer que lideraba la procesión, una sacerdotisa con una túnica blanca y con el pelo teñido de violeta que lanzaba agua bendita hacia todas partes con un hisopo que sumergía en un balde sostenido por un pequeño monaguillo que al principio tomé por un niño pero que, al acercarnos, resultó ser un tipo de unos cuarenta años, con un sombrero bombín y la condición de acondroplasia. Cuando estuvimos a la par de estos dos personajes, papá pidió que aminoráramos el paso para que le salpicara un poco del agua bendita, y mientras sacaba la cabeza por la ventanilla, Carolina le preguntó a la sacerdotisa cuál era el motivo de la procesión, pero la mujer se quedó callada sin dejar de mirar el horizonte y, en vez de ella, habló el enano:

"Su Santidad jamás habla", dijo con una voz gangosa de gripa.

"¿Por qué?".

"Porque nada que pueda ser expresado vale la pena decirse".

"¿Y entonces usted por qué habla?".

"Porque no tengo nada importante que decir. ¡Aaaaachú!".

"Salud".

"Se le agradece, compadre".

"¿Qué están conmemorando?".

"Nos contrataron para una procesión fúnebre", dijo el tipo y luego señaló hacia adelante con un puchero de la boca, pues las manos las tenía ocupadas con el balde de agua. Solo entonces vimos que delante de la procesión avanzaba una carroza fúnebre decorada con coronas de claveles, varios cirios encendidos y dos parlantes amarrados al techo de donde brotaba el tercer movimiento de la sonata número 2 de Chopin. Me llené de lástima ajena por el difunto y sus familiares, a los que no vi por ninguna parte, y cuando quise ver el nombre del muerto en la banda azulada que cruzaba una de las decoraciones florales me di cuenta de que el difunto se llamaba igual que mi padre. Con el codo llamé la atención de papá y acto seguido señalé el nombre y el apellido del homónimo:

"¡Esa es tu carroza fúnebre!", dije en broma.

Papá entrecerró los ojos para aguzar la vista:

"Tiene que ser buena suerte", dijo al fin: "Poder presenciar tu propio entierro".

"¿De qué murió?", pregunté.

"Pobre desgraciado", dijo el enano, compungido: "Parece que fue devorado por los tiburones. ¡Aaaachú!".

"À tes souhaits".

"Merci. Que les tiens durent toujours".

"¿Qué está diciendo este tipo?", quiso saber el oscuro bicho de la melancolía.

"Que yo sepa", intervino Caroline, "no hay tiburones en esta época del año".

"Yo solo reporto lo que escuché, señorita", se excusó el enano: "Su familia encontró las ropas rasgadas sobre la playa, pero del tipo no quedó ni una sola uña".

"¿Y entonces qué llevan en el féretro?".

"Pura nada: la oscuridad de la muerte, el vacío de la desgracia".

Sentí un escalofrío escalándome las vértebras:

"¿En dónde está la familia del difunto?", pregunté.

"Aquí mismo", dijo el enano, señalando una vez más con el puchero: "Adelante de la carroza fúnebre, en una furgoneta vandalizada en los costados con grafitis".

La noticia fue un hermoso sobresalto:

"¡No es tu homónimo!", le dije a papá. "¡En serio es tu carroza fúnebre!".

"¡Pero cómo va a ser!", gritó y se midió el pulso con dos dedos en la yugular. "'¡Si estoy vivo!".

"¡Cometieron un error!", dijeron las gemelas al unísono: "El difunto no está muerto!".

"¡Jajajá, jejejé, jijijí, jojojó, jujujú!", cantó el oscuro bicho de la melancolía con entonaciones de ranchera.

El enano elevó al balde para que la sacerdotisa sumergiera el hisopo y después se alzó de hombros mientras se esgarraba de los pulmones la flema ámbar de la gripa:

"No me extrañaría en lo más mínimo", dijo con la boca llena antes de escupir el gargajo sobre la carretera: "Cosas como esta ocurren todo el tiempo".

"No me diga".

"Créame", dijo el enano y dejó el balde sobre el suelo. Lo vi levantar los brazos, como si quisiera desentumecerlos, pero en lugar de eso se quitó el sombrero bombín y entonces vi una apetitosa manzana verde que el enano tenía alojada sobre la cabeza, como en el cuento de Guillermo Tell. Cuando la agarró, la lustró contra su vestido de monaguillo y luego me la ofreció sin que yo dijera nada: "Pruébela, hermano", me dijo. "Para que se refresque".

"Gracias", dije y le pegué el primer mordisco: ¡guash! El enano me miró masticar, satisfecho, y luego le haló la sotana a la sacerdotisa, que volteó a verme con ojitos intensos de profeta:

"¡Muy bien!", exclamó la mujer antes de mirarme fijamente: "Ahora déjeme que le cuente un secreto", dijo.

"¿Y no que esta loca jamás hablaba?", quiso saber el oscuro bicho de la melancolía, siempre atento a las contradicciones.

"¡Eso creí yo!", dijo el enano mientras se limpiaba las orejas y se sonrojaba de emoción.

Lo que me dijo la sacerdotisa: Si estoy de buen ánimo y sin afán, si veo las cosas con claridad, puedo notar la conexión entre puntos lejanos que convergen siempre en el presente. Entonces puedo pensar, por ejemplo, que en esta manzana que ahora muerdo (¡guash!) están contenidas las lluvias que regaron el árbol, el dulce milagro de la polinización, las nubes de una tarde de agosto, la ciencia inexacta de la meteorología, el cielo entero, el espacio sideral… ¿Acaso la órbita de la Tierra alrededor del Sol no es dulce, ácida, jugosa? Todo está presente en esta fruta. ¡Guash! La manzana olvidada que dio la semilla del árbol, los años que tardó en germinar el fruto, la compañía exportadora, ilegibles tratados comerciales entre naciones, un país llamado Chile, el genocidio perpetrado por los conquistadores, el hambre y la avaricia, las manos del campesino que la cultivó y sus callos y su mujer y su pobreza, la insulsa riqueza de un terrateniente, los fabricantes del pequeño adhesivo que remuevo antes de limpiarla, las embarcaciones y la historia entera de la navegación. ¡Guash! Y los fertilizantes (espero que orgánicos), los pesticidas (espero que ecológicos), la orina de un perro marcando su territorio, los animales muertos que se han desintegrado en la tierra, las rocas, los insectos, los átomos de carbono que algún día estuvieron en el pubis de Cleopatra, la sangre derramada por mis ancestros, la idea de Eva tan inocente en su pecado, y además un poquitín de potasio y vitamina C. ¡Guash! ¿Por qué no? En esos instantes pienso —¡guash!—; o mejor: sé —¡guash!— que no solo me estoy comiendo una manzana, sino que cada mordisco mío contiene una conexión con el multiverso: ¡ahhh!

2

Al enterarse del malentendido del féretro vacío, las mujeres que plañían dejaron de llorar y, deshaciéndose de las togas negras, corrieron en pelotas a la playa para que el sol les bronceara la palidez de los pechos y las nalgas, mientras que el enano y la sacerdotisa se metieron a la carroza fúnebre, y como si fueran prófugos de la justicia, dieron media vuelta y arrancaron a toda velocidad en dirección al Bosque Milenario.

Una vez que se disgregó la procesión religiosa, la máxivan se estacionó bajo las palmeras que resguardaban de la solana a Messier-31, un bar que anunciaba un sempiterno *happy hour* y las mejores piñas coladas de todo el multiverso. Cuando nos vieron en la patrulla junto a las gemelas, los otros comenzaron a brillar de dicha, como si en vez de sangre les corriera luz por las venas, y luego se bajaron de la furgoneta para darnos la bienvenida después de nuestras travesías por las ciénagas oscuras de la zozobra y de la muerte.

La primera en salir fue mamá, que corrió adonde estaba mi padre para tatuarle el rostro con las siluetas de sus labios carmesíes; después salió Segismundo, convertido en un chigre (entrañable fusión entre chita y tigre) que ronroneaba feliz y que, después de lamerme la mejilla con su lengua áspera, fue a orinar contra los troncos de las palmeras; tras Segismundo siguieron Marcel (que estudiaba las tablas de conjugación de los subjuntivos), Miranda (que masticaba el comienzo de *Mansfield Park*) y Léna (que desde los brazos de su madre me hizo las señas familiares de retorno y felicidad), y luego fue el turno de William y Guillermo (que nos saludaron desde lejos y se sonrojaron como adolescentes cuando vieron a Carolina y a Caroline). Se notaba que Guillermo todavía disfrutaba el entusiasmo de haber vencido al gordo fofo el día anterior, porque caminaba inflando el pecho y levantando el mentón, pero en cambio William parecía contrariado y lóbrego, como una pregunta mal formulada. Al abrazarlo, le pregunté qué le ocurría:

"El mago del Hostal de Arena no cumplió mi deseo", me dijo. "¡Todavía no sé cuál es el origen del multiverso!".

Finalmente vi que A. salía de la máxivan con la urna griega donde Clara Luna terminaba de condensarse luego de uno de sus ataques de ternura. Al verme vivo y de regreso, mi mujer quiso decir alguna cosa, pero el alivio y la felicidad le sellaron los labios de manera que, en vez de sacar el globo de diálogo que yo esperaba, se puso las manos sobre la panza y comenzó a llorar lágrimas dulces que me puse a recolectar con mis besos porque sabía que el llanto de la alegría estaba lleno de minerales y vitaminas esenciales y era una lástima que se desperdiciara. Así nos quedamos un rato, sin que ella ni yo dijéramos nada, tal vez conscientes de que la fortuna de tenernos en ese punto del espacio-tiempo estaba más allá de las palabras y que la plenitud solo podía expresarse a través de la piel o las miradas. Así, en tanto yo esperaba a que A. agotara todos los suspiros, acaricié la cápsula donde nuestro hijo terminaba de formarse y le susurré un somero recuento de los albures que me habían acontecido durante el interregno de nuestra separación, y aunque cuando terminé con la narración vi que A. trataba nuevamente de sacar el bocadillo que yo ansiaba, la emoción le hizo temblar la barbilla y la obligó a reincidir en el silencio y en el llanto…

Mientras A. se sosegaba, entramos a Messier-31 para planear el viaje de regreso a la ciudad y de paso probar las famosas piñas coladas. El bar era una fresca choza tropical con techos de palma y lámparas en forma de pulpo, y para mi sorpresa vi que estaba repleto con el grupo de las ancianas surfistas con las gorras de béisbol y los anteojos de carey que habíamos visto antes en una de nuestras paradas. Al parecer el torneo de surf geriátrico había sido todo un éxito y las viejitas celebraban comiendo pargo frito y emborrachándose con la promoción de cocteles. Que ellas también nos habían reconocido era evidente, pues cuando vieron que A. y yo ingresábamos al bar, levantaron las copas en un brindis silencioso, se bebieron las piñas coladas de un solo trago y luego se acercaron una vez más a mi mujer. Entonces, como en este universo es lo grande lo que atrae, las ancianas comenzaron a gravitar alrededor de la panza ingente de A. y se turnaron para bendecirle el vientre y desearle suerte durante el parto inminente, y cuando finalizó este rito empuñaron billetes y comenzaron a apostar para ver quién adivinaba la fecha exacta en la que ocurriría el nacimiento, de manera que mientras una de las viejas anotaba las predicciones en una servilleta, las otras vociferaban como si fueran ludópatas irredimibles en los momentos más tensos de una competencia en el hipódromo:

"¡El 31 de febrero!".

"¡El sexto sábado de septiembre!".

"¡Durante las celebraciones del Día de la Independencia!".

"¡En la Nochebuena!".
"¡Mañana!".
"¡Ayer!".
"¡Hoy mismo!".
"¡Siempre!".
Cuando les dije que todo ya estaba programado y que esperábamos al bebé para dentro de dos meses, las ancianas me miraron como si les hubiera hablado en chino y se alejaron para seguir con su parranda. Entonces fuimos a la mesa donde los otros nos esperaban y, sorbiendo las piñas coladas más deliciosas de todo el multiverso (todos menos Léna, que bebía su tetero, y A., que tomaba un refrescante jugo de mandarina y azucenas), hablamos de cómo íbamos a finalizar el paseo y de cuál era la mejor ruta para regresar a la ciudad. Hablábamos sin mucho ímpetu, proponíamos cosas solo por proponerlas, pero la verdad es que aunque se nos había desarmado el plan del vuelo en globo aerostático nos daba lástima regresar tan pronto. Por eso, cuando les propuse que utilizáramos el resto del día para continuar con el paseo, todos estuvieron de acuerdo y hasta Carolina y Caroline quisieron unírsenos aduciendo que era lunes festivo y que la búsqueda del ave fénix podía esperar hasta el día siguiente. Entonces esbozamos el resto del itinerario, que consistía en tomar otra piña colada, bañarnos en la playa, emprender el ascenso al Monte Misterio para divisar el panorama desde la cima del volcán durmiente y, finalmente, descender para tomar un atajo que conocían las gemelas y que, en una especie de magia vial, nos dejaría a unas cuantas horas de la urbe, de manera que esa misma noche estaríamos de vuelta en casa.

"¡Que sea un motivo!", dijo papá, elevando la copa de su piña colada, y todos brindamos por habernos reunido nuevamente y por las alegrías que anticipábamos durante el resto del paseo.

Después de la segunda piña colada llegó pues el momento del baño en el océano y todos fuimos a ponernos los vestidos de baño. Yo me puse la pantaloneta hawaiana que había traído y guardé mi cuaderno de notas en uno de los bolsillos, por si se me ocurría alguna cosa en el mar, y salí a la playa. Recuerdo que la arena me pareció finísima, como si estuviera caminando sobre harina, y que mientras avanzaba iba dejando, sin que me importara demasiado, las profundas huellas de mi peso descomunal. También recuerdo que me sobrecogió el paisaje de la costa y que, como si fuera un pintor en busca de inspiración, me detuve varios minutos en la observación del mar como un reguero plácido de todos los azules posibles surcados por hebras de espuma que desaparecían luego de acariciar la arena. Mientras esperaba a que A. saliera del baño, avancé hacia el mar hasta que el vaivén del agua me alcanzó los tobillos para luego alejarse para luego abrazarme una vez más los pies para luego irse nuevamente. Traté de interiorizar la bienvenida y la despedida de ese movimiento, de adaptarlo a mi sensibilidad como una intuición íntima que debía esgrimir siempre: la comprensión (fácil de pensar, difícil de practicar) de que todo cumplía ese ritmo a dos tiempos de aproximación y alejamiento: los éxitos falaces y las derrotas insulsas, los malentendidos y las gracias iban y venían, las ciudades y los imperios, las amistades y los odios y los amores y los arrepentimientos llegaban para marcharse, los libros, los mutismos, las tragedias y las dichas se acercaban para después irse, y aunque *mi* vida caducaría y era efímera como la espuma sobre la costa, *la* vida era insondable como el océano que dominaba el horizonte...

El azul que percibo y que (¿cómo saberlo verídicamente?) tal vez sea igual al tuyo, el azul de Prusia en la noche estrellada de Van Gogh, el de los huevos de los petirrojos, el de los ojos turquesa de una niña que mira embelesada el portentoso mar azul. El azul "bluetiful" de una crayola, el azul claro de los nomeolvides (R:116; G:211; B:255), el de la inmensidad con que Flaubert rodeó a Emma al comienzo de su idilio con Rodolphe, el pálido azul de nuestro planeta fotografiado por el Voyager 1 a seis mil millones de kilómetros de distancia. Y el azul de los post-its *desperdigados en mi escritorio con anotaciones o citas importantes, el azul hipervínculo en la red, el de las iris de Clío, el de la franja media de la bandera que simboliza otro azul distinto: el del cielo límpido de nuestro lugar en el mundo. El azul pitufo (Pantone 306 C), el azul Neptuno, el índigo y el zafiro y el lapislázuli y el azur. También el azul hipóxico en la lengua del suicida, el de las alas de una mariposa* (Lycaeides melissa samuelis) *descubierta por uno de mis más queridos maestros, el de la mitad superior de la cubierta de un librito de cuentos de Salinger, el azul que tal vez no vieron los antiguos griegos, el de las venas azuladas en la piel translúcida de unos senos que besé, alguna vez, en las brumas ahora difusas de un profundo sueño azul…*

3

Nos embadurnamos de bloqueador solar para prevenir la insolación y el melanoma y, después de un test de Cooper improvisado por mi padre, decidimos disgregarnos para que cada cual hiciera lo que quisiera, pues todos teníamos una idea distinta de diversión: A. y yo teníamos en mente hacer esnórkel por el arrecife, Clara Luna quería irse a nadar junto a Segismundo (convertido en un hermoso narval albino), mis hermanos y las gemelas querían montar en un catamarán que ofrecía un viaje romántico por la península, Marcel, Miranda y Léna tenían ganas de construir un castillo de arena, y mi padre quería quedarse asoleándose en la playa con el pretexto de estar solo con mamá y tomar cocolocos, pero también para poder otear con disimulo a las plañideras desnudas de la procesión religiosa, que ya no estaban pálidas sino rosadas o morochas y cuyas nalgas espolvoreadas con arena, exhibidas en la playa como exquisiteces de repostería, eran en verdad un paisaje digno de admirarse.

Me fui, pues, con A. hacia la caseta donde alquilaban los flotadores para niños y hombres pesados y los equipos para el esnórkel, y aunque mi mujer todavía no me hablaba, parecía contenta de la decisión reciente de haber extendido el paseo, así el final fuera distinto. Estaba lindísima, en bikini, exhibiendo la panza del embarazo con el ombligo salido y con la piel surcada por la línea vertical de la melanina, como el hemisferio de un planeta cuyo núcleo oscuro esperaba el momento del primer grito luminoso:

"¡Ah, qué preciosa barriga!", dijo el tipo que alquilaba las caretas y las aletas al verla traspasar el umbral. Lo decía no como quien tiene el fetiche de las mujeres encinta, sino como alguien con la apreciación verídica de la procreación y de la vida. Se llamaba Carl Walter y era oriundo de la capital, pero parecía un costeño nato porque hacía veinte años se había casado con una sirena y desde entonces se había radicado en Playa Blanca. Tenía la piel tostada por el sol y unas rastas largas y apretadas decoradas con chaquiras de colores que tintineaban cuando caminaba, y nos pareció tan buena gente y tan contento de estar vivo que cuando se ofreció a guiarnos por el arrecife le dijimos que sí, entre otras cosas porque nos daba la impresión de que conocía bien la zona y nos podría llevar adonde había más peces de colores.

Cuando llegamos nadando al arrecife, sin embargo, no vimos ni rastro de fauna, con excepción de los corales (que parecen más minerales que animales), pero cuando le recriminé a Carl Walter el que nos hubiera llevado a un sitio sin peces ni cefalópodos, el hombre me miró extrañado y luego fue él quien me recriminó:

"¡Tiene que imaginárselos!", me dijo luego de sacarse el tubo respirador de la boca. "¡No los verá si no se los imagina!".

Se me ocurrió que el buzo estaba chiflado o que había perdido todas sus facultades, a lo mejor de tanto escuchar cantar a su esposa sirena, pero luego sumergí la mirada, me imaginé una mantarraya dorada, y casi de inmediato vi que la arena del fondo se revolvía con aleteos trémulos para dejar aparecer los contornos del animal que yo había visto mentalmente. Todavía incrédulo, me imaginé a un tiburón inofensivo y vi que un pez magnífico, con hileras de dientes como serruchos, me pasaba por el costado y se dejaba acariciar la nariz y la barriga.

"¡Funciona!", dije, con emoción de niño. "¡En verdad funciona!".

Carl Walter asintió con un gesto de orgullo generoso y luego volvió a quitarse el respirador de la boca:

"La fantasía es el complemento de la realidad", dijo, solemne. "Sin imaginación, el mundo es un libro vacío".

Entonces agarré a A. de la mano y nos fuimos bordeando la pared de corales mientras imaginábamos la fauna del litoral. Así, a punta de ilusiones, vimos un cardumen de atunes sonrientes, una ballena jorobada que paseaba con su ballenato, una morena que se escondió en una oquedad del arrecife y que parecía decir blah blah blah todo el tiempo, un calamar que al principio se dejó inspeccionar pero que luego huyó tras un reguero de tinta color plata, y otra multitud de seres maravillosos y casi todos inocuos, con excepción de una medusa gigante y fosforescente que quise imaginar para probar los límites de mi creatividad y que, al rozarme una rodilla con uno de sus tentáculos multicolores, me causó un sarpullido caliente que no dolía tanto, pero que había que tratar inmediatamente para que no degenerara en una condición más onerosa. Entonces le dije a A. que saliéramos del mar, porque además ya era hora de que ella descansara y comiera alguna cosa, y cuando llegamos a la playa la dejé junto a mi hermana y su familia, ocupados en llenar con agua el foso que bordeaba el castillo de arena, mientras yo iba al baño a orinarme en la rodilla para anularme la comezón y la urticaria. En el baño encontré una ducha en la que pude ejecutar la maniobra salvadora y luego, sintiéndome mejor, me metí al chorro para quitarme los restos de sal y de arena.

Cuando salí de la ducha me vi en el espejo y noté que el oscuro bicho de la melancolía parecía contento luego del baño en el océano, y pensé que eso explicaba la sensación de satisfacción que me recorría todo el cuerpo. En esas estaba cuando escuché los gemidos placenteros de una mujer al borde del clímax y luego el grito monumental de un orgasmo femenino que hizo retumbar las porcelanas de los lavamanos y sacudió el baño con ecos de delicia. Pensé que por error había ingresado en el baño de mujeres, pero luego vi la figurita masculina sobre la puerta y me quedé frente a los lavamanos esperando a que la dueña del orgasmo se materializara. Entonces, tras unos segundos de calma, vi que uno de los cubículos del baño se abría para dejar salir a Carolina, la guardabosques que leía a Emily Dickinson. Estaba turulata y sudorosa, y tenía la mirada agachada mientras se arreglaba la parte de abajo del vestido de baño para esconder el felpudo cobrizo de su pubis. Al darse cuenta de que no estaba sola se sonrojó de la vergüenza y salió corriendo, y fue ahí cuando vi que William salía del mismo cubículo, limpiándose la boca con el dorso de una mano que luego se llevó al hocico para oler la fragancia todavía húmeda de la pasión. No se dio cuenta de que yo estaba ahí, al principio, pero cuando al fin me vio exhibió su sonrisa más franca y enseguida supe que había descubierto cuál era el origen de todos los orígenes, pues con cara de eureka me agarró de los hombros y me zarandeó con su primicia:

"¡Todo comenzó con una cuca!", dijo.

4

Almorzamos pargo rojo con patacones y arroz con coco, y luego de hacer la digestión llegó el momento de que comenzáramos el ascenso al Monte Misterio, en cuya cúspide volví a ver las volutas circulares de humo azul como las señales que emitía el volcán hacia un destinatario incognoscible. Para economizar combustible y porque ya eran parte integral de la expedición, las gemelas dejaron la patrulla en el estacionamiento de Messier-31 y se fueron con nosotros, subidas en la parte delantera de la máxivan junto a mis hermanos, de manera que papá y mamá tuvieron que cambiar de puestos y durante el resto del viaje se fueron en el asiento de atrás, junto a Miranda y Marcel.

"¡Es increíble todo lo que les ha ocurrido en tan solo dos días!", dijo Caroline luego de escuchar el recuento de nuestra travesía.

"Es que hemos seguido un ritmo muy extraño", dijo Miranda mientras arrullaba a Léna. "Como si fuera el otoño de los calendarios o el congelamiento de las clepsidras, como si todos los relojes del mundo se hubieran averiado".

"Está lindo eso", dije sacando mi cuaderno de notas para anotar la imagen. "El congelamiento de las clepsidras".

"Qu'est-ce que ça veut dire, clepsidra?".

"Es un reloj que mide el tiempo según el agua que fluye".

"Lástima que no hubieran podido cumplir con su cita", dijo Carolina. "Habría sido precioso pilotear un globo".

"Un globo aerostático no se pilotea, amada mía", volvió a explicar William. "El aparato se eleva, solamente, y mientras está en el aire se encuentra a merced de los vientos".

"A lo mejor en otro universo sí es posible pilotear un globo", dijo Caroline.

"Es cierto", concedió William. "Bajo otras condiciones gravitacionales, siguiendo los edictos de una física distinta".

"No sé", dije. "Creo que más que no poder montar en globo, me da más lástima no haber conocido a Absalón Montgolfier. Por sus mensajes suena como todo un personaje".

"Tal vez podamos organizar otro viaje más adelante", dijo Marcel.

"¡Bravo, carajo!", gritamos todos al mismo tiempo, celebrando la utilización correcta del subjuntivo.

Aunque hacía bastante calor cuando salimos del bar y habíamos decidido dejarnos puesta la ropa de playa, pronto la altura le fue robando al ambiente varios grados centígrados (como un científico corrupto en un estudio espurio sobre el cambio climático) y un frío seco empezó a acariciarnos hasta que nos puso la piel de gallina y les otorgó a nuestras voces el acompañamiento de un vaho visible que empañaba las ventanas, lo cual permitía jugar triqui dibujando los símbolos con los dedos pero dificultaba la conducción de la furgoneta. Parecía que con cada metro que ascendíamos la temperatura bajaba otro tanto, y después de algunos minutos de ascenso el frío que nos envolvía ya no era el de los páramos sino el de la estepa siberiana y tuvimos que detenernos para sacar los calzoncillos térmicos, los abrigos para la nieve, los mitones de peluche y los mullidos gorritos de *mujik*, que eran los mejores para calentarse la cabeza, excepto que en mi caso tener al oscuro bicho de la melancolía era suficiente protección contra los vientos helados y la escarcha de la altura. Así, como si estuviéramos apenas ojeando una revista de viajes, el paisaje cambió repentinamente (de los colores de una playa tropical al blanco de los polos) mientras que Guillermo piloteaba la máxivan de Richard Feynman por la carretera empinadísima que llevaba hacia la cima.

"Pero ¿qué diablos hace este infeliz?", dijo papá después de un rato, apuntando hacia alguna cosa al borde de la carretera.

"¿Dónde?".

"Allá, a la derecha".

Con los guantes limpié la humedad opaca de mi ventana y entonces vi a un hombre que, con los músculos tensos y la ropa hecha trizas, se encargaba de empujar una roca enorme hacia la cima del Monte Misterio. El tipo hacía presión con los hombros, con las palmas de las manos, con la cabeza, a veces con una pierna, a veces con la otra, intercambiando la manera de empujar la roca para darle descanso a su cuerpo sin dejar de hacer fuerza. La roca era esférica, de unos dos metros de diámetro, y parecía increíble que un solo hombre se encargara de moverla, sobre todo en esa pendiente casi tan vertical como un muro. Cuando estuvimos a su lado, el tipo nos miró con cara de desconsuelo, y me bastó verle el cansancio en los ojos y la mueca de frustración para reconocerlo:

"¡Sísifo!", dije y vi que el otro se llevaba una mano al ceño en forma de saludo.

"¿Cómo?", preguntó William. "¿Se conocen?".

"Por los libros, solamente".

"Ah".

"Es uno de los héroes a los que los dioses otorgaron una de sus condenas ejemplares", expliqué, para que los otros no se perdieran el significado de la escena. "Por proclamarse tan libre como los hacedores de los hombres, los dioses obligan a Sísifo a subir una roca hacia la cima de una montaña; solo que antes de llegar, la roca se le resbala y cae, y tiene que recomenzar una y otra vez, una y otra vez, *ad infinitum*".

"¡Ay, pobrecito!", dijo mamá. "¿Por qué no lo ayudamos?".

"No es mala idea", dije y bajé del todo la ventanilla: "¡Sísifo! ¿Te damos un aventón hasta la cima?".

El héroe trágico frenó un instante y luego me miró con cara de alivio y agradecimiento:

"¡Si no es una molestia y no los aparto de su destino!", contestó, enjugándose el sudor de la frente. Entonces le dije a Guillermo que pusiera el freno de emergencia, y con una soga que traíamos en el baúl junto al botiquín de primeros auxilios y a la llanta de repuesto, amarramos la roca al guardabarros de la furgoneta para remolcarla hasta la cima. Era una roca de mármol macizo con vetas doradas y aguamarinas y debía pesar por lo menos tres toneladas, pero con mi densidad tremenda y mi peso exagerado apenas si se movió cuando me planté en la tierra para sostenerla:

"Uf", dijo Sísifo. "¿Qué es lo que come usted?".

"Nada raro", le dije, y mientras mis hermanos envolvían la roca y la aseguraban con nudos le hablé a Sísifo, sin entrar en muchos detalles, de mi problema de densidad y sobrepeso, que en vez de aligerarse parecía haber empeorado durante el viaje. Antes de invitarlo a montarse quise estrecharle la mano (sentir su piel callosa y reseca de tanto esfuerzo sostenido) y nos saludamos como viejos amigos, y mientras terminábamos de trepar hasta la cima del Monte Misterio me fui contento de que pudiéramos ponerles fin a las tribulaciones de un hombre atado desde siempre a sus suplicios, aunque lo cierto era que Sísifo no parecía amargado por su condena y hablaba de la roca y la montaña con hastío pero también con cariño, como si su castigo fuera también una dádiva o un pedacito esencial de sí mismo:

"Empujar la roca es al fin de cuentas una labor como cualquier otra", me dijo cuando le expresé mi sorpresa hacia su ecuanimidad: "Como diseñar un programa de cómputo, como cuidar a los enfermos, como escribir un libro. Sí, a veces es difícil; sí, a veces puede asomarse el tedio, pero a la larga es una cuestión de actitud. Aquí por lo menos hago ejercicio y respiro aire limpio, y al fin y al cabo he aprendido a amar lo que hago, sin importar en qué punto de la pendiente esté la roca. Pasear perros, reparar motocicletas, limpiar caries: cualquier actividad es o debería ser su propia recompensa —bueno, tal vez con excepción de ser vendedor de tiempos compartidos o abogado en el Vaticano".

"Hablando de limpieza...", dijo Marcel. "Nuestro invitado hiede a transpiración rancia con reminiscencias de queso *Trou du Cru* —Y eso que soy francés y estoy acostumbrado a las fragancias complejas".

El comentario no cayó bien en nuestro invitado:

"¡Qué palabras se te escaparon del cerco de los dientes!", dijo Sísifo, tonante; después, sin embargo, se calmó:

"¡La verdad es que hace eones que no me baño!", exclamó mientras se olía las axilas y se untaba un poco del aerosol de frutos rojos que mis hermanos guardaban en la guantera de la máxivan, y así, entre fragancias contradictorias y la conversación con un hombre cuya pena era también el sentido de su vida, terminamos el ascenso a la cima del Monte Misterio.

Al llegar, colocamos la roca sobre una pequeña planicie para que estuviera estable y no se volviera a resbalar y nos despedimos de Sísifo. El hombre nos agradeció el aventón y luego nos dio la espalda para divisar el horizonte, con una mano puesta sobre la roca, como si abrazara a un ser querido, hasta que pareció satisfecho de tanto paisaje. Entonces lo vimos mover la roca de la planicie en la que la habíamos puesto y empujarla una vez más cuesta abajo, adonde la siguió al trote, una vez más, para recomenzar…

... los kōan de los monjes zen; abrir un libro nuevo: un nuevo mundo; las partículas de polvo en su danza sideral dentro de un haz de luz; la alegre sabrosura de los negros; Stanislaw Lem y su planeta consciente; los relojes de arena y los de sol y las clepsidras; algunas cosas que solo existen en blanco y negro: las mejores películas de Bogart, por ejemplo, o la obra de Cartier-Bresson o el ajedrez o las ochenta y ocho teclas, donde caben todas las melodías; la multitud congregada en la estación de Astapovo para despedir al autor de La muerte de Ivan Ilich; *el jadeo cariñoso de un perro viejo; los ojos tristes y atentos de las vacas; los versos de cuarzo de Pedro Salinas; magníficas genialidades como los lentes de contacto o las tangas o los columpios o el champú anticaspa; los nombres planetarios de los días; la trayectoria rutilante de los satélites artificiales cruzando el cielo estrellado; que por el mundo hayan transitado personas como Compay Segundo o Teresa de Calcuta o Roger Federer; los sueños lúcidos de Hayao Miyazaki; los veleros navegando en el crepúsculo; las primeras pulsaciones del amor...*

5

Al principio nos defraudó un poco haber subido hasta la cima del Monte Misterio, porque cuando llegamos al estacionamiento casi no encontramos puesto, y al acercarnos al punto de información nos dieron la mala noticia de que la boca del volcán se encontraba temporalmente cerrada, no por el riesgo de una erupción inminente o por una fuga de gases tóxicos sino porque un equipo cinematográfico se encontraba rodando una de las escenas cruciales de *Prorsus omnia*, una película de carreteras repleta de amor, misterio y aventuras, ambientada en los parajes más exóticos de la península.

Efectivamente, el sendero peatonal que llevaba a la boca del volcán estaba acordonado y fuertemente vigilado, lo cual impedía que burláramos las advertencias y nos coláramos en la filmación, como habían sugerido papá y mamá. El corazón se nos llenó de lástima, porque todos soñábamos con llegar hasta el borde del volcán para ver las entrañas fulgurantes del planeta y las demoradas burbujas de magma, y recuerdo que estábamos cabizbajos, regresando ya a la máxivan para emprender el descenso, cuando escuchamos, detrás de nosotros, una voz epicena que nos hizo frenar en seco por sus entonaciones autoritarias:

"¡Han llegado tarde!", dijo la voz. "¿No saben cuánto dinero le cuesta al equipo de producción este tipo de retrasos?".

Aunque era improbable que se estuvieran dirigiendo a nosotros, dimos media vuelta y vimos a alguien que (dependiendo del ángulo) era hombre o mujer, de modo que a veces tenía la mandíbula cuadrada y una barba de tres días y a veces tenía el cutis delicado y voluptuosos senos de nodriza, y (según la perspectiva) llevaba puesto un elegante traje de sastre con corbatín o una inmaculada túnica griega. La visión de este híbrido misterioso debió habernos puesto una cara de desconcierto, pues el hombre-mujer (que en realidad sí se dirigía a nosotros) pareció esperar a que dijéramos alguna cosa, y al ver que nos quedábamos callados, volvió a increparnos con su ronca voz ambivalente:

"¡Muévanse, que tenemos que rodar!", dijo, y después, llevándose una mano a la frente y negando con la cabeza: "¡Qué falta de profesionalismo!".

Enseguida entendimos que el hombre/mujer nos había tomado por integrantes del equipo de filmación, pero en vez de aclarar el enredo dejamos que la trama se siguiera complicando, ya que, después de regañarnos, nuestro interlocutor hizo que lo/la siguiéramos hacia el punto donde estaban las cámaras y las luces, y cuando nos vieron junto a él/ella, los guardas que vigilaban la entrada a la boca del volcán nos abrieron el paso y nos saludaron amistosamente.

"Tenían que haber llegado ayer", siguió diciendo la mujer/hombre mientras caminábamos por el sendero peatonal, a unos cien metros de la misma boca por donde el Monte Misterio lanzaba sus señales de humo. "¿Acaso no les avisaron?".

"Nadie nos dijo nada", dije, improvisando. "Llegamos tan pronto como pudimos".

"¡No puedo delegar ninguna tarea! ¡Lo tengo que hacer todo yo!", dijo él/ella, quejándose, pero luego cambió el tono de rabia por uno de sosiego y de confianza: "Bueno, eso es lo de menos. Lo importante es que ya llegaron y que podemos proceder... Por aquí, por favor".

La/lo seguimos, caminando entre las rocas y la nieve, hasta que estuvimos en el borde mismo del volcán, y luego nuestro guía ambiguo nos dejó solos un instante para darles algunas instrucciones a los camarógrafos, creo, o para arreglar un último detalle de la utilería o de las luces, y mientras el hombre/mujer se ocupaba de estas cosas, fuimos tanteando con cuidado para asomarnos al vientre del volcán.

Abajo, en un abismo hecho de minerales y de fuego, los suspiros que provenían del centro de la Tierra estallaban en cámara lenta y, con sonidos de borborigmos y flatulencias, el núcleo del planeta exhalaba los gases azulados que después el volcán soltaba en forma de cintas de Möbius hacia el cielo del mediodía. Todos guardábamos silencio, sobrecogidos por la belleza inefable de lo que es elaborado y extraño y no se ve todos los días, y sonreíamos agradecidos por la fortuna que nos había dado acceso al espectáculo que, sin que tuviéramos que decirlo, reconocíamos como el magnífico final de nuestro viaje, y fue precisamente ahí, al ver los rostros de los otros, iluminados por el fulgor anaranjado de la piedra fundida, que sentí en la espina dorsal el corrientazo inequívoco de un keraunoma, la idea eléctrica de una nueva historia que quería ser contada y que me elegía a mí como su narrador y su primer testigo... Todavía no sabía muy bien de qué se trataba ni cuál sería la forma o el derrotero, pero recuerdo que esa poderosa intuición que antecede a la obra me trepó veloz por la columna y se me dispersó por las extremidades con cosquillas cálidas que se liberaron en una chispita de electricidad estática cuando tomé a A. de la mano para que, así, unidos, compartiéramos la visión del caldo primigenio que se cocía en lo profundo del Monte Misterio. Me acuerdo que le apreté fuerte la mano y que esperé, otra vez, a que mi mujer sacara uno más de sus globos de diálogo, pero A. no dijo nada de lo emocionada que estaba y se limitó a mostrarme que estaba contenta con la elocuencia rutilante de sus ojos… ¿Por qué ya no me hablaba? ¿Acaso se había resignado ya a que yo jamás la comprendiera? ¿Había decidido reemplazar el lenguaje cotidiano por miradas? ¿Era posible el amor con este lenguaje de guiños y pupilas? ¿Era posible la vida juntos sin palabras?

Así nos quedamos no sé cuánto tiempo, y cuando ya no soportábamos más el calor en nuestros rostros nos reincorporamos y fuimos en busca de la mujer/hombre para ver en qué podíamos ayudar, a lo mejor como extras de la película o como asistentes de vestuario o cualquier otro detalle menor de la producción. La/lo encontramos dándonos la espalda, en una silla plegable en cuya parte posterior leí primero "Director", luego "Directora" y después "Directur", sin que este cambio de género en el sustantivo me causara demasiadas inquietudes. Cuando nos vio llegar, el director hizo sonar las palmas para llamar la atención de todo el equipo y luego se despejó la garganta:

"¡Nuestros actores han llegado, finalmente!", dijo, potenciando la voz por medio de un megáfono electrónico. "¡Camarógrafos: asuman sus posiciones; micrófonos, listos!".

Entonces la directora abandonó el megáfono y esta vez nos habló, con su voz desnuda, solo a nosotros:

"Bien", dijo, abriendo los brazos para envolvernos a todos: "Se trata de uno de los momentos más importantes de la historia".

"Ah", dijo mi padre: "La apoteosis".

"No".

"El clímax".

"Tampoco", dijo el director. "No hay clímax, o no hay un solo clímax. La historia está construida con vicisitudes y altibajos que son valiosos en sí mismos y no son necesariamente un andamio para erigir una epifanía. La escena es…"

"Pero no nos han maquillado ni nos han dado nuestro vestuario", interrumpió Miranda.

El director la miró confundido:

"¡No hay maquillaje! ¡No hay vestuario! ¡Nada de eso importa! En la historia todo es espontáneo, fluido, con toques oníricos o azarosos".

"Tipo improvisación surrealista", dijo Guillermo.

"No, hombre", dijo la directora. "No se trata de géneros ni de estilos: se trata de una exploración de la vida misma, aprovechando elementos poéticos para ampliar el espectro narrativo y para darle más capas de significado".

"Ah", dijo Marcel. "Como una cebolla".

"No".

"Como una muñeca rusa", propuso Miranda.

"Tampoco".

"Ah", dijo papá. "Como una torta de novios".

"¡No!".

"Ya sé", dijo William. "Como los estratos de colores distintos en un cañón profundo".

"Puede ser", concedió el director. "Como un paisaje que contiene todos los tiempos, todos los elementos, todos los símbolos, todos los arquetipos, todas las variables. La escena es…"

"¡Ay, pero ni siquiera hemos leído el guion!", interrumpió mamá.

"¡No hay guion! ¡Nadie ha escrito el libreto! Las palabras llegan si llegan, y si no llegan, el espectador tendrá que apreciar los espacios de silencio".

La directora calló un instante, como a la espera de otra interrupción intempestiva, y cuando vio que ya nadie tenía nada que decir, volvió a sus indicaciones:

"La escena es esta: después de planes fallidos y extravíos, después de hallazgos afortunados y comprensiones íntimas, los viajeros llegan a la cima del volcán. No los dejan entrar, al principio, pero luego los confunden como actores de *Absolument tout*, una película sobre la creatividad y las dificultades de la comunicación en el amor que en ese momento se está rodando cerca del humo azul expelido por el volcán del Monte Asombro. La idea es que los viajeros llegan al volcán, a cuyo abismo se asoman, embelesados por la lava, satisfechos con la travesía, comprendiendo que ya en verdad se acerca el momento del regre— ¿Preguntas hasta el momento? ¿No? Muy bien. Ahora, después de eso viene la parte más importante", dijo la directora y nos tomó a A. y a mí del brazo, separándonos de los otros. "Porque mientras que el resto del grupo da una vuelta por la cima para divisar el paisaje que han recorrido, los amantes se quedan solos y comparten uno de los instantes más significativos de toda la película".

"¿De cuál película?", preguntó papá. "Estoy muy confundido".

"Ñoño", dijo Léna y luego la vimos hacer la seña para salir a caminar.

"¡Preciosa!", dijo la directora. "Le haremos varios *close-ups*, demostrando su habilidad para comunicarse con se… Pero ¿qué significa esto?", preguntó al ver por primera vez a Segismundo, convertido en ese instante en un magnífico oso polar, especie en peligro de extinción.

"Es Segismundo", dije. "Nuestra mascota plurieidética. Del latín *plu*…"

"OK, OK", dijo. "También está en la película. Estará. Estaría. ¡Ah! Estuvo. Está estando".

"Nosotras tampoco entendemos", dijeron las gemelas. "¿Por qué comenzamos a filmar desde el final de la historia?".

"No puedo desperdiciar tiempo en estas minucias", dijo el director, algo ofuscado, pero después recuperó la compostura y habló con un delicado didacticismo: "Los detalles colaboran con la estructura del artificio y lo hacen más interesante: la belleza es compleja, apretada, sinuosa, y por lo general su forma más pura no se encuentra en la línea plana y sin curvas por donde transitan los charlatanes. Ahora: no importa de qué película se trate, porque la película que rodamos es en realidad una secuencia infinita de películas: un túnel de gusano que abarca todos los universos que componen el multiverso: a veces se llama *Absolute ĉio* y es una comedia tipo *sci-fi* en la que los personajes parecen entablar contacto con un extraterrestre o un viajero del futuro; otras veces se llama *Absolut alles* y es un thriller con espías, complots políticos y el descontento civil de un mundo plagado de injusticia y porquerías; otras veces es rodada bajo el título de *Absolutely Everything* y tiene que ver más con los lazos familiares y los azares que le dan textura a la vida. Eso sí: en todos los universos la historia es una reflexión sobre los retos de la paternidad, el regalo de un padre a su hijo, una reivindicación de la existencia por encima de la nada. En cuanto al orden, todo lo que es ya fue y será: en el ciclo de la vida no hay un solo comienzo, no hay un solo final. La historia es además fragmentaria, llena de interrupciones, poblada de paréntesis, repleta de incisos éticos, filosóficos y poéticos. Tenemos que rodar esta escena del final porque estamos aquí y no podemos desaprovechar la locación. Después, durante el proceso de edición, nuestro equipo de posproducción se encargará de que tengan sentido".

"¿Cuándo comenzamos?", preguntó el oscuro bicho de la melancolía. "¡Tengo que acicalarme la melena!".

"¡¿Cómo que cuándo comenzamos!?", preguntó la directora y luego señaló a los camarógrafos tras las máquinas y a los asistentes que ponían los micrófonos sobre nuestras cabezas. "Comenzamos ya hace un par de días, cuando los viajeros salieron de la ciudad. No: antes de eso: hace muchísimo tiempo… Ahora, a lo que vinimos", dijo, y tras distanciarnos a A. y a mí del resto del grupo hasta que estuvimos encuadrados en el centro de una de las cámaras, les indicó a los otros que caminaran en el otro extremo del volcán para divisar el paisaje que habíamos recorrido y luego nos habló solo a nosotros:

"Muy bien: los amantes se han quedado al fin solos", dijo el director. "La historia no quiere renegar del amor, pero tampoco quiere ignorar el hecho de que hay pocas cosas más desafiantes que una vida en pareja. Todo lo importante es difícil, todo lo valioso es frágil, todo lo gratificante requiere dedicación y esfuerzo. La frase hecha *valer la pena* es un comprimido filosófico que ha sido devaluado por el abuso pero que no ha perdido validez: el amor, el arte, la paz, el ejercicio, el reciclaje, la meditación, la búsqueda de vida interplanetaria, una existencia dedicada a una labor minuciosa: todas esas cosas valen la pena, justifican el dolor que llega a veces, la soledad, el tedio, la abulia, el horror, el silencio. Para cuando llegamos a este punto, los amantes llevan un tiempo indeterminado sin poder comunicarse, ajenos, extrañados. Párense aquí, eso, para que las cámaras puedan capturar las refulgencias de la lava y parte de los anillos de humo".

La directora nos movía, nos guiaba, nos acomodaba dentro del paisaje, y entretanto seguía con las explicaciones: "El amor es un puente, la amistad es otro puente, la relación de un hijo con sus padres es otro puente, todo lo que importa en el multiverso tiene al menos dos orillas opuestas que deben ser unidas con esmero, valentía y ternura. Así, eso: mientras los otros caminan, los amantes se abrazan, todavía sin decirse nada. Los dos acarician el vientre de la mujer y, a través de la piel, al hijo que esperan, al hijo que los espera. Atrás está la boca del volcán, el pico nevado del Monte Asombro. Súbitamente comienza a nevar un poco", dijo el director mientras yo sentía, maravillosamente, el contacto de los primeros copos que caían, derritiéndose contra mi piel.

"Hace frío, sí", siguió la directora, "pero es un frío agradable, como el de las sábanas cuando uno despierta a medias y sabe que puede cerrar los ojos y volver inmediatamente al sueño, sin interrumpir el hilo narrativo. Eso, así, con movimientos suaves sobre la panza de la mujer encinta. No se inquieten por mi voz, que desaparecerá durante el proceso de edición: enfóquense en las miradas, en las pulsaciones, en las caricias. Eso...".

"Pero ¿qué es esta fantochada?", preguntó el parásito sobre mi cabeza, siempre escéptico de las escenas amorosas. El director lo atajó en el acto:

"No, no, no", dijo: "Aquí y a lo largo de toda esta escena el oscuro bicho de la melancolía no abre la boca ni participa de ninguna otra manera: se queda quieto en forma de gorrito de invierno. Eso, así, como un *tuque* canadiense. Muy bien. Ya está a punto de llegar el momento de la reconciliación, el anticipado instante del reencuentro. También es un desafío recomponer las cosas: es más fácil destruirlas, desecharlas. Vivimos en un mundo que no quiere arreglar lo descompuesto y que prefiere reemplazarlo por versiones nuevas que también se tirarán en este círculo vicioso de la indiferencia y el derroche. Pero a veces, no digo siempre, reparar algo *también* vale la pena".

La directora se separó de nosotros, dando tres pasos hacia atrás, y luego la vi armar con los pulgares y los índices un recuadro dactilar a través del cual siguió observándonos. "Perfecto", dijo. "Aquí llega: el puente restablecido, el río sin diques. Mientras el hombre continúa con sus caricias, acerca su boca al oído de su mujer y le susurra algo que el espectador no alcanza a escuchar pero que, se entiende, expresa el amor a pesar de todo y la voluntad de aceptar los retos que se avecinan".

Siguiendo las indicaciones del director, me acerqué al oído de A. y le dije en secreto, utilizando mis propias palabras, el mensaje que la directora quería transmitir en su película y que, tal vez por casualidad, coincidía exactamente con lo que yo quería decirle a mi mujer.

"Eso, eso. Maravilloso. Casi al mismo tiempo a la mujer se le encharcan los ojos y vemos cómo le bajan las lágrimas por el rostro y el hombre las recibe con sus labios, como ha hecho antes. Muy bien, muy bien. El tipo saborea las lágrimas dulces y espera, como ha venido haciendo desde muy temprano, a que ella diga algo. Todavía no está del todo seguro, pero cree que esta vez podrá comprenderla. Es apenas una sospecha, pero es una sospecha valiosa: la idea de que ha tenido que viajar solo, transitar por calles pobladas de humo y miseria para encontrar la clave de sí mismo, la solución del enigma que lo ha alejado de su mujer. Ya viene, ya viene. Así. Muy bien. La mujer se despeja la garganta, suavemente, sonríe antes de abrir la boca y finalmente dice algo, no sé bien qué, improvisen —pero eso sí, que sea lindo y significativo, pues es la última línea de diálogo de esta escena".

Aquí el director calló y le indicó a A., con señas de las manos, que era su turno y que las cámaras la enfocaban. Entonces vi que A. se despejaba la garganta, suavemente, y que sonreía antes de abrir la boca:

"IFATKFQFRUZQ", dijo, el mensaje todavía encerrado en un globo de diálogo en el que volvieron a aparecer letras desorganizadas, extrañas, tridimensionales, diagramadas en fuente Courier, solo en apariencia sin sentido. Esta vez no me desanimé, sin embargo, y con emoción, mientras anotaba las letras en mi cuaderno de notas y hacía los cálculos y los reemplazos, terminé de comprobar lo que hasta entonces era apenas una sospecha vaga, aunque valiosa: la idea de que había tenido que alejarme, extraviarme, deambular por calles oscuras y enfrentar la tristeza y el odio que a veces me embargan para, al final de la sombra y los horrores que pueblan el mundo, encontrar la clave de mí mismo que me permitía reconciliarme con mi labor y con el mundo; la llave que me permitía, finalmente, volver a comprender a mi mujer…

Las cosas que dijo A.: "Soñé que conocía a un viajero del futuro", en su primer bocadillo aquella mañana antes del viaje; "No parece ni de día ni de noche", cuando comenzábamos el paseo; "¿Cuántas pelotas hay en el aire?", al malabarista en calzoncillos; "La victoria sin esfuerzo no es placentera", al momento de hablar de la final de jiu-jitsu; "Siempre fue uno de mis sueños", y lo cumpliste, amor mío, lo cumpliste; "Necesito que me comprendas", justo después del pícnic; "No puedo hacer esto sola", antes de que viéramos por primera vez a Absalón Montgolfier, sin saberlo; "¿Por qué no vamos por la izquierda?", cuando estábamos ante una trifurcación de caminos cuyos letreros ilegibles habían sido carcomidos por la ventisca ardiente del Desierto de los Espejos; "Ni loca", cuando pensamos que tendríamos que adoptar costumbres caníbales; "En otro universo el lenguaje está hecho de silencios", cuando hablábamos de las otras versiones de nosotros mismos; "Tienes cara de cansancio", cuando la encontré junto a las viejitas surfistas; "La pantalla del mío está borrosa", cuando quiso verificar la hora en su reloj de pulsera; "O de la fumigación con glifosato", al momento de entrar al paraje yermo donde moriría Segismundo; "Gracias", en respuesta a algo que había dicho Miranda; "Ese era el hombre del que te hablé, el hombre de mis sueños", cuando tuvimos nuestro encuentro con el otro; "Amo mi destino", casi al final, arriba, arriba, arriba, en la cima nevada del Monte Misterio…

6

En la madrugada de ese mismo día, después de que papá me ayudara a escapar de la prisión de humo y luego de resurgir del ambiente fétido de las catacumbas, habíamos regresado a Pueblo Triste, esta vez no por accidente sino en un acto de volición que obedecía a la corazonada que me embargó mientras caminábamos bajo la aurora boreal.

Una vez de vuelta por las calles de hollín y podredumbre, nos dirigimos al Museo en Miniatura de la Barbarie (abierto las veinticuatro horas, de martes a domingo —niños entran gratis), y luego de que papá hiciera el tour por la exhibición, hablé con Isidoro Hart, exponiéndole mi problema de comunicación con A., y logré que (a cambio de una mención de patrocinio para su museo en mi próximo libro) me obsequiara la preciosa lupa con la que se observaban las miniaturas y una versión a escala de Enigma, la máquina de cifrado utilizada por las fuerzas militares de Alemania durante la Segunda Guerra Mundial. La máquina era una Wehrmacht de tres rotores y, según el historiador, era la réplica exacta y funcional de las empleadas por la Luftwaffe, la fuerza aérea del ejército nazi. En el momento de entregármela, Isidoro Hart me mostró cómo manipularla y luego hablamos acerca del valor pedagógico del pasado, que yo estúpidamente había comenzado a devaluar cuando era más joven y apenas llegaba al mundo de las palabras, pensando que solo el futuro contenía los asuntos importantes y que no tenían por qué atañerme los eventos de generaciones pasadas destinadas al olvido.

"El pasado y el futuro son el anverso y el reverso de un mismo espacio en donde se debaten dos fuerzas complementarias", había dicho el historiador. "La memoria y la imaginación son la verdadera esencia del presente y solo existen en compañía: como el fuego y el oxígeno, como la luz y la sombra, como la música y el tiempo. Sin imaginación somos apenas polvo, sí, y sin memoria estamos abocados a ser solo fantasmas de nosotros mismos...".

Me acuerdo de que escuché las palabras de Isidoro Hart con una vaga sensación de irrealidad, como si mi yo de entonces empezara a transformarse en otra cosa o yo fuera el personaje de un sueño tejido por alguien extraño. ¿Me había convertido en un hombre nuevo luego de mi conversación con el historiador? ¿Quién era el que soñaba? Si tanto el pasado como el porvenir convivían de manera simultánea (como lo adivinaron los poetas, como lo demostró la física moderna), ¿por qué me había empecinado en ignorar o despreciar lo que yacía detrás de mí como si no fuera asunto mío? Si la especie podía concebirse también como un individuo, ¿no eran la crueldad y la injusticia de la humanidad apenas las idiosincrasias de un niño malcriado que todavía no sabe lo que quiere? ¿Alcanzaríamos a llegar a la madurez, como especie, o nos aniquilaríamos durante el periodo depresivo de nuestra tonta adolescencia? ¿No era la barbarie de mis ancestros el camino que había que recorrer para llegar a la plenitud de mi descendencia? ¿Acaso era posible hermanar la historia y la utopía?

Todavía no sabía nada y en lugar de certidumbres tenía la mente como un avispero de preguntas, pero la conversación con Isidoro Hart me había llenado de esas dudas importantes que lo hacen a uno ver con nitidez sus propios errores, de manera que para cuando abandonamos Pueblo Triste me sentía ya un poco distinto, y más tarde, cuando comprobé que con ayuda de la máquina miniatura podía comprender los mensajes cifrados que emitía A., era como si algo dentro de mí se restableciera o se completara, y que mi consciencia cautiva y cautivada en el presente, tuviera sin embargo dos caras alternativas que miraban con libertad hacia atrás y hacia adelante, en dirección a dos puntos en apariencia lejanos y dispares pero que a la larga terminaban por unirse en la esfera sin fisuras de lo eterno.

"Bah, ¡qué fanfarrón es este filosofillo de segunda, este pensador de pacotilla!", dijo el oscuro bicho de la melancolía mientras, ya en el descenso hacia el otro lado del Monte Misterio, yo trataba de explicarle a mi esposa qué había ocurrido y por qué, por fin, podía entender lo que me decía.

Recuerdo que A. y yo veníamos hablando como si nada hubiera pasado, como si fuera lo más normal del mundo que yo tuviera que ingresar las letras de sus globos de diálogo en mi máquina Enigma para convertirlas a un lenguaje que no me resultaba abstruso, y que ese restablecimiento de nuestra comunicación le había dado un nuevo ímpetu a nuestro cariño y ya solo teníamos en mente regresar a casa y descansar un poco y esperar los dos meses que nos separaban del nacimiento de nuestro hijo… Me parece que para entonces todos los demás también tenían esa misma actitud suave de clausura, el cansancio plácido que queda al final de los viajes y que es una mezcla de la alegría de la travesía realizada y la nostalgia de lo que se termina, y tal vez por eso es que todos callaban, apoyando las cabezas contra las ventanas, viendo el panorama acuarélico de la península con un gesto agridulce de ensoñación y de despedida mientras Guillermo conducía la máxivan por el sendero de descenso hacia el valle que está al otro lado del Monte Misterio, adonde nos dirigíamos ya no para el despegue de nuestro frustrado viaje en globo sino para tomar el atajo conocido por las gemelas que nos pondría a unas cuantas horas de la urbe.

Era una tarde luminosa, sin nubes, con un fondo azul profundo lleno de brillos como si todo el firmamento estuviera empotrado con zafiros, y aunque el hecho de estar cerca del valle me pesaba por recordarme lo que pudo ser y no fue, el paisaje en el que nos adentrábamos era una recompensa en sí mismo, pues desde allí se divisaba el último borde de la península, y más allá de los peñascos donde se deshacían las olas, uno alcanzaba a ver a lo lejos el océano ilimitado copulando con el cielo en la línea sensual del horizonte.

Algunos minutos más tarde, cuando entrábamos definitivamente al valle que descansa entre el volcán y los riscos, decidimos detenernos para comer una merienda antes de proseguir, y tras estacionar bajo la sombra de un precioso arce, nos sentamos sobre el césped fino que se explayaba como una alfombra verde, todavía húmeda por el rocío. Mientras comíamos nos pusimos a soñar planes para nuestro próximo viaje (papá quería cavar un túnel directo hacia la China, mis hermanos y las gemelas querían conocer la mancha roja de Júpiter, Marcel propuso unas vacaciones en el sur de Francia para aprovechar y visitar a sus hermanos), y luego, en tanto algunos tomaban una breve siesta y otros exploraban las rocas ásperas de los peñascos, me quedé junto a la pequeña Léna, que parecía triste por el final del paseo y, pensando que era un momento apropiado, quise ponerles fin a nuestras lecciones de conceptos abstractos con una última sesión que cobijara los asuntos importantes que nos hacían falta: para decir *ilusión* había que besarse el dorso de la mano; para decir *coincidencia* era necesario llevarse el pulgar a la boca y mover los dedos rápidamente, como si se estuviera tocando una trompeta invisible; la seña que quería decir *final* o *cierre* consistía en un movimiento circular de los puños cerrados seguido de un tirón hacia afuera, en una secuencia rápida y enérgica, parecida al gesto de los conductores de orquesta en el compás último de una sinfonía…

Después de mi trabajo de pedagogo la bebé me sonrió como si me hubiera comprendido completamente y luego la vi cerrar los puños con la intención de hacer la seña para el final, pero antes de que pudiera completarla vimos que el aire se llenaba de miles de luciérnagas y la maravilla hizo que Léna interrumpiera lo que iba a decir para, en cambio, señalar los brillos ámbares que titilaban en el aire, al tiempo que dejaba escapar un suspiro de estremecimiento que casi hace derretir a Clara Luna. Me acuerdo de que Segismundo comenzó a perseguir a los cocuyos, y que todos los demás nos pusimos de pie para presenciar la danza de los insectos que flotaban ante nosotros como astros diminutos cuando vimos que, a lo lejos, se aproximaba una mancha amarilla que al principio resultaba difusa pero que después de algunos instantes se despejó para dejarnos ver al mismo ciclista que habíamos visto ya dos veces, esta vez convertido en un tipo flaco con los músculos bien definidos que andaba veloz sobre su máquina y que frenó en seco, haciendo derrapar la llanta trasera de la bicicleta, cuando estuvo frente a nosotros. El ciclista estaba agitado por la extensa carrera de tres días y todavía llevaba el *maillot* amarillo, solo que ajustado a su torso esbelto, y se había quitado los lentes de sol pero se había dejado el gorrito con la visera y el silbato dorado que le colgaba alrededor del cuello. Lo miramos felices, como si al fin hubiera llegado alguien a quien hacía mucho tiempo esperábamos, pero como ni siquiera sabíamos su nombre decidimos guardar silencio hasta que fuera él quien dijera la primera palabra. Entonces, cuando se le pasó el cansancio y recuperó el aliento, lo vimos abandonar la bicicleta sobre el suelo, limpiarse el sudor del bigotito, pararse recto como un maestro de ceremonias y ejecutar una venia magistral antes de dirigirse hacia nosotros con una voz cálida aunque profunda, adornada con la música rimada de sus endecasílabos de arte mayor:

Absolutamente todo está escrito
En el libro abierto del multiverso.
El día en que aprendí a hablar en verso
Hice las paces con el infinito.

Exento del mañana y del ayer
A todas mis citas llego puntual.
La de hoy no es una velada casual:
Soy su piloto, Absalón Montgolfier...

Una lista de métodos para combatir el taedium vitae y otra de remedios naturales contra la pecueca; otra con mi antología personal de los Beatles y la poesía de Pessoa; una lista que contenga las palabras "hexágono" y "libélula" y "Creta" y "sinalefa" y "azafrán"; una lista de invitados a la gran fiesta del próximo milenio; otra con el número π hasta que los decimales coincidan con la fecha exacta de tu nacimiento, seguida por la fecha exacta de tu muerte; una lista con los títulos de los libros que escribí y de los que apenas soñé; otra con los consejos de Polonio a Laertes en el primer acto de Hamlet; otra con el catálogo de las naves que fueron a Troya; una lista con tres deseos para pedirle al genio de Aladino; una con todos los anagramas posibles en el nombre del vampiro; una lista que contenga los pasos a seguir para la fabricación correcta del mousse con virutas de limón y leche condensada preparado por mi madre; otra que contenga, entre otros, los versos de Borges: "Las arenas innúmeras del Ganges. / Chuang-Tzu y la mariposa que lo sueña…" y los de Goethe: "Aquí estoy sentado, formando mortales / A mi imagen y semejanza…"; una lista de las distintas maneras de encender un fuego; una lista con los números de emergencia que hay que tener siempre a la mano (el de los bomberos, el de los paramédicos, el de tus padres); otra con la relación pormenorizada de los contenidos del Disco Dorado del Voyager; una lista con los nombres de los miembros de las tribus de Israel; otra con los hombres y mujeres que han desaparecido por las dictaduras y las avalanchas y los ataques terroristas; una lista con los treinta y siete factores de la iluminación; otra que contenga el cántico "¡Alabín Alabán Alabín Bon Ban!"; una *lista de quejas cívicas para enviar a la Alcaldía y a la ONU; otra de lugares que ya no existen o que solo existen en los libros; otra con el número exacto de granos de arroz que solicitó el inventor del ajedrez; también una lista con listas y otra que contenga todas las listas de esas listas; ah, y una de los mil nombres que sopesamos antes de decidirnos por Luciano; y otra con los miembros de tu árbol genealógico, abierto en las dos direcciones del tiempo: tus hijos, tus nietos, tus tataranietos, tu descendencia entera —si es que existe— hasta el* Big Crunch *y tus abuelos, y tus tatarabuelos, y tus tataratatarabuelos y así, de tátara en tátara, de generación en generación, así, hasta llegar al aborigen del que provenimos, perdido en la sangre, y a Ötzi en Italia y a Lucy en Etiopía y más: hasta la sopa primigenia en el mismísimo comienzo de la vida, y más: hasta la primera oscilación vacilante en el péndulo del Tiempo…*

7

Súbitamente estábamos frente al hangar de Globos Panamericanos, luego de estacionar allí la furgoneta, y todos (menos A., que se sentía un poco indispuesta) ayudábamos a extender las telas multicolores del Rocambolesque, nuestro globo, antes de comenzar a hincharlo con aire caliente. Para entonces era la hora carmesí del crepúsculo y todo a nuestro alrededor guardaba silencio, como si el mundo esperara la llegada inminente de algo grande, y hasta las olas se estrellaban contra los peñascos con apenas un sutil rumor de espuma atomizada. Cuando el globo quedó desplegado sobre el césped ayudamos a Montgolfier a cargar la barquilla de los pasajeros y luego me ofrecí para buscar los cilindros de propano, que no veía por ninguna parte, pero aquí Absalón Montgolfier me dijo que esperara y luego sopló el silbato dorado que llevaba alrededor del cuello, solo que del silbato no salió ningún sonido o en todo caso ninguna frecuencia reconocible por nosotros, aunque me di cuenta de que Segismundo tal vez sí la escuchaba, porque en el acto dejó de cazar luciérnagas y se fue, curioso y dócil, a lamerle los tobillos al poeta-piloto. Pensé simplemente que era una broma o un truco de aquel personaje pintoresco y me ofrecí nuevamente a traer los tanques de propano para comenzar a bombear aire caliente dentro del globo, pero en esas escuchamos que el silencio era resquebrajado por el ruido de un incendio alborotado que provenía de todas partes y luego vimos que el cielo se iluminaba con aleteos majestuosos de candela:

"¡El ave fénix!", gritaron las gemelas al unísono y señalaron en el cielo al pájaro incandescente que, después de algunas piruetas de exhibición, descendió en un remolino de pavesas hasta donde estábamos, y con una pirueta incandescente, se posó en el antebrazo de Absalón Montgolfier, al parecer inmune al fuego. Al aterrizar, el pájaro mermó la intensidad y el color de las llamas, y durante un instante azulado, mientras Montgolfier lo sostenía como a un halcón de cetrería, lo vimos acicalarse las alas con el pico; después, sin embargo, cuando el piloto lo posicionó bajo la abertura del Rocambolesque, en una especie de columpio acondicionado *ad hoc* para los vuelos, el ave fénix volvió a hincharse con una lumbre naranja y comenzó a aletear hacia el interior del globo, llenándolo de aire como a un pulmón antes del grito, de manera que el Rocambolesque, que reposaba bidimensional sobre el césped, comenzó, lentamente, a cobrar volumen y a levantarse como si un dios invisible arrancara del suelo la calcomanía de nuestra nave. Cuando le preguntamos cuánto tardaría el ave fénix en este proceso magnífico de combustión, nuestro piloto se despejó la garganta y, abriendo los brazos con parsimonia, improvisó su respuesta:

> *De fuego, amor y magia es el revuelo*
> *Del ave, el mayor de sus atributos.*
> *En cuestión de solo treinta minutos*
> *Estaremos por encima del suelo.*

Después quise saber si no había problema con que A. volara con nosotros, y tras revisar su anemómetro y su barómetro de bolsillo, Absalón Montgolfier me tranquilizó:

Nos favorecen los dioses del viento
Con un cielo claro y soplos propicios.
Le garantizo que no habrá estropicios
Ni un inesperado estremecimiento.

¡Dígale a su mujer que no hay problema
Si se monta al globo con bebé a bordo!
En nuestra nave cabe hasta el más gordo.
¡Pero qué maravilla de poema!

Anoté las respuestas del poeta-piloto en mi cuaderno de notas bajo una lista que titulé *Los endecasílabos de Absalón Montgolfier* y, sosegado y contento, me alejé de los otros mientras el ave fénix terminaba de inflar el globo, caminando hacia una de las rocas de los peñascos donde A. esperaba sentada a que se le pasara el cólico que, de un momento a otro, le había atravesado el vientre con un ardor de hierro candente. Cuando llegué, mi mujer sonrió y me dijo que ya se sentía mejor, y cuando le conté lo que me había dicho Montgolfier, de inmediato se puso de pie y me invitó a bailar, emocionada por el vuelo, y así nos quedamos, danzando suavemente, siguiendo nuestro propio ritmo, hasta que el multicolor globo estaba completamente henchido y estábamos listos para el despegue.

Entonces entramos a la barquilla del Rocambolesque, felices como gatos entrando a una caja de cartón, todos excepto el oscuro bicho de la melancolía que, anticipando el pánico de estar a tres mil metros sobre el nivel del mar, se aferró nervioso a mi cuero cabelludo mientras vociferaba obscenas imprecaciones contra las alturas y contra el fantástico arte de volar. ¿Me dejaría en paz una vez que Absalón Montgolfier comenzara con el ascenso? ¿Abandonaría la nave cuando sintiera el vértigo del despegue? Me aferré a esa esperanza, creyéndome una vez más la ficción de mis propias ilusiones, y mientras el poeta-piloto hacía que el ave fénix aleteara con más intensidad para iniciar el despegue, le expliqué al parásito que ya era hora de que nos separáramos y que, con toda seguridad, podría encontrar en la tierra algún otro huésped a quien atosigar con sus pedorreos sulfúricos y sus pensamientos pesimistas. El bicho temblaba y decía que no, que no, que no, que no quería abandonarme, y yo le respondía que sí, que sí, que sí, que ya estaba harto de la abulia y la melancolía, y en esas estábamos cuando comprendí dos cosas: la primera, que habían pasado ya varios minutos y sin embargo el globo no se elevaba, a pesar del revoloteo furioso del ave fénix; la segunda, que todos me miraban a mí, al hombre pesado y denso que los anclaba irremediablemente al suelo.

"¡Jajajá, jejejé, jijijí, jojojó, jujujú!", cantó el oscuro bicho de la melancolía. "¡Aquí estoy y aquí me quedo, pelotudo! ¡Te cagaste en el paseo!".

"Ay, pobrecito", dijo mamá. "Es el estrés".

"O la comida chatarra y el sedentarismo", dijo papá.

"O tal vez", dijo William, "es que comienzan a pesarle los años".

"La preocupación por la vejez y por la enfermedad y por la muerte".

"El miedo a la oscuridad y al vacío y al silencio".

"La comprensión de la futilidad de todo…".

Me acuerdo de que me llené de vergüenza mientras los otros barajaban teorías para explicar mi problema de densidad, y que cuando vi que el ave fénix comenzaba a acezar de lo cansada que estaba, le di un beso a A., y luego de desearles a todos un feliz vuelo, arrastré mis pasos hasta la portezuela de la barquilla para salir y de ese modo zafar el lastre que no dejaba despegar al globo. Justo antes de que abandonara la nave, sin embargo, Absalón Montgolfier me detuvo, poniéndome una mano sobre el pecho, y agarró el cuaderno de notas que asomaba por fuera del bolsillo de mi camisa:

"Mi cuaderno infinito", expliqué mientras el poeta-piloto ojeaba las páginas. "Escribo listas heterogéneas mientras me llega la idea para un nuevo libro".

Montgolfier no dijo nada, sino que siguió pasando las páginas al azar, leyendo con interés fragmentos del compendio del universo que yo quería capturar para mostrarle a mi hijo cuando naciera, no sabía para qué o tal vez lo estaba descubriendo en ese preciso instante: para ahorrarle tiempo y sufrimiento, para hacerle la antología de bellezas y pasiones que a mí me hubiera gustado tener desde el comienzo, para recoger todos los consejos y todas las advertencias, para curarlo de todos los temores, para darle todos los remedios, para informarle acerca de todos los atajos, para hablarle de los libros queridos, de las películas, de las pinturas, de la música, para que utilizara mi experiencia y sobre ella edificara una vida distinta, más valiente, más alegre, más saludable, más creativa, más bondadosa, utilizando para este fin las notas en las que yo estúpidamente había querido contener tantas cosas, sí, y no solo para darle una sobrecarga de información y de detalles que me parecían importantes, sino para que nuestro hijo recibiera mi cuaderno y pudiera leerlo cuando yo ya no existiera y supiera que por ahí había pasado un hombre, muchas veces insatisfecho, muchas veces pleno: un hombre que era su origen, sí, su hacedor, sí, pero también su criatura, su efecto, su consecuencia, apenas un viajero en uno de infinitos universos cuya bitácora eran esas hojas en las que el narrador, también conocido como el coleccionista de infinitos, esperaba incluir todos los colores, todos los animales, todas las fluctuaciones, todos los deseos, todas las hipótesis, todas las naves, todos los misterios, todos los nombres, todas las definiciones.

Entonces, tras un par de minutos, Absalón cerró mi cuaderno de notas y me miró lleno de comprensión y de simpatía, y sin que tuviera que declamar más endecasílabos, entendí lo que el maravilloso poeta-piloto quería decirme: que mi sobrepeso estaba en esas páginas, en mi deseo imposible de abarcarlo todo, y que a pesar de mis buenos deseos de padre primerizo, mi hijo tendría que deambular también solo, vivir por sí mismo, sortear por cuenta propia los azares de su paso por el mundo. Después algo debió cambiarme en la mirada, pues en cuanto pensé estas cosas, Absalón volvió a entregarme el cuaderno y asintió con la cabeza. Así, sin culpa, sin ansiedad, sin tristeza, sin siquiera la sensación de haber perdido el tiempo, arrojé mis listas por fuera de la barquilla, y entre el asombro y la gratitud, sentimos que la tierra temblaba al recibir mi cuaderno de notas y que, tras el portentoso sismo, el globo se estremecía y se volvía ingrávido, poco a poco, átomo por átomo, hasta que, finalmente, comenzamos a elevarnos…

8

A veces me parece que crecer es en realidad reinventarse a uno mismo y que nuestro pasado está hecho de las versiones anteriores de los hombres y mujeres que vamos dejando atrás de nosotros, o no atrás sino al lado o tal vez debajo o delante o dentro, y quizá, como para los filósofos orientales o los alquimistas herméticos, las preposiciones de tiempo y de lugar son intercambiables si uno observa las cosas desde un punto de vista más amplio (no necesariamente más alejado pero sí más íntimo) — desde la atalaya multiversal del *sub specie æternitatis* donde las estrellas de los puntos cardinales giran como molinos de viento y los sueños se confunden con la vigilia y donde todas las direcciones y las épocas se amalgaman en un solo espacio, sin confines. En eso pensé mientras el Rocambolesque se elevaba en un movimiento ralentizado y yo creía ver, en el suelo que dejábamos, la versión de mí mismo que yo abandonaba no porque fuera imperfecta o porque estuviera cansado de ella (como había hecho tantas veces) sino porque la vida comenzaba a requerirme de otra manera, bajo otro designio, para un propósito que no encajaba con mi yo de antes y que exigía un cambio de modalidad para poder ser llevado a cabo…

Así, cuando comencé a reparar en estas cosas, me di cuenta de que el oscuro bicho de la melancolía no me había soltado para abandonar la nave, como yo había supuesto, como yo había deseado, y que no solo no había desembarcado sino que cuando sintió que el globo ascendía sin altibajos y se le pasó la acrofobia y el torbellino de vértigo en el estómago, desenterró sus garras de mi cráneo y se acomodó alto como un sombrero de mago para divisar el paisaje del volcán y de la costa a cien, a setecientos, a mil quinientos, a dos mil trescientos, a tres mil metros de altura... El cielo, todavía en el paréntesis del crepúsculo, enmarcaba de rosa el pico nevado del Monte Misterio y teñía el mar con sus iridiscencias dramáticas, y mientras yo oteaba el paisaje agarrado a la barquilla del globo, el oscuro bicho de la melancolía suspiraba conmovido agarrado a mi pelo, pero a lo mejor por la brisa fresca de la altura yo ya ni siquiera sentía su tufo de borracho ni sus flatulencias mortecinas. Lo cierto es que no me importó este desaire de la fortuna, ya que de alguna forma me había acostumbrado a llevar su cuerpecito afelpado sobre mi cabeza, y además porque repentinamente me daba cuenta de que los pensamientos lúgubres a los que el parásito me obligaba eran la otra cara de la felicidad y del agradecimiento, pues hay cosas que solo existen si se complementan, como el fuego y el oxígeno, como la luz y la sombra, como la música y el tiempo, y así mismo la melancolía era el complemento de la apreciación de la belleza y el impulso artístico que, en compañía del viento, parecía dirigir nuestra nave por el borde de la península. Entonces, para que supiera mi intención de paz, acaricié su lomo y sentí cómo, en vez de las tarascadas de animal rabioso que me había lanzado antes, el oscuro bicho de la melancolía erizaba el lomo de placer, al tiempo que me lamía el dorso de la mano con su lengüita aterciopelada, y fue así como desde ese instante entablamos nuestra simbiosis para siempre…

Así, una vez que se elevó el Rocambolesque, fuimos surcando el paisaje, todos contra la baranda de la barquilla mirando hacia afuera mientras Absalón Montgolfier, en el centro, controlaba nuestra altura apenas indicándole al ave fénix que quemara el aire más o menos fuerte, hasta que el globo se estabilizó en un punto del cielo desde donde alcanzábamos a ver la curvatura de la Tierra y nos sentíamos a un mismo tiempo pequeños y gigantes, contenidos e ilimitados, tangibles e inmateriales. Entonces, cuando supimos que ya habíamos alcanzado la altura máxima y que íbamos a merced de los vientos, nos dimos media vuelta para ver al poeta-piloto (que sonreía pleno mientras se alisaba el bigotillo) y a nosotros mismos (o a nuestras versiones de entonces), y reímos sin que nadie hubiera tenido que contar un chiste, y nos sonrojamos sin sentir vergüenza, y ejecutamos un berrinchelo por la vasta belleza que nos envolvía, y luego escuchamos a Absalón Montgolfier que, sin llegar a abandonar los endecasílabos, nos habló acerca de la historia de los globos aerostáticos, de cómo había nacido la empresa de Globos Panamericanos (su negocio familiar desde hacía diez generaciones) y acerca del multifacético arte de volar… En un momento, sin embargo, interrumpiendo sus declamaciones aeronáuticas, el poeta-piloto se llevó el índice a la boca, lo chupó a cabalidad y luego lo sacó ensalivado, enfrentándolo al viento, mientras leía algo en el lenguaje invisible del ambiente. Después nos dio el parte meteorológico:

> *En el aire flota el presentimiento*
> *De un evento singular y titánico.*
> *Relájense: no hay razón para el pánico,*
> *Pero sí para el agradecimiento.*

Eso dijo, lo recuerdo, y también recuerdo que en ese instante Segismundo abandonó la nave y voló por cuenta propia, convertido en un dragón intrépido que nos acompañó así durante el resto del viaje, y que mientras nos alistábamos para el evento singular pronosticado por Absalón Montgolfier nos agarramos fuerte de la baranda, y que mamá abrazó a papá para tranquilizarse, y que papá se echó la bendición y comenzó a rezar como hacia cuando sentía la fuerza inclemente de la naturaleza, y que Clara Luna sacó un kit de maquillaje y se puso rubor en las mejillas para que el acontecimiento la recibiera bien arreglada, y que mis hermanos y las gemelas comenzaron a reír de los nervios, y que Miranda aseguró a la pequeña Léna con un arnés que sujetó al pecho de Marcel, esperando un repentino tumbo de los vientos, pero en lugar del vendaval para el que nos alistábamos se escucharon una explosión repentina y una secuencia rocosa de truenos y, siguiendo el origen del estruendo, volvimos a dar media vuelta y vimos que el Monte Misterio había hecho erupción y que la lava salía a borbotones como el agua en las fuentes de fantasía, expulsando brasas humeantes y centellas que aterrizaban siseando contra la superficie reflexiva del océano. Al comienzo el globo se mantuvo inalterado en su posición tranquila, pero como estábamos relativamente cerca del luminoso chorro de magma, el calor de la roca fundida hizo que el aire se dilatara, y tras algunos segundos la expansión invisible nos hizo tambalear contra el cielo con un movimiento súbito y violento que el intrépido poeta-piloto supo capear descendiendo un poco, hasta que encontramos una corriente plácida que nos alejó, finalmente, del volcán alebrestado. Solo cuando la columna de lava perdió intensidad volvimos a mirarnos, para compartir la maravilla apenas con los ojos, y fue entonces cuando vi la cara de dolor de A. y, bajando entre sus piernas, el profuso caudal de líquido amniótico que anunciaba la llegada adelantada de nuestro hijo…

Ah, mientras A. hiperventilaba y gritaba por las contracciones sentí miedo, sí, pero era un miedo divino que llegaba para llenarme el cuerpo de adrenalina y dejarme alerta para lo que estaba a punto de ocurrir, aunque todavía no tenía claro qué debía hacer una vez que aterrizáramos, pues aunque las gemelas decían que alcanzaríamos a llegar a la ciudad a tiempo para el parto, A. decía que sentía que el bebé no tardaría en salir y que lo mejor era buscar algún centro de salud más cercano, tal vez en Playa Blanca o en Pueblo Triste, donde pudiera atenderse la emergencia. Con delicadeza la ayudamos entonces a que se recostara contra el suelo de la barquilla, y Clara Luna se quedó enjugándole el sudor de la frente mientras Absalón Montgolfier hacía descender el globo. El poeta-piloto había permanecido en silencio todo este tiempo, pero no parecía asustado ni apremiado y se limitaba a darle indicaciones al ave fénix con el silbato dorado (más parecido a una ocarina que a un pito de árbitro) mientras verificaba en sus instrumentos la velocidad de las corrientes o nuestra posición en el firmamento, pero a mitad del descenso mi mujer había sentido que el bebé exigía su llegada inmediata al mundo y elevó un grito que hizo que hasta la bóveda del cielo se estremeciera, de modo que Montgolfier se contagió al fin del sentido de urgencia, aunque sin perder la entereza, y tomándome de un brazo para acercarme al centro de la barquilla, me dijo:

> *El bebé está buscando la salida*
> *Y parece que nacerá en el globo.*
> *Es una situación digna de arrobo:*
> *¡Su hijo volará gratis de por vida!*

A pesar del optimismo del piloto, sentí que el pavor me revolvía las entrañas. Entonces le dije que no, que un parto por los aires no estaba dentro de nuestros planes, que faltaban dos meses de gestación, que los médicos del hospital nos esperaban en la ciudad para llevar a término el embarazo, que había cuestiones vitales como la anestesia epidural o la profilaxis, y lo más importante: que dentro del Rocambolesque no había nadie con conocimientos de medicina o al menos con experiencia de partera para ayudar a mi mujer. El poeta-piloto me escuchó sin que la sonrisa se le desvaneciera y luego dijo:

> *Los hombres no planean su destino,*
> *Son testigos del fuego del azar.*
> *Hoy pasa lo que tiene que pasar:*
> *Su hijo nacerá sietemesino.*

> *Respire profundo, evite el infarto.*
> *Además de volar tengo experiencia*
> *En alumbrar al mundo a otra consciencia:*
> *Puedo colaborar durante el parto.*

Pensé que el tipo estaba loco o había sido embrutecido por la falta de oxígeno en el cerebro, consecuencia nefasta de tantos vuelos de altura, pero luego de decir esto y viéndome la cara de incredulidad, Absalón Montgolfier se esculcó en los bolsillos y acto seguido me mostró un documento plastificado que lo acreditaba como experto en diversas disciplinas y profesiones, entre ellas la de piloto (de globos, avionetas y cohetes), de enólogo de vinos espumosos, de animador de fiestas y espectáculos, de trovador de romances, de entrenador de ciclismo, de músico de cámara, de elogiador en funerales, de detective privado, de cazador de vrykolakas, de psicólogo junguiano, de domador de fieras, de chef de alta cocina (especializado en postres y chucherías), y finalmente la de médico certificado con una especialización en fertilidad y ginecología emitida por una prestigiosa universidad de París. Confundido por la extraña concatenación de eventos, acorralado por las circunstancias, miré a A., quien a pesar del dolor estaba atenta a nuestra conversación, y vi que en sus ojos había aprobación y confianza hacia las palabras del piloto, y entonces yo también terminé por calmarme un poco y acepté el hecho de que fuera el doctor Absalón Montgolfier quien asistiera a mi mujer durante el nacimiento de nuestro hijo.

Fue en ese preciso instante cuando el poeta-piloto, sintiendo el cambio en mi actitud, me posicionó en el centro justo de la barquilla del Rocambolesque, bajo las plumas incandescentes del ave fénix, y se apresuró a indicarme cómo controlar la altura y cómo evitar los revuelcos, y no solo eso sino —según él— la manera de cambiar la dirección del globo, de pilotarlo, de modo que mientras él ayudaba a mi esposa yo pudiera navegar hacia el hospital, en caso de que la situación llegara a complicarse y requiriéramos la presencia de enfermeras o de equipos especializados. Al escuchar esto último, William y Caroline gritaron "¡Imposible!" y también "¡Un globo no puede pilotearse!", pero Absalón Montgolfier ignoró la negación de la utopía y continuó ilustrándome, rápidamente, acerca del fantástico arte de volar. Sin embargo, aunque las instrucciones no eran arduas y se me ocurrió que a fin de cuentas era un asunto de imaginación, luego me acordé de mi inhabilidad en el manejo de vehículos y mi propensión a las colisiones y, pensando en la seguridad de todos, le confesé a Montgolfier que nunca había sido capaz de conducir un auto en la carretera, mucho menos una aeronave entre las nubes, y que además no sabría diferenciar entre vientos alisios o monzones ni tenía idea de cómo leer un anemómetro, y le propuse entonces que para evitar una calamidad fuera otra persona, y no yo, quien se encargara de vigilar o de conducir el globo, pero aquí Montgolfier había adoptado un rostro serio y un tono que no dejaba espacio para las discusiones, y antes de arrodillarse frente a A. para asistirla, me colgó el silbato dorado alrededor del cuello como una presea olímpica y, poniéndome las manos sobre los hombros, me habló de esta manera:

Por idiosincrasias de su diseño
De la nave solo puede ser guía
Aquel que sostenga la poesía
Sobre la que está cimentada el sueño.

En algún otro universo remoto,
Otra versión suya afronta otro reto,
Pero en este, se lo digo en secreto,
Usted es el capitán y el piloto...

Fue así como, mientras mi mujer se encargaba de la labor singular y titánica de dar a luz, yo asumí el comando del Rocambolesque, poniendo el globo en dirección a casa utilizando la brújula de la imaginación y el sextante del deseo. De manera opuesta a lo que yo esperaba, resultó que pilotear nuestra nave era un trabajo intenso pero que no era tan complicado y que, como en casi todas las cosas importantes, el arte de volar requería sobre todo una atención sostenida y una voluntad cariñosa… Así, después de los primeros tumbos y vacilaciones, aprendí a silbarle al ave fénix las notas ultrasónicas que lo hacían ascender o descender, y tras varias vueltas de prueba, comprendí que me bastaba pensar en el lugar al que quería llegar para que el globo comenzara a avanzar hacia el destino concebido, de modo que solo tuve que ver la costa de Playa Blanca con los ojos de la mente para que el Rocambolesque bordeara la costa, por encima de los corales y cerca de un grupo de delfines moteados que nadaban junto a Carl Walter y que nos acompañaron un rato, saltando por fuera del agua y entrando nuevamente a ella, rápida y fluidamente como la aguja de un sastre en un trozo de seda turquesa… Recuerdo que A. respiraba aceleradamente, nerviosa, sí, pero contenta, siguiendo el ritmo cadencioso que le recomendaba Absalón Montgolfier, y como todavía no llegabas y el globo se desplazaba tan fugazmente, me desvié un momento para ver por última vez el cráter ya tranquilo del Monte Misterio, y luego paré un instante a pocos metros del Messier-31, para celebrar con una piña colada y para decirles a las viejitas de las gafas de carey que nacerías hoy mismo, y todos brindamos con los más dulces augurios y luego elevé una vez más el globo y pensé en la ciudad que nos esperaba, y hacia allá comenzamos a dirigirnos, pero como todavía no llegabas y tu madre parecía tranquila decidí pasar primero por encima de las calles humeantes de Pueblo Triste, para agradecerles a Luis Virgilio y a Isidoro Hart, y para despedirme de todos los viejitos desdichados, y luego pensé en la cuna que te teníamos preparada y sentí que el Rocambolesque vibraba al cambiar de curso y corría presto por los aires, pero como todavía no llegabas y tu madre disfrutaba del paseo pensé entonces que sería buena idea pasar por la mancha roja de Júpiter, donde vimos a una mujer lindísima que escuchaba a Debussy y sembraba rosas gigantescas, y ya que estábamos en el vecindario nos acercamos a los anillos de Saturno, para que tu madre aprendiera los trucos de orfebrería de los astros, y por un túnel de gusano llegamos a la Nebulosa del Águila y luego vimos, desde lejos, la galaxia lenticular NGC 2787 y el lugar donde transcurrió el primer segundo de nuestro universo, y luego regresamos al reguero de leche de nuestra galaxia y a nuestro sistema solar, pero antes de regresar a la Tierra volé un rato al lado del cometa Halley, para revivirle la lumbre y para que no se sintiera tan solo, y luego volvimos a nuestro planeta y durante un rato insondable no hice otra cosa que perseguir el crepúsculo, melancólico pero hermoso, y luego pensé en la habitación que habíamos preparado para ti durante los dulces meses de nuestra anticipación, y hacia allá fue rauda nuestra nave, bordeando cordilleras, esquivando picos, rozando la superficie tersa de los grandes lagos, pero como todavía no llegabas y el doctor Montgolfier dijo que era normal que el primer parto se tardara más de lo esperado, decidí abrir un paréntesis en nuestro camino y llevé el globo a la China, para que papá no tuviera que cavar un túnel hasta el otro lado del mundo, y cuando llegamos bordeamos la

Gran Muralla en su lomo de dragón y luego fuimos a Estambul, para ver sus preciosos minaretes y las embarcaciones sobre el Bósforo, y en el Cuerno de Oro vimos a un hombre que era a veces una mujer dirigiendo al equipo de filmación de *Kesinlikle her şey*, un documental turco sobre la ciencia aeronáutica y los viajes en globos, y ya que llevábamos el impulso supuse que no perdíamos nada si antes pasábamos por la República de ▮▮▮▮▮▮, para entregarle a la familia de Jon Astral el mensaje redactado por el triste espía, y luego de esta misión de estafeta fuimos al sur de Francia, para que la pequeña Léna saludara a todos sus *tontons* y a sus *tatas*, y luego regresé a nuestra península, porque ya casi era la hora, porque ya casi llegabas, y mientras sobrevolábamos el Bosque Milenario vimos al enano copulando con la sacerdotisa en una de las ramas más altas de una acacia, y para no perder más tiempo pensé una vez más en nuestra casa, para que el Rocambolesque supiera adónde queríamos arribar, y en el camino vimos que el mago Segundo nos saludaba desde los médanos plateados del Desierto de los Espejos, y vimos a Chi y a Golemu jugando una partida de ajedrez en el Hostal de Arena, y a Rigoberto después del éxtasis junto a Amelia, y así fuimos avanzando, a la velocidad inusitada de la ensoñación y la memoria, y vimos hasta qué altura llegaban las pelotas de tenis del malabarista, y vimos (¡al fin!) la constelación del dragón y su enigmática sonrisa, y cuando entrábamos a la gran urbe, justo antes de que llegaras, dejamos a los otros en sus casas, con el fin de que se fueran arreglando para la gran fiesta de tu bienvenida, y durante un rato nos quedamos solos en el globo, tu madre y el doctor Montgolfier y yo, flotando sobre nuestra ciudad, levitando sobre nuestro lugar en el mundo, por encima de todas las prisas, por encima de todas las preocupaciones, lejos de nuestras frustraciones cotidianas, cerquísima de nuestros optimismos, y le silbé al ave fénix para que se quedara quieto un instante, y mientras yo agarraba a tu madre de la mano y ella reía y gritaba y reía y gritaba, en el aire nos quedamos ingrávidos, elevados por el fuego, hasta que por fin llegaste a tu destino, después de la espera, después de la sangre, después de toda la historia llegaste, tú, viajero del tiempo y el espacio, inundando el universo con un estridente llanto primigenio…

Coda: 8 de abril de 2018

Un viaje a bordo de un globo aerostático, la nave gorda como un vientre henchido. Inhalar: diez; exhalar: diez. Eso. Un fuego interno, intrigante, íntimo: una llama poética que nos eleve hacia las estrellas como a los globos de papel que se elevaban en mi lugar en el mundo durante las festividades: hace dos, hace siete, hace diez mil años. Una nave, sí, sobrevolando una península imaginaria. Eso: recordar. Un globo inflado con amor y paciencia al otro lado del enigma, del misterio, con el brillo que renace. Inhalar: nueve; exhalar: nueve. Pilotear un globo: imposible: no en este universo, tal vez en otros: infinitos. Comandar la vida: imposible, también: súbitamente. La elección es ilusoria, una fantasía. Sí: una fantasía, una quimera. Vamos a merced de los vientos, flotando en el azar como las cipselas del diente de león (recordar) recortado al lado de la carretera, una tarde perdida en el tiempo: soplar, *Ffjjjjj*, y verlas flotar como partículas, como asteroides, como galaxias, como universos en el vino espumante del multiverso. Inhalar: ocho; exhalar: ocho. Una travesía psicodélica realizada justo antes de que nacieras, un paseo en una furgoneta mitológica a lo largo de una autopista en la que nos movemos como protones, sí, aquí, allá, acullá, a velocidades y ritmos estrambóticos, inverosímiles, como en un sueño: eso: recordar: una alucinación. Un recorrido a veces veloz, a veces lento. Sí: como viajando a través de algo espeso: un magma, un silencio, una melaza; pero también sobre algo más fluido: lágrimas de alegría, champaña, agua de mar. Eso: recordar: sí. *Thálatta! Thálatta!* El mar, la mar. Las olas: van y vienen, van y vienen, mi vida, la vida, la espuma efímera y nosotros como burbujitas que estallan sobre la arena, dejando un rastro circular que luego lamen las olas: van y vienen, van y vienen, tu vida, mi vida, la vida: todos a bordo, todos a la deriva, todos navegando hacia costas ignotas, atracando en mundos extraños: este: el mundo de las palabras. Recordar: sí: inventar: también: algo que por su belleza taciturna o su espíritu juguetón justifique aunque sea un poquito este universo: sí. Inhalar: siete; exhalar: siete. Respirar: soplar: *¡Ffjjjjjj!* La vida y la muerte: el lenguaje y el silencio: la memoria y el olvido: las dos caras de la Luna, decorada con cráteres como los dos lados de un *pancake*. La luz, el calor, sí, pero también el frío, la oscuridad: el sufrimiento. Eso: la vida es sufrimiento, es verdad, pero también... Recordar: inventar. El dolor es apenas un punto de partida: ¿hacia dónde? Hacia el valle que está al otro lado del Monte Misterio. Eso. Inhalar: seis; exhalar: seis. La abulia, el aburrimiento, la agonía, la melancolía. Bichos necesarios, monstruos cotidianos: éticos-peréticos-peludos. Inventar: un parásito grotesco: pesimista y pedorreico: *¡Ffffjjj!* Mal de familia, pero sin él hoy estaría haciendo otra cosa: no sé qué, pero no artificios con estructuras musicales ni esculturas de tiempo, cincelando párrafos y capítulos. Simbiosis: sí: inventar. Inhalar: cinco; exhalar: cinco. Respirar: hondo: profundo. Maneras de controlar la ansiedad, el miedo: a los terremotos, a las arañas, al sinsentido, a la muerte, al trabajo de parto, al mar, a las olas: van y vienen, van y vienen, tu vida, nuestra vida, la vida. Inventar: un paseo con todos por bosques y desiertos, por el pasado y por el futuro, circunvalando picos y montañas, explorando una geografía onírica: eso: recordar. Inhalar: cuatro; exhalar: cuatro. Un viaje con todos nosotros para llegar finalmente a la idea del aire limpio, de lo ligero: para contrarrestar la pesadez que a veces nos inmoviliza, porque sí, porque vamos acaparando pesares e insatisfacciones, deudas y olvidos, desengaños y kilos, y con el tiempo perdemos de vista lo importante. *Hic et nunc*: aquí y ahora. Recordar. Inventar. Inhalar: tres; exhalar: tres. Respirar: soplar: ¡pujar! *¡FFFFFjjjjjjj!!!* También, como todo, una búsqueda: sin saber qué es lo que queremos encontrar, hurgando en el espacio-tiempo, en la historia, en los pronósticos, en la familia y en los amigos, en el arte, en esa materia oscura hecha de tripas y lenguaje a la que llamamos espíritu. Inhalar: dos; exhalar: dos. Y la comprensión de que no será suficiente: de que nada nunca será suficiente si uno no se basta a sí mismo: el ayer, el mañana, la ilusión del porvenir, las ambiciones, el perdón, los otros, los libros, las disculpas, los amores, las olas: van y vienen, van y vienen, mi vida, su vida, nuestra vida que desembocó en la tuya, tu vida que tal vez desemboque en otras vidas: eso: recordar: la mejor manera de encontrar es no buscar. Eso: no hay nada que alcanzar: no hay otro destino que el ahora. Iluminación: luz, el comienzo de tu nombre. Luz. Eso: el otro lado de la oscuridad. Respirar: hondo: profundo. Eso basta: ahí está el mundo: el universo: el multiverso: aquí: ahora: eso ya es suficiente: infinito: inhalar: uno; exhalar: uno...

Aquí despierto —el hombre soñado, el narrador: el *yo* que transita por la historia; emparentado (pero no equiparable) a otro *yo* que respira por fuera del texto. Abro los ojos: yo, y así intento recordar: organizando los retazos de un sueño multicolor, antes de que se dispersen en la vigilia. Miro el reloj, y funciona. Veo el tiempo alejándose: las horas: los minutos: los segundos que van agotando este día con su flujo incesante. No he estado dormido mucho rato, pero el tiempo dentro de los sueños es distinto, como si se hubieran congelado las clepsidras, y aunque recuerdo muy poco y casi nada tiene sentido, intuyo que ahí está agazapado el keraunoma, la idea eléctrica: en ese sueño. ¿Dónde está? Lo busco: no lo encuentro: recordar, sí. Me levanto del sofá, un poco anquilosado por la posición incorrecta, pesado tras dormir, y veo que justo en ese instante tu madre también va saliendo del sueño, sobre el camastro del hospital, como si juntos hubiéramos llegado aquí: ahora. La miro, sin palabras. Tiene el rostro cansado, luego del dolor y de la sangre, pero está linda, imponente: una de las formas más portentosas de la vida. Me sonríe: la beso: y luego vamos a verte a la Unidad de Cuidados Intensivos. Tocamos a la puerta: eso: recordar: a otras dimensiones. Una enfermera nos sonríe y nos permite el ingreso. Dentro de la UCI, el pediatra de turno esconde su rostro tras una máscara profiláctica; cuando nos ve, levanta las cejas en saludo de anagnórisis y hace, con el pulgar y el índice en círculo, el gesto satisfactorio de los buzos:

"Todo OK", dice.

Entonces nos acercamos a la cápsula transparente donde esperas, viajero de ensueño, a terminar de acoplarte a nuestra atmósfera. Estás conectado a aparatos que te hacen más fácil el ingreso a este universo y que monitorean tus pulsaciones, la saturación del oxígeno, tu temperatura. Duermes, plácidamente, exhausto tras el aterrizaje de emergencia, pero al sentirnos cerca abres tus ojos: grandes, oscuros, insondables.

"Mira a esa cosita", me dice tu madre, refiriéndose a ti, y luego, enternecida, me entrega una de sus sonrisas abarcadoras. Sobre ti, una vez más, pongo mi atención entera. Eres la interpretación que ha hecho la genética de nosotros mismos: tus pies y tus manos (¡completos!), tu frente cubierta de lanugo, tus cejas inefables, tus ojitos profundos... Así, al verte con detenimiento y asombro, me da la impresión de que en esa mirada tuya podría caber toda la comprensión del cosmos, el alfa y el omega, el túnel cristalino de la totalidad del espacio-tiempo, los infinitos universos que tal vez compongan el multiverso, las generaciones pasadas y futuras, el yin y el yang, lo apolíneo y lo dionisíaco, tus sueños y los míos, nuestros temores y esperanzas, nuestras angustias y felicidades, todas las permutaciones de los números y las palabras, todos los libros, todas las películas, todas las canciones, todos nuestros silencios, todos los etcéteras, todos los cataclismos, todas las maravillas —absolutamente todo. Entonces busco la libreta que siempre llevo conmigo y la abro para anotar algo que tal vez será valioso, que tal vez me servirá más adelante, pero luego me doy cuenta de que ese algo es en realidad tan importante que no hay necesidad de anotarlo: sé que no podré olvidarlo: sé que siempre será mío.

Más tarde, cuando es apropiado, entran los otros, para conocerte. Han esperado eternidades en los pasillos estériles del hospital y solo ahora les permiten el ingreso. Saludan, contentos, y avanzan con cautela. Ahí están: mis padres, la madre de tu madre, mis dos hermanos, mi hermana con su esposo, la pequeña Léna. Recordar: sí: inventar, también. Entonces, como en este universo es lo pequeño lo que atrae, todos gravitan hacia ti: para verte por primera vez, a ti, viajero de la eternidad en este punto inicial de tu travesía. Y reímos sin que nadie hubiera tenido que contar un chiste, y nos sonrojamos sin sentir vergüenza, y ejecutamos un berrinchelo por la vasta belleza que nos envuelve.

Al final de la hora de la visita, con ojos todavía llorosos, papá se aproxima y me pone sus manos en los hombros:

"¡Felicitaciones!", me dice, y me lleno de alegría, sí, pero también, porque soy un poco quisquilloso con los asuntos del lenguaje, me parece que las felicitaciones se han entregado a destiempo, pues es apenas ahora que el trabajo de la paternidad comienza verdaderamente, que estamos al inicio del reto, y pienso que en lugar de las congratulaciones tal vez sería mejor pronunciar un buen augurio para lo que comienza: para el viaje quién sabe hacia dónde: hacia el enigma, hacia el otro lado del misterio: *Bon voyage!*

"Gracias, papá", le digo, simplemente.

Mi padre asiente y luego veo que algo le cubre el ceño, como si repentinamente hubiera llegado la nube negra de una duda, de un olvido:

"¿Ya sabes sobre qué vas a escribir ahora?", me pregunta.

Aunque me siento eufórico, escucho a papá y lo miro con un poco de tristeza, porque me ha hecho la misma pregunta diez veces en los últimos dos días y sé que su memoria se ha ido desmoronando irremediablemente con el tiempo, que un día será solo silencio, pero luego me digo que el olvido es también necesario, la otra parte de la memoria, y que cada reiteración de la pregunta que mi padre me hace es en realidad distinta, pues tanto él como yo somos hombres nuevos en cada tramo del tiempo, versiones alternativas de nosotros mismos. Así que busco una vez más en mi seso, para ver si esta vez encuentro entre las cenizas un rescoldo vivo que sirva de respuesta a su pregunta, y entonces recuerdo: sí: eso: e invento: todos o casi todos con un nombre distinto, llevando vidas paralelas o alternativas; un paseo en carretera en la máxivan de Richard Feynman; aventuras en bosques y desiertos; mi paso caliginoso por las calles humeantes de la culpa y el absurdo; piñas coladas en la costa y el mar lleno de seres imaginarios; una historia de amor y encuentro con tu madre; un volcán en erupción orgiástica; el hallazgo repentino con la poesía; un viaje rocambolesco a bordo de un globo aerostático en el que, al final, descubrimos nuestro destino…

"Sí, papá, creo que ya sé sobre qué voy a escribir", le respondo entonces, y luego hago una pausa mientras trato de fundir en el crisol de la mente todas esas imágenes de ensueño, para que de la ficción de esa ilusión solo quede una palabra maciza que lo contenga todo: el amor, el dolor, la vida, la muerte, el lenguaje, el silencio, el vacío cósmico, el fuego imperecedero:

"Sobre nosotros", digo.

MAPA DE LAS LENGUAS UN MAPA SIN FRONTERAS 2022

ALFAGUARA / ESPAÑA
Feria
Ana Iris Simón

ALFAGUARA / URUGUAY
Las cenizas del Cóndor
Fernando Butazzoni

LITERATURA RANDOM HOUSE / ESPAÑA
Los años extraordinarios
Rodrigo Cortés

ALFAGUARA / PERÚ
El Espía del Inca
Rafael Dumett

LITERATURA RANDOM HOUSE / MÉXICO
El libro de Aisha
Sylvia Aguilar Zéleny

ALFAGUARA / CHILE
Pelusa Baby
Constanza Gutiérrez

LITERATURA RANDOM HOUSE / ARGENTINA
La estirpe
Carla Maliandi

ALFAGUARA / MÉXICO
Niebla ardiente
Laura Baeza

LITERATURA RANDOM HOUSE / URUGUAY
El resto del mundo rima
Carolina Bello

ALFAGUARA / COLOMBIA
Zoológico humano
Ricardo Silva Romero

ALFAGUARA / ARGENTINA
La jaula de los onas
Carlos Gamerro

LITERATURA RANDOM HOUSE / COLOMBIA
Absolutamente todo
Rubén Orozco

ALFAGUARA / PERÚ
El miedo del lobo
Carlos Enrique Freyre